Frank Domeier
Ehrbare Händler

Frank Domeier, Jahrgang 1964, wuchs im Westfälischen auf. Er arbeitet hauptberuflich im Bereich EDV und Organisation, hat sich aber seit jeher für Ahnenforschung und die mittelalterliche Geschichte Westfalens, für Philosophie und Religionswissenschaften interessiert.
Nach »Die Herren vom Berge« ist »Ehrbare Händler« sein zweiter Titel im Programm des KBV.

Frank Domeier

Ehrbare Händler

KBV
KRIMI

Originalausgabe

www.kbv-verlag.de
E-Mail: info@kbv-verlag.de
Telefon: 0 65 93 - 99 86 68
Fax: 0 65 93 - 99 87 01
Umschlagillustration: Ralf Kramp
Redaktion: Nicola Härms, Rheinbach
Druck: Grenz-Echo AG, Eupen
www.grenzecho.be
Printed in Belgium
ISBN 978-3-940077-31-8

Für Dana
von ihrem Lieblingsonkel – weil einzigem

Personenregister

Agnes von Ecksten	Scholasterin im Kloster Möllenbeck
Ludolf vom Domhof	Sohn des Verwalters in Möllenbeck
Johannes Bode	Händler und Ratsherr
Anna Bode	seine Frau
Brigitta Bode	deren Tochter
Gabriel von Wiesen	Zunftmeister der Wollweber, Bruder von Anna Bode
Wolfram von Lübbecke	Hauptmann der Stadtwache
Gerd von Bucken	Bürgermeister *
Henrich Giseler	Händler und Ratsherr *
Albert von Leteln	Händler und Ratsherr *
Röttger Schäfermann	Händler und Ratsherr
Stefan Gieselmann	Schmied und Nachbar von Bode
Ulrich Rehkopf	Kontorsgehilfe von Johannes Bode
Hiltrud Rehkopf	Schwester des Kontorsgehilfen
Bernhardt	Lagerverwalter bei Johannes Bode
Hans Thomsen	ehemaliger Kontorsgehilfe von Johannes Bode
Lyse und Konrad Hus	ehemalige Magd im Hause Bode und ihr Mann
Petra	jetzige Magd im Hause Bode
Balthasar Melmann	Wirt der Schänke *Widukind*
Tobias Dullen	Besitzer des Badehauses am Deichhof

Uta und Ingrid	Bademägde bei Tobias Dullen
Gisbert	Geselle bei Gabriel von Wiesen
Joachim und Marianne Zempelburg	der Marktleiter und seine Frau
Franz Kolraven	Bader
Susanna Kolraven	Tochter des Baders
Bischof Otto III von Minden	Herr vom Berge *
Meister Matthias	Amtsmeister[1] der Bäcker
Meister Wellmer	Amtsmeister der Schumacher
Meister von Poggenberg	Amtsmeister der Fleischer
Meister Naumann	Wollwebermeister

* historisch belegte Person

Der verzweifelte Händler

Dienstag, 17.5.1385

Anna Bode war verärgert. Warum kam Johannes immer so spät nach Hause? Konnte er nicht einmal pünktlich sein – wenigstens einmal täglich zur gemeinsamen abendlichen Mahlzeit mit ihr und der Tochter? Nie nahm er Rücksicht auf die Familie. Ständig ging es nur um ihn und seine Befindlichkeiten.

Bald war es Mitternacht. Jeden Moment konnte die Stimme des Nachtwächters ertönen. Sie legte ihre Stickerei vorsichtig auf die Knie. Ihre Augen schmerzten. Auch die hellste Öllampe des Haushalts, die jetzt neben ihrem Sessel auf dem kleinen Tisch stand, spendete für eine solch feine Handarbeit nicht genügend Licht. Sie lehnte sich zurück und schloss müde die Augen.

War er wieder mit Freunden unterwegs? Mit diesen Handwerkern? Mit anderen Händlern dagegen traf er sich selten. Wenn er so weitermachte, würde er niemals Bürgermeister werden. Ein Platz im Rat der Stadt allein war auf die Dauer kein sicheres Vorankommen für ihr Geschäft. Nach all den Jahren, in denen sie ihn immer antreiben und ihm den richtigen Weg hatte zeigen müssen, erwartete sie ein wenig mehr. Schließlich mussten sie auch für ihre Tochter so bald wie möglich einen vermögenden und akzeptablen Bräutigam finden. Bei der nächsten Bürgermeisterwahl musste Johannes das lang ersehnte Amt einfach bekommen.

Oder ... traf er gar irgendwelche Frauen? Sie selbst hatte mit dem Thema Liebe nichts mehr zu schaffen, hatte ihn schon oft genug ertragen müssen, weil sie nachts vergessen hatte, ihre Kammer abzuschließen. Es war schon Mühsal genug gewesen, ein Kind zur Welt zu bringen; bei mehreren Kindern gab es doch sowieso nur Ärger wegen des Erbes. Aber zum Glück war sie inzwischen aus dem Alter heraus. Eine Händlersfrau hatte es mit siebenunddreißig nicht mehr nötig, mit einem dicken Bauch herumzustolzieren.

Eine Tür im unteren Stockwerk wurde geöffnet, wieder geschlossen, ein Riegel betätigt. Anna Bode atmete tief durch und machte sich bereit. Schritte auf der knarrenden Treppe. Die große, hagere Frau stand auf und richtete ihren strengen Blick auf die Tür.

Ein Mann von knapp fünfzig Jahren betrat leise die Stube. Er hatte seinen Hut in der Hand und ging leicht gebeugt, als würde er eine schwere Last tragen. Er sah seine Frau erst, als er unmittelbar vor ihr stand. Erschrocken richtete er sich auf und starrte sie an.

»Schämst du dich nicht?«, schleuderte sie ihm mit scharfer Stimme entgegen.

In Johannes Bodes ausdruckslosem Gesicht zeigte sich keine Regung.

»Weißt du nicht, wie spät es ist? Wohl wieder mit deinen Zechkumpanen getrunken? Ich rieche doch, wie du nach Bier stinkst. Oder waren es Frauen?«

Er öffnete den Mund, um ihr zu antworten. Aber dann atmet er nur tief durch und schloss die Augen.

»Also habe ich recht. Du bringst uns noch alle in Verruf. Ein Wunder, dass ich nicht schon vor Gram gestorben bin! Hätte ich das damals gewusst, wäre ich nie deine Frau geworden. Dir geht es doch nur um dich und deine Vergnügungen! Ich verabscheue dich!«

Endlich sagte der Händler doch etwas, mit leiser Stimme: »Du verstehst gar nichts. Du hast mich noch nie verstanden.«

»Gott behüte! Glücklicherweise verstehe ich nicht, wie man sich immer wieder mit fremden Frauen abgeben kann. So wirst du nie Bürgermeister! Du machst mich zum Gespött der Menschen. Wie soll ich mit solch einer Schande leben? Kannst du mir das sagen?«

»Du brauchst mit keiner Schande zu leben. Falls ich einen Fehler gemacht habe, werde ich allein dafür geradestehen.«

Anna Bodes Stimme gewann noch mehr an Schärfe: »Du gibst es also zu? Du elender Heuchler! Also trifft dein Unheil auch uns. Du bist einfach schamlos!«

Ohne ein weiteres Wort ging der Händler an seiner Frau vorbei zu einer kleinen Kammer, in der er seine Geschäftsbücher lagerte und wo auch ein kleines Bett stand. Hier verbrachte er seit Jahren seine einsamen Abende und Nächte. Das war sein Zufluchtsort, der einzige Platz, an dem er Ruhe fand. Seine Frau hatte den Raum nie betreten, weil sie es als unter ihrer Würde ansah, das Durcheinander darin auch nur sehen zu müssen: die Bücher und Papiere, die sich auf und neben dem kleinen Tisch stapelten, die grob gezimmerten Regale mit kleinen Kästen und Säckchen voller Warenproben.

Anna Bode folgte ihrem Mann laut lamentierend: »Du kannst dich doch nicht wie ein dahergelaufener Tagelöhner davonschleichen! Ich rede mit dir! Du hast mir gefälligst zuzuhören!«

Doch der Händler war schon durch die Tür verschwunden. Nachlässig warf er seinen Hut auf das Bett. Er setzte sich an den Tisch, stützte den Kopf auf die Arme. Er atmete schwer. Dicke Schweißperlen liefen ihm über die Stirn und tropften auf die Listen auf dem Tisch. Zahlen und Buchstaben zerliefen. Aber das interessierte ihn nicht mehr. Jetzt nicht mehr. Geschäfte, Güter, Geld waren völlig nebensächlich geworden. Unbedeutend. Das war eine vergangene Welt. Die war für ihn unwiederbringlich verloren.

Seine Frau stand noch vor der Tür. Er hörte das ungeduldige Klopfen ihrer Fußspitze. Was er auch gesagt hätte, es wäre gleich gewesen. Sie hätte es nie akzeptiert. Er könnte ihr alles erklären, was ihn bewegte, worüber er sich Gedanken machte, welche Sorgen er hatte. Aber ... sie hatte ihn noch nie verstehen wollen und würde es auch jetzt nicht tun. Für sie waren ihre Ansichten und ihre Vorstellungen das Maß aller Dinge.

Johannes Bode legte sich erschöpft auf sein Bett und schloss die Augen. Er versuchte, an nichts zu denken. Er wollte die bösen Gedanken verscheuchen. Aber es war unmöglich. Immer wieder hörte er sein Todesurteil. Immer wieder diese bedrohlichen, endgültigen Worte. Eigentlich war er schon tot, nur sein Körper lief noch herum. Atmete, ging, legte sich hin. Er hatte keine Zukunft mehr, kein Zuhause, keine Familie, keine Freunde. Das Geschäft war verloren, Frau und Tochter mittellos. Er konnte sich nicht mehr verstecken. Alle wären hinter ihm her, um ihn zu vernichten. In ein paar Tagen wäre er wirklich tot. Ein Niemand. Keiner, an den man sich gerne erinnern wollte.

Anna stand unschlüssig vor der Tür. So wie immer, wenn sie ihn zurechtweisen musste, hatte er sich auch jetzt in seine schmierige Höhle verzogen. Sie sah es beim besten Willen nicht ein, ihm hinterherzulaufen. Ein wenig mehr Respekt vor ihr stände ihm gut. Am besten ginge sie morgen zu ihrem Bruder. Der wusste immer genau, was zu tun war. Johannes brauchte jetzt strenge Zucht. Entschlossen drehte sie sich um und ging in ihre Kammer.

Das viele Bier tat seine Wirkung. Der Händler schlief ein. Unruhig wälzte er sich hin und her. Als er im Traum wieder den Boten des Todes sah, wachte er schreiend auf. Schweißgebadet und nach Luft ringend sprang er auf. Er wusste nun, was zu tun war. Er musste sofort handeln. Schneller sein als die anderen. Nur so hatte er eine letzte kleine Möglichkeit, die Ehre und die Zukunft seiner Tochter zu retten.

Leise verließ er seine Kammer und schlich sich durch die Hintertür aus dem Haus. Keiner sollte wissen, was er vorhatte und wohin ihn sein Weg führte.

In Minden

Montag, 23.5.1385

Ludolf, der Sohn des Verwalters beim Damenstift Möllenbeck, stand vor dem Dom von Minden und blickte um sich. Es war gerade einmal ein dreiviertel Jahr her, seitdem er hier mit der Nonne Agnes von Ecksten den Mord an der Witwe Kuneke Wiegand aufgeklärt hatte. Der Bischof Otto von Minden[2] hatte sie damals durch Vermittlung der Äbtissin Heilwig[3], der Cousine des Bischofs, nachforschen lassen.

Aber etwas war jetzt anders. Nicht der große Dom, nicht das aus dem gleichen Sandstein erbaute Gebäude links davon, in dem sie dem Bischof zum ersten Mal begegnet waren, nicht die Priester, die über den kleinen Platz gingen, oder die Gläubigen auf dem Weg zur Andacht – nein, das war alles noch so wie damals.

Was anders war, war, dass jemand fehlte: Agnes. Sie – Nonne und Scholasterin im Kloster Möllenbeck – und er hatten bei ihren gemeinsamen Nachforschungen zueinandergefunden. In ihrer Kindheit und Jugend waren sie wie Hund und Katz gewesen, hatten sich ständig gestritten und immer wieder versucht, besser als der andere zu sein. Aber während ihrer Zeit hier hatten sie dann überraschenderweise gemerkt, wie nah sie sich eigentlich standen. Wie genau sie einander kannten. Jedoch stand Agnes' Gelübde zwischen ihnen. Die junge Frau wollte ihrem Schwur nicht untreu werden. So waren sie sich nach ihrer Rückkehr nach Möllenbeck aus dem Wege gegangen. Die Erinnerung an die gemeinsame Zeit tat einfach zu weh. Höchstens zehn Worte hatten sie in den vergangenen Monaten gewechselt, und jedes Mal waren Agnes die Tränen gekommen. Ludolf hatte es vor Sehnsucht fast das Herz zerrissen.

Am letzten Samstag war jedoch ein Brief bei der Äbtissin angekommen. Der Bischof von Minden bat sie beide wieder um Mithilfe in einem schwierigen Fall. Es ging um einen Händler und dessen rätselhaften Tod. Ludolf bekam die Erlaubnis von seinem Vater sofort, doch Agnes war für einige Tage bei einem Onkel in Hameln und daher nicht so schnell erreichbar.

Also war der junge Mann am Morgen enttäuscht allein in Möllenbeck aufgebrochen. Zu Fuß ging es die wenigen Meilen nach Rinteln, von dort hatte ihn ein Händler auf seinem Karren nach Minden mitgenommen. Inzwischen war es Nachmittag geworden. Ein trüber Nachmittag. Schon den ganzen Tag war der Himmel voller dunkler Wolken und drückte einem aufs Gemüt. Zum Glück hatte es bis jetzt noch nicht geregnet.

Ludolf schritt auf das Gebäude vor ihm zu. An der Tür zeigte er dem Pförtner den Brief. Ein Priester brachte ihn in eine Stube.

»Gnädiger Herr, bitte wartet hier. Ich werde den ehrwürdigen Bischof über Euer Kommen unterrichten.« Damit war er wieder verschwunden.

Ludolf schaute sich um und erinnerte sich. Es war der gleiche Raum, in dem sie damals auch hatten warten müssen, als sie den Kirchenfürsten sprechen wollten. Nach wenigen Augenblicken öffnete sich die Tür. Ludolf erkannte in dem älteren, fast kahlköpfigen Herrn den Bischof. Statt eines Ornats trug er Kleidung wie ein ganz normaler Laie – wenn auch eines wohlhabenden Laien. Ein Leinenhemd mit verzierter Jacke, blaue Hosen und darüber einen weiten Mantel aus dunkelrotem Stoff.

Freudig lächelte er Ludolf an: »Seid gegrüßt, junger Mann. Ich freue mich, Euch zu sehen.«

»Danke für die Ehre, dass Ihr mich gerufen habt.« Ludolf verneigte sich bei diesen Worten.

»Wo ist denn die Jungfer von Ecksten? Habt Ihr sie nicht mitgebracht?«

»Sie ist einige Tage verreist.«

»Oh, das ist aber schade. Wird sie denn wohl noch kommen?«

Ludolf zuckte mit den Schultern. »Ein Bote an sie ist losgeschickt worden. Ich hatte gehofft, dass wir Euch wieder zu zweit dienen können.«

Otto nickte nachdenklich. »Ihr hattet mir damals erzählt, Euer Vater hätte schon eine Heirat für Euch in die Wege geleitet. Hat sie schon stattgefunden?«

»Die Verlobung wurde gelöst. Ich hatte darum gebeten.«

»Aber warum das denn?«, fragte der Bischof entgeistert.

Ludolf stockte. Durfte er es aussprechen? »Ich möchte noch nicht heiraten. Später vielleicht.«

Der ältere Mann atmete tief durch. »Und was hat Euer Vater dazu gesagt?«

»Mein Herr Vater war sehr ungehalten darüber. Aber er hat mich verstanden.«

»Lob an Euren Vater.«

Ludolf war dieses Gespräch äußerst unangenehm. Rasch wechselte er das Thema und bat den Bischof um Auskünfte zu dem aktuellen Fall.

Der Bischof begann zu erzählen. Ein angesehener Händler der Stadt war erhängt aufgefunden worden, in seinem Lagerturm auf dem obersten Boden. Aber es gab einige seltsame Umstände, die keiner so recht deuten konnte. Die Leiter zu dem obersten Boden war hochgezogen und die Luke verschlossen. Also dachte man zuerst an Selbstmord. Aber es gab kein Podest, keinen Stuhl, keinen Tisch, von dem er hätte springen können. Die Familie des Toten wies daher die Möglichkeit eines Selbstmords vehement zurück. Es gab also keinerlei Beweise für die Richtigkeit der einen oder der anderen Theorie. Es herrschte allgemeine Ratlosigkeit.

Ludolf überlegte einen Moment. »Traute man dem Händler denn einen Selbstmord zu?«

Otto hob abwehrend die Hände: »Bewahre uns, nein.«

»Nein, weil es eine abscheuliche Sünde wäre und für die Familie eine Schande? Oder nein, weil er keinen Grund dazu gehabt hätte?«

»Natürlich will die Familie die Schande eines Selbstmords nicht ertragen. Aber der Bürgermeister und die anderen Händler kannten den Toten ganz gut. Und auch sie trauen es ihm einfach nicht zu. So bot ich ihnen meine Hilfe an. Und deshalb seid Ihr jetzt hier.«

»Ich muss zugeben, es ist mysteriös. Aber spannend.«

»Ihr wollt uns also helfen?«

Der junge Mann war gerne dazu bereit.

Der Bischof zeigte sich sichtlich erfreut: »Sehr schön! So treffen wir uns morgen beim Bürgermeister. Da bekommt Ihr alle notwendigen Informationen, und wir überlegen, wie es weitergeht. Offiziell seid Ihr Gehilfe des Marktleiters, der Euch einen Lohn zahlen und für Unterkunft und Speisen sorgen wird. Ist das in Ordnung für Euch?«

Ludolf nickte.

»Ein Priester wird Euch dann jetzt zum Marktleiter bringen.«

Damit verabschiedeten sich die beiden Männer. Ein junger Novize wartete schon vor der Tür und führte Ludolf hinaus.

Otto wandte sich zum Fenster und öffnete es. Für Mitte Mai war es in den letzten Tagen recht kühl gewesen. Regenwolken zogen inzwischen aus westlicher Richtung heran. Es wurde ungemütlich. Ungemütlich wie die ganze Angelegenheit. Hoffentlich würdigte der Rat der Stadt seine Mithilfe entsprechend. Nach dem ständigen Ärger wegen des Einflusses auf die Geschicke Mindens wünschte sich der Bischof endlich ein wenig Ruhe. Die Handwerker und die Händler waren eine starke Macht gegen das Domkapitel. Das wussten sie ganz genau und wiesen bei jeder Gelegenheit darauf hin. Obwohl man mit einigen Ratsherren sonst immer gut auskam – wenn es einmal nicht um die Vorherrschaft in Minden ging.

Neue Unterkunft

Der Marktleiter wartete schon am Tor der Domburg nahe dem Rathaus. Er war ein etwa fünfzigjähriger Mann, mit grauen Haaren und einem ebenfalls grauen, kurz geschnittenen Vollbart. Unter seinem Wams wölbte sich ein rundes Bäuchlein. Er lächelte freundlich und kam Ludolf entgegen.

»Ihr seid also der versprochene Gast und Gehilfe. Willkommen. Hoffentlich gefällt Euch Minden. Ich bin Joachim Zempelburg. Ich wohne gleich hier vorne – im Rathaus oben unterm Dach. Da hab ich den Marktplatz immer gut im Auge. Aber für Euch habe ich etwas anderes. Ihr bekommt sogar ein ganzes Haus für Euch allein, in der Brüderstraße. Ist das ein Angebot?«

»Gern. Hauptsache, es ist keine alte Bruchbude, die beim nächsten Gewitter zusammenfällt.«

»Oh, nein. Eines der wenigen Häuser, die ganz aus Stein erbaut wurden. Ihr werdet staunen.«

Die beiden Männer gingen über den Marktplatz und stiegen die Martinitreppe zum oberen Teil der Stadt hoch. Dieser Teil Mindens war durch eine riesige, mehrere Ellen hohe Mauer aus schweren Sandsteinblöcken vom unteren Bereich getrennt. Als der Platz innerhalb der Stadtmauern immer knapper wurde, hatte man dieses Bauwerk errichtet. So konnten oberhalb und unterhalb die Häuser bis an die Mauer gebaut werden, ohne dass zu viel Grund durch einen Abhang verloren ging.

Inzwischen hatte es zu regnen begonnen, ein leichter, feiner Regen. Der stärker werdende Wind trieb die unangenehme Feuchtigkeit in die Ärmel, in den Kragen, durch die Knopfleisten und ließ einen frösteln. Die Menschen auf den

Straßen beschleunigten ihre Schritte, um so schnell wie möglich ihre Angelegenheiten zu erledigen und nach Hause zurückkehren zu können. Die Kinder hörten auf zu spielen und liefen davon. Die dunklen Wolken ließen die Dämmerung schon viel früher beginnen.

Der Weg ging rechts an St. Martini vorbei. Ludolf erinnerte sich. Hier hatte er damals die betörende Tochter des Baders Kolraven getroffen. Sie hatten sich damals nur kurz gesehen, nur flüchtig miteinander gesprochen, doch hatte sich die aufregende Begegnung – auch wenn er eigentlich nur Augen für Agnes gehabt hatte – tief in sein Gedächtnis eingegraben. Vielleicht sollte er Susanna in den nächsten Tagen besuchen.

»Na, wie gefällt Euch das Haus?« Der Marktleiter war stehen geblieben und zeigte auf ein Gebäude.

Ludolf war so in Gedanken gewesen, dass er das hoch aufragende Steinhaus erst jetzt bemerkte. Im ersten Obergeschoss befanden sich großflächige Maßfenster an der Stirn- und der Seitenfront des Hauses. Die Räume dort mussten ebenso groß und hoch sein wie die zu ebener Erde. Ein wirklich imposantes Haus. Direkt unterhalb des Dachansatzes erkannte man an den kleineren Fenstern ein Wirtschaftsgeschoss.

»Das Haus steht seit einiger Zeit leer. Zuletzt lebte eine Witwe darin. Das untere Stockwerk wird für Versammlungen der Stadt genutzt, das darüberliegende als Lager. Das dritte und die beiden darüber im Dach stehen leer. Einige Möbel sollten aber noch vorhanden sein. Dort könnt Ihr bleiben, solange der Rat Eure Hilfe in Anspruch nimmt. Im Garten neben dem Abort liegt auch noch trockenes Holz unter einem Unterstand, damit Ihr ein wenig heizen könnt.«

Zempelburg holte einen Schlüssel aus der Tasche und öffnete die Tür. »Der ist für Euch«, sagte er und reichte Ludolf den Schlüssel.

Im Halbdunkel konnte man nicht viel erkennen. Hier standen diverse Sitzbänke, einige Stühle und ein Tisch. Die beiden Männer stiegen eine Treppe höher. Truhen und Schränke standen an den Wänden. Dann erreichten sie das dritte Stockwerk. Mehrere Türen zweigten vom langen Mittelgang ab.

»Folgt mir! Einer der beiden hinteren Räume ist sicher am angenehmsten für Euch. Da kann man auf die Straße blicken und in der Trennwand gibt es einen Kamin, der beide Zimmer heizt. Bei der Witterung zurzeit ist das bestimmt nicht schlecht. Oder?«

Ludolf stimmte zu.

Sie betrachteten die leeren Zimmer. Sie befanden sich an der Giebelseite des Hauses, die Fenster waren sogar mit wertvollen Butzenscheiben ausgestattet. Mit solch einer komfortablen Wohnstätte hatte der junge Mann nicht gerechnet. Hier konnte man sich abends gemütlich zurückziehen. Besser als die schäbige Hütte, in der sie das letzte Mal einquartiert worden waren.

Ludolf stellte seine große, lederne Tasche mit seinen Habseligkeiten in eine Zimmerecke.

Der Marktleiter zeigte ihm noch einen kleinen Raum auf dem gleichen Stockwerk, wo es eine Feuerstelle zum Kochen gab. Sie holten Holz aus dem Garten und entfachten im Kamin ein Feuer. Es verbreitete nicht nur Wärme, sondern gab auch genug Licht, um das Zimmer ein wenig wohnlich herzurichten.

»Wie weit seid Ihr denn?«

Die beiden Männer drehten sich erschrocken um. Eine Frau mit leinener Haube und dunklem Kleid stand vor ihnen und lächelte sie freundlich an. Über dem Arm trug sie einen Korb mit einem kleinen Krug und einigen Lebensmitteln.

»Darf ich Euch meine Frau Marianne vorstellen?«, wandte sich der Marktleiter an Ludolf.

Der junge Mann grüßte die Frau.

»Ich habe Euch etwas zum Essen mitgebracht, damit Ihr Euch ein wenig stärken könnt.«

»Herzlichen Dank.«

Marianne schaute sich um. »Ich dachte, Eure Frau sollte mitkommen? Ich sehe sie nicht. Ist sie noch draußen?«

Ludolf war nicht daran gelegen, ihnen die verzwickte Angelegenheit mit Agnes zu erklären. So erwiderte er nur ausweichend: »Ich bin allein gekommen.« Und das war noch nicht einmal gelogen.

»Oh, das ist schade. Ich hätte sie gerne kennengelernt. Der Bischof hat so lobenswert von ihr gesprochen. Aber er sagte nichts von Kindern. Wie viele habt Ihr denn?«

Ludolf schüttelte den Kopf. »Keine.«

»Oh! Wie lange seid Ihr denn schon verheiratet?«

Zempelburg sah den verzweifelten Blick des jungen Mannes und wandte sich an seine Frau: »Komm, lass ihn jetzt. Unser Gast hatte einen langen Tag und will sich bestimmt ein wenig ausruhen.«

Ludolf lächelte ihn dankbar an. Das freundliche Ehepaar verabschiedete sich herzlich von Ludolf und ließ ihn allein. Er betrat seine Stube, legte ein wenig Holz nach und betrachtete die mitgebrachten Lebensmittel. Er ließ sich das frische Brot, den Käse und ein Stück des kalten Schweinebratens schmecken. Zum Abschluss gab es einige Schlucke aus dem Krug mit dem gewürzten Wein. Rundherum zufrieden legte er sich auf das Bett und sah dem prasselnden Feuer im Kamin zu.

* * *

Ludolf schreckte hoch. Er musste eingeschlafen sein. Doch irgendetwas hatte ihn jetzt geweckt. Inzwischen war es draußen ganz dunkel geworden. Wie lange hatte er geschlafen?

Er hörte Stimmen im Haus. Leise stand er auf und öffnete vorsichtig die Tür. Wer hatte hier mitten in der Nacht etwas verloren? Ein Licht flackerte auf der Treppe.

»Wer ist da?«, rief er vorsichtig.

»Ich bin's nur«, erklang die bekannte Stimme Zempelburgs. »Ich bringe noch einen Gast.«

Noch einen? Ludolf wollte das Haus nicht mit wildfremden Leuten teilen. Der Marktleiter kam auf ihn zu. In der einen Hand das Licht, in der anderen ein Bündel. Jemand folgte in seinem Schatten, aber es war zu dunkel, um etwas zu erkennen.

»Schaut, wen ich mitgebracht habe.«

Damit trat die Person nach vorn in den Schein des Kerzenlichts.

»A...« Mehr brachte er nicht hervor. Mit offenem Mund starrte er die junge Frau an.

»Ich kann dich doch nicht allein lassen. Sonst kriegst du doch gar nichts hin.« Agnes von Ecksten huschte kichernd an ihm vorbei in die warme Stube. Sie warf den vom Regen triefenden Umhang auf den Stuhl, eilte zum Kamin und hielt ihre klammen Finger ganz nah an die Glut.

»Oh, ist das schön! Ich dachte schon, ich würde erfrieren. Dieser kalte Regen ist scheußlich.«

»Na, das ist eine Überraschung, was?«, freute sich Zempelburg. »Vorhin kam Eure Frau an. Ein Kaufmann aus Nienburg hat sie auf seinem Wagen mitgenommen.«

Ludolf bekam noch immer kein Wort heraus.

»Hier«, drückte ihm der Marktleiter das ebenfalls nasse Bündel in die Hand. »Ich lasse Euch lieber alleine. Ihr wollt bestimmt noch Wiedersehen feiern.« Damit eilte er lachend die Treppe hinab.

Agnes beobachtete vergnügt den völlig überrumpelten Ludolf. Auf dessen verstörtes Gesicht hatte sie sich schon die ganze Fahrt über gefreut. Sie war mittags in Möllenbeck angekommen, als Ludolf schon längst unterwegs war. Schnell hatte die Äbtissin einen Karren besorgen lassen, mit dem sie nach Rinteln gebracht wurde. Von dort war sie dann mit dem Kaufmann bis Minden weitergefahren. Schneller war die Strecke nicht zu schaffen.

Der Regen war ihr durch den Umhang gedrungen und hatte auch ihr Kleid durchnässt. Sie musste sich schnell etwas anderes anziehen. Mit zwei Schritten war sie bei Ludolf, nahm ihm das Bündel aus der Hand und schob ihn ohne Widerstand aus dem Raum.

»Bis gleich.« Und schon war die Tür zu.

Noch immer benommen stand Ludolf im Dunkeln vor der Tür und erholte sich langsam von der Überraschung. Als der Brief des Bischofs angekommen war, hatte er zwar gehofft, sie würde ihn begleiten, es aber nicht wirklich geglaubt. Und dass sie ihm hinterherreisen könnte, erst recht nicht.

»Kannst wieder hereinkommen!«, erklang es schließlich.

Vorsichtig öffnete Ludolf die Tür. Agnes kniete in trockenen Kleidern vor dem Kamin und trocknete ihre langen, schwarzen Haare. Das nasse Kleid lag auf dem Tisch, das Unterkleid über dem Stuhl, und der Inhalt des Bündels ergoss sich über das Bett. Spitzbübisch lächelte sie ihn an.

»Schön, ähm ... dass du da bist«, stotterte er.

Großmütig antwortete sie: »Genau. Ohne mich bist du doch aufgeschmissen.«

»Wer's glaubt, wird selig.« Langsam fing sich Ludolf wieder.

»Ach ja? Der Bischof ist jedenfalls von meinen Fähigkeiten überzeugt.«

»Er ist nur höflich.«

Mit einem drohenden Unterton entgegnete sie: »Und warum hat er dann dich gerufen?«

»Aus Mitleid.«

Agnes lachte vergnügt auf. Ludolf war einer der wenigen, die sich über sich selbst lustig machen konnten. Das gefiel ihr so gut an ihm. Er nahm sich nicht so wichtig und amüsierte sich nicht auf Kosten anderer. Sie merkte jetzt wieder, wie sehr er ihr in den letzten Monaten gefehlt hatte. Sie war ihm bewusst aus dem Weg gegangen; denn schließlich gab es noch immer ihr Gelübde, an dem sie festhalten musste. An manchen Tagen aber wäre sie am liebsten zum Domhof hinübergeeilt und hätte sich in seine Arme geworfen. In solchen Augenblicken verspürte sie den quälenden Wusch, sich von ihrem Gelübde loszusagen und seine Frau zu werden. Für alle Ewigkeit mit ihm zusammen zu leben, Kinder zu haben und glücklich sein. Aber solche Anwandlungen hatte sie jeweils erfolgreich mit Arbeit niederkämpfen können.

Um die trübsinnigen Gedanken zu verjagen, begann sie wieder zu sticheln: »Genau. Weil du ja wieder geheult hättest, wenn man nur mich gerufen hätte.«

»Moment! Wer hatte denn damals die Einträge auf den Listen gefunden?«

»Nur, weil du die Listen als Erster in den Fingern hattest. Ohne meine außergewöhnlich klugen Fragen und mein Einfühlungsvermögen in die weibliche Seele hätten wir die Lösung nie gefunden.«

Er lachte. »Au, au, hier staubt es jetzt aber gewaltig.«

»Wie immer.«

»Deine außergewöhnlich klugen Fragen wirken vielleicht bei Frauen, aber beim Händler hätten sie dir fast das Genick gebrochen.«

Agnes' Lächeln erstarb. Sie wurde schmerzlich daran erinnert, wie sie durch ihren eigenen Leichtsinn beinahe ihr Leben verloren hätte. Sie war so dumm gewesen zu glauben, an sie würde sich ein Verdächtiger nicht herantrauen – und das nur, weil der Bischof persönlich sie beauftragt hatte. Zum Glück war Ludolf schnell genug da gewesen und hatte sie gerettet.

»Danke, dass du mich an meinen Fehler erinnern musstest.«

»Tut mir leid. Das wollte ich nicht.«

Sie schwieg einen Augenblick. »Schon gut.«

»Du bist mir das Liebste auf der Welt. Ich könnte nicht ertragen, wenn dir etwas zustoßen würde.«

Agnes stand auf und ging auf ihn zu. Sie nahm schnell seine Hände, damit er nicht wieder auf den Gedanken kam, sie in den Arm zu nehmen. Denn das wollte sie lieber nicht riskieren. Sie wusste seit ihrer letzten gemeinsamen Mission nur zu gut, welche Gefühle in ihr aufstiegen, wenn er sie umarmte. Ja, sie sehnte sich nach seiner Nähe, mit jeder Faser ihres Körpers ... und gleichzeitig fürchtete sie sie. Ihr Gewissen sträubte sich dagegen, ihrem heiligen Schwur untreu zu werden, voller Angst, ihr Seelenheil zu verlieren.

So standen sich die beiden eine ganze Zeit wortlos gegenüber und sahen einander tief in die Augen.

Schließlich begann Agnes: »Bitte versteh mich. Ich will nicht wieder wegen meiner Verpflichtungen in Gewissenskonflikt geraten. Wenn ich dir so nahe bin, in deinen Armen ... Die Zeit mit dir damals war berauschend schön. Aber diesen endgültigen Schritt will ich nicht gehen. Bitte.«

Ludolfs Freude über Agnes' unvorhergesehene Ankunft war mit jedem Wort in sich zusammengesunken. Er war zutiefst enttäuscht. »Warum bist du dann überhaupt gekommen?«, murrte er.

»Ich wurde schließlich auch vom Bischof eingeladen«, antwortete sie ebenfalls gereizt. »Nur weil ich dich nicht heiraten kann, heißt das noch lange nicht, dass ich wieder ausgeladen bin.«

Ludolf atmete tief durch. »Ja. Du hast recht.«

»Gut.«

Missmutig verschränkte er seine Arme vor der Brust, sein versteinertes Gesicht zeigte seine Enttäuschung überdeutlich.

»Ach, komm her, du sturer Kerl.« Sie legte ihre Arme um seinen Hals und küsste ihn auf die Wange. Ludolf war völlig überrascht und konnte sich nicht rühren.

»Ich liebe dich mehr als du mich«, flüsterte sie ihm ins Ohr. »Wenn ich nicht Nonne wäre, würde ich dich heiraten. Das schwöre ich!«

Und dann biss sie ihm voller Übermut ins Ohrläppchen. Ludolf schrie auf, aber schon hatte sie ihn losgelassen und war zurückgewichen.

»Was soll das?« Er war ärgerlich und rieb sich das Ohr. »Spinnst du?«

Sie krümmte sich vor Lachen. Nur mit Mühe konnte sie antworten: »Zur Strafe, weil du immer so schnell sauer bist. Und damit du nicht übermütig wirst, weil ich dir vergeben habe.«

Sein harter Blick entspannte sich wieder. Er konnte nicht anders, er musste einfach mitlachen.

»Bekomme ich auch eine Kammer?«, fragte sie dann.

Ludolf schlug ihr vor, das Zimmer zu nehmen, das er schon hergerichtet hatte, da sie dort ihre Sachen schon ausgepackt hatte. Er nahm seine Tasche und trug sie in den Nebenraum. Während sie Möbel für Ludolfs Stube herübertrugen, erzählte er ihr das Wenige über den Fall, was er wusste.

Bald lag ein jeder in seinem Bett, erschöpft von der Reise, und horchte gespannt, was im Nebenraum passierte. Binnen Kurzem war jedoch nur noch das leise Atmen der Schlafenden zu hören.

Beratung

Dienstag, 24.5.1385

Am nächsten Morgen wurden Agnes und Ludolf im Rathaus sehr herzlich von drei älteren Herren empfangen. Diese waren sehr fein gekleidet und, wie sich herausstellte, wohlhabende Händler. Der Bürgermeister Gerd von Bucken und die Ratsherren Henrich Giseler und Albert von Leteln als seine Vertreter dankten für die versprochene Unterstützung. Nachdem sich der Bischof Otto von Minden so lobend über sie geäußert hatte, waren sie überzeugt, dass es die jungen Leute schaffen würden, den rätselhaften Fall aufzuklären. Ihre eigenen Nachforschungen waren bisher erfolglos geblieben. Dazu kam, dass alle möglichen Erklärungen, die sie bisher diskutiert hatten, auf die eine oder andere Weise unangenehm oder schändlich für den Rat der Stadt gewesen wären.

»Ihr Herren, wir wollen versuchen, Euer großes Vertrauen nicht zu enttäuschen«, bedankte sich Agnes. Dem Anlass entsprechend hatte sie sogar das ihr verhasste Kopftuch umgebunden. »Könntet Ihr uns mehr zu den Umständen sagen? Der ehrwürdige Bischof erwähnte lediglich, dass man nicht feststellen kann, ob es sich um Mord oder Selbstmord handelt.«

»Aber natürlich«, beeilte sich der Bürgermeister zu sagen. »Der Händler und Ratsherr Johannes Bode wurde in seinem Speicher auf dem obersten Boden seines Lagers erhängt gefunden.«

»Deshalb wurde ein Selbstmord vermutet«, warf Ludolf ein.

»Genau. Aber man sah sofort, dass da etwas nicht stimmen konnte. Es gab keinen Stuhl oder Hocker oder sonst etwas

Ähnliches, von dem er heruntergesprungen sein konnte. Er hing einfach da. Also kam schnell die Vermutung auf, jemand habe ihn ermordet und dann dort erhängt, um eine falsche Spur zu legen. Aber so schlampig, dass jeder halbwegs vernünftige Mensch sofort den Betrug erkennt.«

»Aber überzeugt scheint Ihr doch nicht zu sein?«

Die Ratsherren schauten sich an. Von Leteln, ein großer, schlaksig wirkender Mann, fuhr in näselndem Ton fort: »Äh ... nicht so ganz. Denn, was dagegenspricht, ist die Tatsache, dass ... äh ... der Boden des Speichers von oben verriegelt war. Wer außer dem ... äh ... Händler Bode sollte das gemacht haben?«

Agnes stimmte zu: »Das klingt wirklich sehr eigenartig. Wurde der Speicher genauer untersucht? Oft mögen es nur kleine Dinge sein, die den entscheidenden Hinweis geben.«

»Sicherlich. Der Hauptmann der Stadtwache hat das getan.«

»Oh weh«, entschlüpfte es Ludolf. Sofort wurde ihm klar, dass das wieder einmal vorlaut war.

»Wie meint Ihr das?«, fragte der Bürgermeister erstaunt.

»Na ja. Wir hatten schon mal mit ihm zu tun. Ich weiß zwar nicht, ob er ein guter Hauptmann ist oder nicht, aber seine arrogante Überzeugung, mit Gewalt könne man alles aus den Leuten herausbekommen, gefällt mir nicht. Und seine Bildung scheint auch nur auf das beschränkt zu sein, was er für sein Amt wissen muss.«

Gerd von Bucken schien der Einwand nicht zu behagen. »Das mag ja sein. Als Ordnungshüter ist er hervorragend. Er weiß sich durchzusetzen. Aber wegen der anderen ... sagen wir mal ... Eigenschaften haben wir ja nun Euch.«

Agnes schaute Ludolf mit blitzenden Augen an. Selber arrogant, hätte sie ihm am liebsten an den Kopf geworfen. Sie erinnerte sich nur zu gut daran, wie er Wolfram beim letzten Mal bloßgestellt hatte. Was konnte der Hauptmann dazu, dass sich seine Eltern keinen Lehrer leisten konnten? Aber sie verkniff sich einen gehässigen Einwurf: »Was meinen denn andere zu der Selbstmordtheorie?«

»Er war ein gefestigter Mann. Ich habe ihn nie ängstlich oder ... äh ... unsicher erlebt«, antwortete Albert von Leteln. »Ich kann kaum glauben, dass Johannes Selbstmord verübt ... äh ... haben soll. Ich hoffe für seine ... äh ... Ehre und die seiner Familie, dass es Mord war. Aber hoffentlich nicht wegen ... äh ... irgendwelcher unrechten Taten.«

Der Bürgermeister stimmte zu: »Alle Händler und Handwerker, mit denen ich bisher gesprochen habe, sind der gleichen Meinung. Keiner kann sich einen Selbstmord so recht vorstellen.«

»Und was sagt die Familie?«, hakte Ludolf nach.

»Seine Frau ist völlig verstört. Das ist ja auch kein Wunder. Sie ist überzeugt, dass es Mord war, auch wenn sie keine Idee hat, wer das getan haben könnte – und warum.«

»Ich wüsste schon, warum.«

Alle Anwesenden drehten sich zur Tür, von wo der Zwischenruf gekommen war. Unbemerkt war die Tür geöffnet worden. Im Türrahmen stand ein etwa dreißigjähriger Mann. Ausgesprochen edel gekleidet, ein Mantel aus schwerem Brokat mit einem Kragen aus Pelzbesatz, die Jacke darunter mit großen, goldenen Knöpfen und ein reich verziertes Hemd, auf dem Kopf ein samtener, breiter Hut. Der Mann strahlte Eleganz und Vornehmheit aus.

»Der Ratsherr Röttger Schäfermann, ebenfalls Händler«, stellte ihn von Bucken vor.

Der Neuankömmling schritt gemächlich herein und inspizierte mit ausdruckslosem Gesicht die beiden Fremden. Der

Bürgermeister stellte sie ihm vor. Agnes machte einen Knicks, während Ludolf durch ein leichtes Kopfnicken einen Gruß andeutete.

Anstatt den Gruß höflich zu erwidern, fragte Schäfermann in Richtung des Bürgermeisters: »Sind das die Hilfen, die der Bischof Euch aufgeschwatzt hat?«

»Bischof Otto hat sie uns empfohlen.«

»Weil Ihr der Wahrheit nicht ins Auge sehen wollt und zu ihm unter seinen Talar gekrochen seid.«

»Ist das ein Thema, das wir jetzt bereden müssen?«, warf Henrich Giseler ein.

Schäfermann blickte den älteren Ratsherrn einen Augenblick stumm an, hob schließlich abwehrend die Hände und antwortete: »Schon gut, schon gut, mein lieber Kollege. Aber denkt daran, dass Ihr damit andere treu ergebene Diener der Stadt vor den Kopf stoßt. Könnt Ihr Euch das in der jetzigen Situation wirklich leisten? Was denken die anderen Bürger darüber?« Damit drehte er sich in Richtung Tür und winkte kurz.

Der Hauptmann der Stadtwache, Wolfram von Lübbecke, trat mit kraftvollem Schritt herein. Größer als die anderen im Raum, kam er näher mit hoch erhobenem Kopf. Sein langes, dunkelblondes Haar fiel ihm bis auf die Schultern. Diesmal machte er keinen so ungepflegten Eindruck wie im vorigen Jahr. Seine Kleidung war sauber und geflickt, der Harnisch blank poliert und der Helm, den er unter dem Arm trug, schien neu zu sein. Er stellte sich demonstrativ neben Schäfermann. Zwischen beiden schien es eine Absprache zu geben.

Ludolf wandte sich an den jungen Händler: »Ihr sagtet, Ihr wüsstet einen Grund für einen Mord?«

Schäfermann drehte sich langsam zu Ludolf hin, schaute ihn kurz an und antwortete dann in Richtung der anderen

Ratsherren, als wäre Ludolf nicht anwesend. »Ich habe ihn mittags noch gesehen. Da erschien er mir noch ganz normal. Am Nachmittag muss ihm wohl etwas passiert sein. Vielleicht ein weiterer Rückschlag im Geschäft.«

»Wieso weiterer?«, warf Agnes ein. »Gab es schon mehrere?«

Wieder drehte er seinen Kopf betont langsam. Aber diesmal wandte er sich bei seiner Antwort nicht ab. »Ihr habt hübsche, braune Augen – klug, offen und ehrlich. Warum wollt Ihr diese mit solch unangenehmen Dingen belasten?«

Agnes blickte peinlich berührt zur Erde. Sie mochte es nicht, wenn man ihr in aller Öffentlichkeit solche Komplimente machte. »Das ist keine Belastung; denn ich kann vielleicht das Leid von Menschen lindern und Sünder der Strafe zuführen.« Dann blickte sie wieder hoch. Sie wollte sich von ein paar netten Worten nicht beeindrucken lassen. »Wieso weiterer Rückschlag? Erklärt es bitte.«

Der junge Händler zog erstaunt die Augenbrauen hoch und antwortete wieder in Richtung der anderen Ratsherren. »Ihr Herren wisst doch genau, dass Bode in letzter Zeit viel Pech hatte. Erst brannte sein Lager in Bremen ab, dann wurden verschiedene Wagen überfallen, schließlich kenterte ein Schiff. Das kann einem zu schaffen machen. Die vielen Schulden, die nicht erfüllbaren Verpflichtungen. Ein Kunde wird ungnädig, verlangt nach Entschädigung für ein geplatztes Geschäft. Einige einflussreiche Händler in Bremen und Lübeck haben schon gewisse Möglichkeiten. Wir hier in Minden sind gegenüber jenen doch nur kleine Lichter.«

Entrüstet über diese Vorwürfe polterte der Bürgermeister los: »Wollt Ihr damit andeuten, dass ehrbare Kaufleute unseren unbescholtenen Mitbürger so feige und hinterhältig umgebracht haben?« Sein Gesicht war vor Ärger rot angelaufen.

»Entschuldigt bitte.« Schäfermann verneigte sich vor dem Bürgermeister. »Ich wollte nur ein paar bescheidene Gedanken zur Lösung des Falles beisteuern. Ich wollte keineswegs den Ruf unseres verehrten Johannes Bode beschädigen oder andere ehrbare Leute beschuldigen. Auch ich bin tieftraurig über den Tod des Händlers. Ich kannte ihn gut. Solch einen Tod möchte ich keinem wünschen. Aber ein Selbstmord ist auch schlecht für den Ruf der ganzen Familie. Wie dem auch sei – ich habe so meine Zweifel, dass wir diese Angelegenheit aufklären können.«

Ludolf war verärgert, dass Schäfermann so tat, als seien er und Agnes Luft. Trotzdem wandte er sich an ihn: »Meint Ihr damit, dass man gar nicht nachzuforschen braucht?«

Ohne den Fragenden anzuschauen, antwortete der Händler. »Unsere gut ausgebildete Wache konnte bisher nichts finden. Und die kennt sich hier bestens aus. Was könnte also ein Fremder noch entdecken? Nach Meinung vieler hier eine unnötige Verschwendung von Zeit und Geld. Die Steuern könnten wirklich gewinnbringender verwendet werden.«

Doch noch bevor Agnes oder Ludolf etwas dazu sagen konnten, wandte sich Schäfermann an die drei anderen Händler. »Wir haben dringende Angelegenheiten zu klären. Wir sollten die anderen jetzt besser verabschieden. Es gibt im Moment wichtigere Dinge zu besprechen.«

Anscheinend wollte sich der Bürgermeister nicht weiter mit seinem jungen Ratskollegen streiten, sondern brachte die Unterredung zum Abschluss: »Ihr, Edle Dame von Ecksten und Junger Herr vom Domhof, kennt unseren Auftrag. Bitte versucht ein wenig Licht in das Dunkel zu bringen. Von Lübbecke wird Euch dabei helfen. Wir werden uns morgen um diese Zeit wieder hier treffen.«

Die jungen Leute und der Hauptmann verabschiedeten sich höflich von den Händlern. Die drei Älteren wünschten ihnen viel Erfolg für Ihre Nachforschungen. Röttger Schäfermann erwiderte weder den Gruß noch würdigte er sie eines einzigen Blickes. Nur seine Fußspitze trommelte ungeduldig auf den Bodendielen.

* * *

Schließlich standen Agnes, Ludolf und Wolfram im steinernen Laubengang des Rathauses und blickten auf das Treiben des Marktplatzes. Es war Vormittag, und viele Leute waren geschäftig unterwegs, um zu kaufen, zu verkaufen oder die Waren hin und her zu schleppen. Aber die tief hängenden Wolken, aus denen es jeden Augenblick wieder regnen konnte, ließen die Menschen ihre Geschäfte schneller als sonst erledigen. Alle wollten so schnell wie möglich nach Hause. Dementsprechend mürrisch waren die Mienen der Menschen.

Wolfram von Lübbecke war sichtlich beleidigt: »Ich weiß nich, was wir da noch untersuchen sollten. Da gibt's nix mehr. Das habe ich schon alles gemacht.«

»Sagt Ihr das, weil Ihr nichts gefunden habt?«, höhnte Ludolf.

»Mit deiner Einstellung wird es auch nicht besser«, zischte Agnes ihm zu.

»Welcher Einstellung?«

»Nur weil jemand andere Ansichten hat als du, müssen diese noch lange nicht verkehrt sein.«

»Schon gut, wertes Fräulein«, meldete sich der Hauptmann zu Wort. »Nicht so schlimm. Ihr tragt keine Schuld. Die alten Herren da oben haben Euch geholt, weil sie mir das nicht zutrau'n. Ihr seid sehr klug und freundlich. Bestimmt könnt Ihr noch etwas aus den Leuten herauskitzeln. Ich würde gern mit Euch zusammenarbeiten.«

Agnes lächelte dem Hauptmann dankbar zu. Sie hatte die positiven Veränderungen in seinem Aussehen und Verhalten sofort bemerkt. Vielleicht hatte sich ja auch seine negative Einstellung gegenüber Bildung und Kultur ein wenig gewandelt? Wenn andere Menschen schlechte Angewohnheiten ablegen können, warum nicht auch dieser Mann?

Agnes zwang ihre Gedanken zurück zum eigentlichen Anlass ihres Treffens. »Womit fangen wir nun an?«

»Wir sollten zuerst den Fundplatz der Leiche in Augenschein nehmen«, meldete sich Ludolf zu Wort.

»Wozu?«, fragte der Hauptmann spöttisch. Er richtete sich hoch auf und blickte verächtlich auf Ludolf herab. »Da gibt's nichts Besonderes zu sehen.«

»Ich will mir selbst ein Bild machen. Schließlich wurde der Händler dort aufgefunden. Logischerweise der naheliegendste Ort, um die Nachforschungen zu beginnen.«

Der Hauptmann brummte missmutig: »Was soll'n wir da schon erkennen? Wir sollten lieber Verdächtige befragen. Mit gewissem Druck gestehen die schnell.«

»Dann ist es für mich ein Wunder, dass noch nichts gefunden wurde.«

Wolfram wurde lauter. »Ich habe schließlich noch andere Verpflichtungen als so'n verzogenes Bürschchen, das hier den großen Herrn spielt.«

»Hört jetzt auf!« Agnes war wütend. Dasselbe wie damals – die beiden Männer konnten einfach nicht miteinander! »Zuerst gehen wir in den Speicher und dann zur Witwe. Und keine weitere Diskussion mehr!«

Der Hauptmann und Ludolf starrten Agnes erstaunt an. Sie hatte die Fäuste in die Seiten gestemmt und funkelte die Streithähne wütend an. Ohne weitere Widerworte beugten sie sich ihrem Befehl.

Im Speicher

Wolfram von Lübbecke führte die kleine Gruppe vom Rathaus an den Steintischen der Fleischer, den sogenannten Scharren, und an den Ständen anderer Handwerker und kleiner Händler vorbei. Dann bogen sie nach rechts in die Straße, die zur Weserbrücke führte. Der Hauptmann steuerte auf eines der ersten Häuser auf der linken Seite zu, ein älteres, aber gut gepflegtes Fachwerkhaus mit einer wuchtigen Eingangstür. Neben dem Gebäude befand sich ein Tor, durch das die Fuhrwerke zum großen Lager gelangen konnten. Dieser im Innenhof gelegene Speicher war ein rechteckiger, gemauerter Turm – er überragte das Haupthaus um ein Stockwerk.

Durch die große Eichentür ging es ins Kontor, das ungefähr die vordere Hälfte des Erdgeschosses einnahm. An den Wänden stapelten sich Ballen und Fässer, dazwischen standen diverse Kisten und Regale voller Krüge und Kästen. Eine Mischung verschiedener Gerüche lag in der Luft. Es duftete süßlich nach exotischen Gewürzen, darüber legte sich das Aroma von gegerbtem Leder.

Ein knapp dreißigjähriger Mann eilte auf die Gruppe zu und verneigte sich. Er war von kleiner Statur, ziemlich dünn und hatte eine hohe, irgendwie ängstlich klingende Stimme. Der Hauptmann stellt ihn als Ulrich Rehkopf, Bodes Kontorsgehilfen, vor.

»Wir wollen noch mal den Speicher sehen, wo Euer Herr gefunden wurde«, befahl von Lübbecke.

»Sehr wohl. Folgt mir bitte.«

Ohne ein weiteres Wort führte Rehkopf sie durch eine Tür in den Hinterhof. Dort rief er: »Bernhardt!«

Ein kräftiger, junger Bursche erschien und schimpfte vor sich hin: »Was willste denn schon wieder?« Als er die Besucher sah, blieb er erschrocken. Ein wenig vorsichtiger kam es daraufhin: »Was ist denn?«

»Zeig den Herrschaften, wo du unseren Herrn gefunden hast. Danach meldest du dich sofort wieder bei mir. Ist das klar?«

»Jau, mach ich.«

Und schon war der Kontorsgehilfe wieder im Haus verschwunden. Bernhardt brummte ihm noch etwas Unverständliches hinterher und wandte sich dann an die drei Besucher.

»Was soll ich Euch denn genau zeigen?«

Ludolf trat vor. »Zeigt uns erst einmal, wo Ihr den Händler Bode gefunden habt.«

»Wenn's mehr nich is.«

Bernhardt winkte nur kurz und marschierte dann zum offenstehenden Tor des steinernen Speicherturms. Über hölzerne Treppen ging es nach oben. Nur spärliches Licht fiel durch kleine Mauerschlitze auf die einzelnen Böden, die voller Ballen, Kisten, Fässer und Säcke waren. Dann standen sie auf dem vierten Boden. Von hier aus führte keine Treppe weiter, sondern es stand lediglich eine Leiter in der Öffnung einer Luke.

»Da oben war's.« Bernhardt deutete mit dem Kopf hoch. »Da oben hing er.«

Schon stieg er die Leiter empor. Agnes winkte ihren beiden Begleitern, zuerst hochzusteigen. Sie wollte keinen Kerl hinter sich wissen, der vielleicht seinen Blick nicht im Zaum zu halten vermochte.

Der Zugang zum Boden war nahe der einen Giebelseite. Links lagen verschiedene Ballen, rechts war alles leer. In der gegenüberliegenden Giebelseite, der Südseite, war eine Tür, durch die man die Waren über einen Flaschenzug emporhieven konnte. Oben angekommen, öffnete Bernhardt diese Tür, damit genug Licht hereindrang; denn es gab hier sonst weder Fenster noch eine andere Öffnung.

Ludolf begann ohne Umschweife: »Wie mir gesagt wurde, waren die Umstände, unter denen Ihr die Leiche aufgefunden habt, etwas eigenartig. Was war es?«

»Der Herr wurde schon seit Mittwoch früh vermisst. Kurz vor Mittag schickte mich der Rehkopf hier hoch, um einen Ballen Kaninchenfelle zu holen.« Damit zeigte Bernhardt auf einige der unter der Dachschräge aufgestapelten Felle. »Nur, die Luke war dicht und die Leiter nich mehr da. Das war schon komisch. Also habe ich 'ne andere geholt und die Luke aufgestemmt. Die klemmte irgendwie. Und ... na ja ... als ich hier oben war, sah ich ihn da hängen.«

Der Lagerverwalter ging einen Schritt nach rechts zur Außentür. Dort hing an einem Balken noch ein Stück Seil.

»Wir haben ihn abgeschnitten. Der Bader Kolraven sagte, er wäre bestimmt schon'n ganzen Tag tot.«

»Wo war der Podest, von dem er heruntergesprungen ist?«

Bernhardt kratzte sich am Kopf. »Da war keiner. Kein Stuhl, kein Fass, kein Ballen oder sonst was. Nix zu sehen. Nur die Leiter lag neben der Luke. Über die fünf Schritt kann man die nich wegschleudern. Denk ich mal.«

»War sonst etwas Auffälliges hier oben?«, wollte Agnes wissen.

Bernhardt schaute ein wenig verlegen um sich. Ein wenig leiser antwortete er: »Nur die Tür für'n Seilzug war offen.«

»Sonst nichts Ungewöhnliches?«

Er schüttelte hastig den Kopf.

Agnes ging aufgeregt hin und her. Sie sah vor ihrem inneren Auge das Geschehen ganz deutlich. »Es war Mord!«, platzte es aus ihr heraus. »Jetzt müssen wir nur noch den Mörder finden.«

Drei ungläubige Augenpaare starrten sie an.

»Bode wurde erwürgt. Damit man die Male nicht erkannte, wollte der Mörder einen Selbstmord vortäuschen. Er schleppte ihn hier hoch und hängte ihn auf. Dafür brauchte er die Leiter. Damit es noch echter aussah, verschloss er auch die Luke.«

»Und wie kam er wieder hinunter?«, wollte Ludolf wissen.

»Tja, mein lieber Schlaumeier. Auch dafür gibt es eine logische Erklärung. Durch die Tür ließ er sich an einem Seil hinab. Damit hättest du wohl nicht gerechnet. Dass ich so schnell die Lösung finde. Einfach durch Nachdenken.« Und dabei tippte sie sich mit dem Finger an die Stirn. Spöttisch blickte sie in die verdutzten Gesichter der Männer und freute sich diebisch.

»Respekt, meine Liebe. So schnell! Ich wusste, dass Ihr das schafft«, lobte Wolfram.

Ludolf brummte missmutig vor sich hin. »Das klingt mir doch ein wenig weit hergeholt.«

»Ach ja?« Agnes' Augen blitzten gefährlich. »Es hätte mich auch gewundert, wenn du mal nichts an meinen Überlegungen auszusetzen hättest. Bestimmt hast du jetzt wieder mehr Zweifel als eigene vernünftige Argumente.« Am liebsten hätte sie ihn jetzt selbst gerne erwürgt.

»Eine Leiche die vier Stockwerke hier hochschleppen?«

»Vielleicht wurde er auch gezwungen, selbst hier hochzugehen und wurde erst hier erwürgt. Am Ende macht das keinen Unterschied.«

»So einfach lässt sich keiner erwürgen. Ein gefährliches Unterfangen. Es hat bestimmt einen Kampf gegeben. Gab es Kampfspuren hier?« Der letzte Satz war an Bernhardt gerichtet.

Der zuckte nur verlegen mit den Schultern. »Hier war nichts durcheinander.«

»Oder war seine Kleidung zerrissen?«

»Der Herr sah ordentlich aus. Aber mit so was kenn' ich mich nicht aus.«

»Alles kein Problem«, warf die junge Frau ein. »Und was ist, wenn es zwei oder drei Mörder waren? Da hätte sich der Händler kaum wehren können. Die hätten ihn auch tot hochtragen können.«

Ludolf zweifelte noch immer. »Und warum gibt es hier keinen Podest? Wenn der oder die Mörder so schlau waren, warum haben sie nicht daran gedacht?«

Nervös drehte Agnes an den Knöpfen ihres Kleides. So was Dummes! Oje, war sie in ihrem Eifer wieder mal zu vorschnell gewesen? Und das vor dem Hauptmann! »Vielleicht haben die ... die ... Mörder das in ihrer Aufregung vergessen. So etwas kann doch jedem in der Eile mal passieren.«

Ludolf sagte lieber nichts mehr. Eigentlich konnte hier alles Mögliche passiert sein. Die vier schauten sich grübelnd um, in der Hoffung auf eine zündende Idee. Aber nichts!

Dann kniete sich Ludolf unter den Balken, an dem der Händler gehangen hatte. Die Bohlen waren nur grob bearbeitet und nicht sonderlich alt – noch nicht blank gescheuert. Sie waren voller Splitter und Späne. Er untersuchte, was darunter hängen geblieben war. Kleine, ausgerissene Büschel von grauen und weißen Haaren sammelte er in seiner hohlen Hand.

»Liegen hier sonst auch Ballen?«, fragte er den Lagerverwalter.

»Nee. Die liegen hier an der Ostseite. Von Westen könnte starker Wind den Regen durch die Schindeln drücken. Dann wären die Felle verdorben. Darum liegt da nie 'was. Nur hier auf der anderen Seite.«

»Wir sollten weiter«, meldete sich Wolfram von Lübbecke ungeduldig zu Wort. »Wir wollen noch zur Witwe. Sonst werden wir nie fertig.«

»Ihr habt recht. Hier ist nichts mehr zu finden«, stimmte die junge Frau zu.

Ludolf bat die anderen, noch einen Moment zu warten; er wollte den Boden etwas genauer untersuchen.

Agnes winkte unwirsch ab: »Das bringt doch nichts mehr. Das ist doch schon Tage her. Beim Abnehmen der Leiche sind doch sowieso mögliche Spuren vernichtet worden. Entweder du kommst jetzt mit oder wir gehen allein.«

Und schon huschte sie die Leiter hinunter. Wolfram folgte ihr sofort.

»So wartet doch!«, rief Ludolf ihnen ärgerlich nach.

»Um zwei Uhr am Rathaus«, antwortete Agnes schnippisch. Dann hörte man nur noch leiser werdende Schritte auf den Holztreppen nach unten.

Wütend trat Ludolf gegen einen Pfosten. »Was ist denn in die gefahren? Nur weil ich nicht ihrer Meinung war? Was muss sie diesem Primitivkopf nachlaufen? Der ist doch zu dämlich, um im Hellen sein eigenes Hinterteil zu finden. So viel sind also deine Schwüre wert, du Hexe!« Wutschnaubend schlug er mit voller Kraft gegen einen Balken. Der plötzliche Stich im Handgelenk lenkte ihn von seiner Rage ab. Stöhnend rieb er seinen schmerzenden Arm. Alles nur ihre Schuld!

Jetzt erst bemerkte er, dass der Lagerverwalter noch an der Luke stand und ihn beobachtet hatte.

»Kann ich Euch irgendwie helfen?«

Die Witwe Bode

Der Kontorsgehilfe führte Agnes und den Hauptmann in den ersten Stock des Haupthauses. Dort waren die Wohnräume der Familie Bode. Vorsichtig klopfte der Bedienstete an die Holztür. Erst nach dem zweiten Mal erklang eine raue, tiefe Frauenstimme.

»Was gibt es? Eine Nachricht von meinem Bruder?«

»Nein, Hohe Herrin« antwortete Rehkopf. »Der Hauptmann der Stadtwache wünscht Euch zu sprechen.«

»Wir wollen doch nicht gestört werden.«

»Er kommt aber auf Anweisung des Bürgermeisters und des Rates.«

Hinter der Tür waren Schritte zu vernehmen. Dann wurde die Tür geöffnet. Eine hagere, große Frau, ganz in dunklem Grau gekleidet, stand in der Tür. Die Haare waren unter einem einfachen Leinentuch verborgen. Ihre wie versteinert wirkenden Gesichtszüge verrieten keinerlei Gefühlsregung, keine Trauer, keine Unruhe oder sonst etwas, was man in einem solchen Fall erwartet hätte. Auch keine vom Weinen geröteten Augen. Agnes war ein wenig erstaunt.

Mit einem schnellen Blick begutachtete die Witwe Bode die Besucher. »Kommt herein und setzt Euch.« Dann drehte sie sich um und setzte sich in ihren Sessel am Fenster. Vornehm faltete sie ihre Hände im Schoß und harrte der Dinge.

Während Rehkopf wieder verschwand, betrachteten die Nonne und der Hauptmann die edel ausgestattete Wohnstube. Schwere, gepolsterte Stühle standen um einen Tisch, zwei wuchtige Schränke an den Wänden. Auffällig war besonders die mit Blumenmotiven bunt bemalte Balkendecke. Die Besucher ließen sich auf den Stühlen nieder.

Ohne Umschweife begann Anna Bode: »Was habt Ihr zu berichten? Oder habt Ihr immer noch nicht mehr herausgefunden?«

Wolfram von Lübbecke schaute verlegen zu Agnes. Sie verstand den Wink.

»Wir gehen nach den bisherigen Umständen von einem Mord ...«

Anna Bode fiel ihr ins Wort: »Ihr gehört weder der Stadtwache noch dem Rat an. Wer seid Ihr also? Oder leitet Ihr lediglich aus dem Umstand, das Liebchen des Hauptmanns zu sein, die Befugnis ab, Euch in fremde Sachen einzumischen?«

Agnes lief rot an. Sie war über diese unverschämte Unterstellung völlig verstört und wollte schon mit einer entsprechenden Bemerkung reagieren. Doch dann schloss sie die Augen, um sich zur Ruhe zu zwingen. Sie sagte sich, dass die arme Frau wegen des Todes ihres Mannes einfach verbittert war, sicher war sie sonst nicht so bösartig. Agnes öffnete die Augen wieder, atmete tief durch und strich ihr Kleid über den Knien glatt.

»Ich bin Agnes von Ecksten aus dem Kloster Möllenbeck. Der Rat ließ mich in der Angelegenheit Eures verstorbenen Mannes kommen, da ich schon einmal in einer ähnlichen Sache dem Bischof einen Gefallen tun konnte.«

»Ihr meint doch nicht die Gefangennahme unseres so hochgeschätzten Tuchhändlers Dudenhausen?«

»Ja, genau das.«

»Ah. Wollt Ihr jetzt wieder jemanden in eine Falle locken, um ihn zu vernichten?«

Agnes musste sich stark zurückhalten, um nicht loszupoltern: »Ich locke niemanden in eine Falle. Dudenhausen wollte eine Frau mit Gewalt zur Heirat zwingen. Dafür verdiente er eine Strafe. Er hat sich selbst vernichtet.«

»Das sehen hier einige aber anders.«

»Das tut mir leid. Ich will jedenfalls nur helfen, den Mord an Eurem Mann aufzuklären.«

Missbilligend wandte die Witwe ihren Blick ab. In ihrem Gesicht war keine Regung zu erkennen. »So sagt endlich, was Ihr wollt.«

Agnes begann erneut: »Alle Anzeichen sprechen dafür, dass Euer Mann ermordet wurde. Könntet Ihr uns sagen, wer einen Grund gehabt hätte, solches zu tun?«

Anna Bode ließ sich einen Moment Zeit. »Mein Mann war vorbildlich. Immer ehrlich, stets treu, hatte einen einwandfreien christlichen Lebenswandel. Er war gerecht zu allen. Er konnte keine Feinde haben.«

»Hat es nie Probleme gegeben?«

»Der Gerechte wird wegen seiner Gerechtigkeit beneidet. Es gibt immer welche, die hetzen und infame Lügen und Gerüchte in die Welt setzen.«

»Es gab also doch Feinde?«

»Aber nicht wegen seines eigenen Fehlverhaltens. Es war die bösartige Haltung anderer.«

»Um welche Gerüchte ging es?«

»Es gibt immer welche. Aber das hat mich nicht zu interessieren. Das Beste ist, man hört einfach nicht hin.«

»Ist nicht doch eine Sache besonders hängen geblieben?«

Mit beinahe teilnahmsloser Stimme erzählte die Witwe von der ehemaligen Magd Lyse Hus. »Ein nicht mehr allzu junges Ding, ein wenig dümmlich und nicht besonders fleißig. Nach kurzer Zeit haben wir sie wieder fortgeschickt. Daraufhin hat sie meinen Mann belästigt, immer wieder behauptet, er sei in sie verliebt. Sie erzählte sogar herum, sie sei seine Geliebte. Sie hatte tatsächlich versucht, ihn zu verführen, obwohl sie selbst verheiratet war. Als Lyse ein Kind bekam, behauptete sie, es sei von meinem Johannes. Nur die wenigsten haben es geglaubt, aber etwas bleibt immer hängen. Lyses Mann, ein Tagelöhner und Säufer, arbeitsscheu, verlangte Entschädigung für das Kind. Er drohte sogar, uns etwas anzutun, weil seine Frau geschändet worden sei.«

»Wisst Ihr, wo die Familie Hus wohnt?«

»Ich habe gehört, sie sollen jetzt in der Hellingstraße hausen, nahe dem Johannisstift.«

»Gab es sonst noch mit jemandem Streit?«

Anna Bode überlegte einen Moment. »Mir fällt nur noch der Schmied Stefan Gieselmann ein. Er wohnt direkt nebenan. Seit zwei Jahren gibt es Ärger. Nichts Dramatisches. Immer, wenn der Wind schlecht steht, zieht Rauch herüber. Das ist nicht nur unangenehm, es verdirbt auch die Felle und Tuche. Wir haben mehrfach versucht, ihn zu veranlassen fortzuziehen. Wir haben ihm Geld für den Umzug angeboten. Aber er will nicht.«

»Hat er gedroht? Oder gab es Tätlichkeiten?«

»Nein.«

Agnes schaute den Hauptmann an. Der hob nur die Schultern. Ein weiterer Verdächtiger, der ebenfalls befragt werden sollte.

»Gab es sonst noch Feinde?«

Die Stimme von Anna Bode bekam einen ungeduldigen Unterton »Ich habe es Euch doch schon gesagt: nein.«

»Gab es Probleme bei Geschäften? Vielleicht mit anderen Händlern?«

»Mir ist nichts dergleichen bekannt. Ich habe mich auch nur wenig damit beschäftigt. Mein Mann war viel zu ehrlich, um jemanden zu betrügen.« Plötzlich stand Anna Bode auf. »Ich möchte Euch nun bitten, zu gehen. Ihr werdet verstehen, dass solche Gespräche in meiner jetzigen Situation alles andere als angenehm sind. Ich muss mich dringend ausruhen.«

Doch so leicht ließ Agnes sich nicht abschütteln. Schließlich hatte sie noch einige Fragen. »Was macht Ihr jetzt? Wollt Ihr das Geschäft verkaufen?«

»Ich möchte Euch nachdrücklich bitten, mich nun zu entschuldigen.«

Verärgert stand Agnes auf. Sie hasste es, so einfach weggeschickt zu werden. »Gnädige Herrin, bitte nur noch diese letzte Frage.«

Die Witwe betrachtete die junge Nonne unbeweglich. Nach einer Pause sagte sie: »Ich mache mir nur Sorgen um meine Tochter. Jetzt wird es sehr schwierig, eine gute Partie für sie zu finden. Wo bekomme ich eine gute Mitgift her? Wenn ich dafür das Geschäft verkaufen muss, wovon werde ich dann aber leben? Ich weiß es nicht.«

Agnes machte einen Knicks. »Herzlichen Dank für Eure Geduld und Eure offenen Antworten. Wir werden Euch nun allein lassen, damit ihr Euch von der Anstrengung erholen könnt. Gehabt Euch wohl.«

Schnell wandte sie sich zur Tür und huschte hinaus. Der Hauptmann der Stadtwache brauchte einen Augenblick, bevor er die Situation erfasste. Er hatte die ganze Zeit nur fasziniert zugehört. Jetzt sprang er ebenfalls auf, verneigte sich kurz vor der Händlersfrau und eilte hinter Agnes her.

Der Ballen

Ludolf schaute verlegen zur Seite. Ihm war es unangenehm, dass der Lagerverwalter seinen Wutausbruch miterlebt hatte. Diese Agnes kostete ihn Nerven – egal ob sie nun da war oder nicht. Erst vermisste er sie so sehr, dass es ihn fast alle Lebensfreude kostete, und nun reizte sie ihn zur Weißglut.

Er rieb sich sein schmerzendes Handgelenk. Ein grandioser Erfolg!

»Wurde der Boden hier nach dem Leichenfund untersucht?«, fragte er Bernhardt.

»Nicht, dass ich wüsste. Wir ha'm den Herrn abgeschnitten, der Bader hat nur noch festgestellt, dass er tot ist, dann wurde er weggebracht.«

Ludolf steckte die gefundenen Fellbüschel aus den Ritzen unterhalb des Fundortes in einen kleinen Lederbeutel. Dann holte er die Leiter und lehnte sie an den Balken neben dem Seil. Er schnitt die Reste des Seils ab, um den Balken zu untersuchen. Das Seil war einfach darumgebunden worden; am Holz waren keine Abschabungen zu sehen, die darauf hindeuten würden, dass jemand einen Körper daran hochgezogen hatte. Wenn der Händler schon tot gewesen war, hätte er von mindestens zwei anderen hochgetragen und dann in die schon befestigte Schlinge gesteckt werden müssen. Oder wurde er noch lebend dazu gezwungen? Gab es einen Kampf? Das könnte der Bader sagen. Oder war es doch Selbstmord? Dafür sprachen natürlich die verschlossene Luke und die hochgezogene Leiter. Der Händler hatte verhindern wollen, dass er zu schnell gefunden und noch gerettet würde.

Aber wo waren dann Stuhl oder Podest, von denen er heruntergesprungen sein konnte? Die Leiter lag ja zu weit weg, wie Bernhardt gesagt hatte.

Ludolf holte den kleinen Beutel wieder hervor und entnahm die Fellbüschel. Er zeigte sie dem Lagerverwalter. »Was ist das für eine Fellart?«

Bernhardt schaute sie nur kurz an und sagte dann nervös: »Das ist bestimmt vom Dachs. Der hat ein weiches, weißes Unterfell und darüber das graue und schwarze Deckfell. Das verkauft sich ganz gut.«

»Ach ja! Hildegard von Bingen schrieb darüber. *Aber es ist auch eine große Kraft im Fell des Dachses, denn daraus mach einen Gürtel, und umgürte dich damit, und alle Krankheit wird in dir aufhören. Und eine gefährliche Krankheit wird dich in dieser Zeit nicht befallen.* Ein Ballen mit Dachsfellen lag am Morgen nach dem Tod Bodes im Hof, nicht wahr?«

Der Lagerarbeiter war völlig verblüfft und trat einen Schritt zurück: »Wie ... äh ... woher wisst Ihr?«

Ludolf hielt ihm die gefundenen Haarbüschel entgegen. »Die lagen genau unter dem Seil. Wegen des Regens werden dort ja keine Ballen gelagert, aber vor Kurzem muss da einer gelegen haben. Der Händler Bode nahm sich einen und legte ihn hierhin. Durch das Geschiebe beim Heraufsteigen blieben diese Fellstückchen an den Holzdielen hängen. Dann stieß Bode den Ballen weg und erhängte sich. Wahrscheinlich rollte der Ballen dabei gegen die Luke, diese wurde durch die Wucht des Ballens aufgeschlagen, und der Ballen fiel hinaus. Oder Bode hatte die Tür schon vorher geöffnet, um mehr Licht zu haben. Genauso, wie Ihr das vorhin gemacht habt.« Er grübelte. »Oder nein. Das wohl doch nicht. Bode hat sich nachts aufgehängt. Also muss der Ballen die Tür aufgeschlagen haben.«

Der Lagerverwalter sah aus, als hätte man ihn gerade beim Kirschenklauen erwischt. Verlegen strich er sich durch seinen Bart und sah auf seine Schuhe hinunter.

»Und?«, fragte Ludolf.

»Nun ... Ich denke ... Ihr habt recht.« Mit leiser Stimme erzählte Bernhardt, was sich am Mittwochmorgen vor der Entdeckung des toten Händlers ereignet hatte. Er war wie immer der Erste am Speicher gewesen. Genau vor der Tür lag der Ballen mit den Dachsfellen. Er dachte sofort an Diebe. Sie waren überrascht worden und hatten den Ballen liegen gelassen. Aber alle Eingänge zum Speicher waren noch verschlossen. Erst da sah er, dass die Außentür des obersten Bodens offen stand. Am Tag zuvor hatte er dort noch neue Felle hochgezogen. Er fürchtete, dass er die Tür nicht richtig verschlossen hatte und dass der Ballen irgendwie herausgefallen war. Da niemand von seiner Ungeschicklichkeit erfahren durfte, verbarg er die Felle schnell hinter Kisten, um sie später hochzutragen. Aber dann entdeckte er den Händler.

»Damit ich keinen Ärger bekomme, habe ich's bisher nich gesagt.«

Ludolf klopfte dem armen Kerl auf die Schulter. »Ich bin mir zwar nicht sicher, es ist nur eine Theorie, aber Ihr habt doch keine Schuld. Vielleicht war es der Händler selbst.«

Aber Bernhardt war immer noch nicht beruhigt: »Ja, schon ... Aber Selbstmord wär' schlimm. Für alle hier. Eine Schande. Auch für mich.«

Die beiden Männer schauten sich nachdenklich an. Sicher: Für die Familie Bode und fürs Geschäft wäre ein Mord weniger schlimm. Den toten Händler träfe keine Schuld. Und wenn der Mörder gefunden und bestraft würde, wäre der Mord gesühnt. Selbstmord war jedoch etwas, das nicht so ohne Weiteres gesühnt werden konnte.

Ludolf aber war noch nicht zufrieden. Er fragte den Lagerverwalter: »Wollt Ihr mir ein wenig bei der Aufklärung helfen? Herausfinden, warum sich Euer Herr erhängt haben könnte?«

Bernhardt richtete sich auf. Er wollte dem Händler Bode auch nach seinem Tod die Treue halten. »Sicher!«

Ludolf nickte. »Fällt Euch ein Grund ein, warum Bode sich selbst getötet haben könnte?«

Der Lagerverwalter brummte vor sich hin. »Nee. Mir fällt nix ein. Er war immer so ruhig und gefasst.«

»Gab es in letzter Zeit Ärger oder irgendwelche Probleme?«

»Na ja ... Ich will ja kein Schwätzer sein. Irgendwas is' ja immer. Eigentlich andauernd war da der Knatsch mit seiner Frau. Die is' ewig am herummäkeln. Immer so auf Anstand bedacht. Und dass man Respekt vor ihr haben soll. Wie die Tochter schnellstens 'nen reichen Bräutigam bekommt. Ab und zu wurde sie so laut, dass alle Nachbarn es hörten. Der Herr wurde aber nie laut. Der blieb auch bei den größten Schwierigkeiten ruhig.«

»Hatte er eine Favoritin? Oder stieg er den Mägden hinterher? Gab es deswegen Ärger?«

Bernhardt zog die Augenbrauen hoch. »Oh! Manch anderer hätte sich 'ne Liebschaft zugelegt. Der Bode aber war viel zu anständig. Na ja, wer weiß, vielleicht wurd' ihm der Besen auf die Dauer doch zu viel. Und er hat ... Ihr wisst schon.« Dabei zeigte er auf den Balken, an dem der Händler gehangen hatte.

Ludolf zweifelte. Konnte die eigene Frau einem das Leben so schwermachen, dass man sich lieber umbrachte als mit ihr weiterzuleben?

»Was wisst Ihr noch über die Witwe Bode?«

»Eigentlich nichts. Wir haben nicht viel mit ihr zu tun. Glücklicherweise. Aber sie sitzt oft mit ihrem Bruder, Gabriel von Wiesen, zusammen. Der is' genauso frömmelnd wie sie. Mit dem hatte der Herr auch ab und zu Zank.«

Das musste Ludolf später überprüfen. »Eine Sache noch. Wie läuft das Geschäft eigentlich?«

»Na ja. Es geht so. Eigentlich ganz gut. Leider is' das Lager in Bremen abgebrannt. Daher konnten wir nicht alles so schnell liefern wie versprochen. Aber Ärger gab es zum Glück nich.«

»Wisst Ihr, wie es zu dem Brand kam?«

»Ein dämlicher Streit zwischen Arbeitern. Einer is' verbrannt, der andere wurde zur Strafe ausgepeitscht.«

»Andere behaupten aber, es sei Rache wegen geplatzter Geschäfte gewesen. Vergeltung von geschädigten Händlern.«

Bernhardt entrüstete sich: »Was is' das'n für'n Blödsinn! Von geplatzten Geschäften hätte ich ja wohl was wissen müssen! Außerdem, hansische Kaufleute sind zwar untereinander Konkurrenten, aber sie steh'n zusammen. Sie haben gemeinsame Interessen. So 'ne Sachen gibt es da nich.«

Genau das hatte sich Ludolf auch schon gedacht. Aber jetzt musste er überprüfen, ob er seine Selbstmordtheorie auch mit weiteren Beweisen untermauern konnte. Und was dann noch wichtiger war: den Grund für diesen endgültigen Schritt zu finden. Er bedankte sich herzlich bei Bernhardt für die Unterstützung und stieg den Speicher hinab.

Die ehemalige Magd

Agnes und Wolfram hatten sich in der Hellingstraße durchgefragt, um die ehemalige Magd der Familie Bode zu finden. Lyse und Konrad Hus wohnten in einem Haus mit mehreren Wohnungen in einem kleinen Hinterhof. Das Haus sah recht baufällig aus, mit einem durchhängenden Dach und teilweise verrottetem Fachwerk. Die Fenster waren lediglich mit alten Säcken verhangen oder mit Läden versperrt. Keiner der Bewohner hier in dieser Ecke der Stadt konnte sich Glasfenster leisten. In einer Ecke des Hinterhofs spielten ein paar Kinder in irgendwelchen Pfützen. Und über allem lag ein abscheulicher Gestank nach übergelaufenen Aborten.

Die Nonne und der Hauptmann stiegen zwei enge Treppen hoch bis unters Dach. Auf Wolframs Klopfen öffnete eine ungepflegt aussehende Frau die Tür. Sie mochte noch keine dreißig sein. Ihre Haare waren verfilzt, Gesicht, Hände und die bloßen Arme waren dreckig. Die Risse im Kleid waren nur notdürftig geflickt, und es fehlten fast alle Knöpfe des Oberteils. Dadurch stand dieses so weit offen, dass man tiefen Einblick hatte – viel zu tief. Agnes war entsetzt über so viel mangelndes Schamgefühl. So konnte man sich doch nicht vor Fremden zeigen!

»Was wollt'r?« Die Stimme der Frau klang rau wie ein Reibeisen.

»Wer is'n da?«, rief ein Mann aus dem Hintergrund.

Plötzlich preschten drei Kinder durch die Tür. »Soldaten! Soldaten!«, skandierten sie immer wieder. »Soldaten! Soldaten!«

Im Hintergrund schrie nun ein Kleinkind.

»Grete! Kümmer' dich gefälligst um den Schreihals!«, schnauzte die Frau nach hinten.

»Warum immer ich?«, erklang es von irgendwoher.

Die Frau drehte sich wieder nach hinten: »Konrad, sag du ihr mal was!«

Man hörte daraufhin das Klatschen einer Ohrfeige und das Weinen eines Kindes.

»Ich werd noch wahnsinnig hier!«, dabei griff sich die schmuddelige Frau in ihren Schopf, als wolle sie sich die Haare ausreißen. »Ruhe jetzt!«

Mit einem Mal waren alle Kinder still. Die drei vor der Tür schlichen leise die Treppe hinab.

Dann wandte sich die Frau wieder dem Besuch zu: »Was is' nu?«

»Die Stadtwache«, stellte sich der Hauptmann vor. »Bist du Lyse Hus? Du warst mal Magd im Hause Bode?«

»Ach, daher weht der Wind. Mit den Bodes hab ich seit Jahr'n nix mehr zu tun. Aber ich hab mir schon gedacht: Wann einer der Herren hier wohl vorbeikommt? Da er doch endlich verreckt is', der Halunke.«

»Warum? Was habt Ihr mit dem Mord zu tun?«

Lyse Hus lachte schallend. »Also kaltgemacht wurd'r? Herrlich! Also gibt es doch noch Gerechtigkeit! Ich dacht schon, er hätt sich feige selbst aus dem Staub gemacht.« Damit drehte sie sich um und ging in die Stube.

Wolfram von Lübbecke und Agnes folgten ihr. Sie wussten nicht, wohin sie ihre Füße setzen sollten. Der kleine Raum war ein heilloses Durcheinander: Drei Stühle standen irgendwo herum, aber kein Tisch. Auf einem zerwühlten Bett lag ein Mann, der genauso schlampig und verdreckt aussah wie seine Frau und gerade einen kräftigen Schluck aus einer Branntweinflasche nahm. Die erloschene Feuerstelle in der Ecke starrte vor Ruß. Ein wenige Wochen altes Kind lag auf einer schmuddeligen Decke auf dem Fußboden und war nur mit einem Hemdchen bekleidet. Ein Mädchen von etwa zehn Jahren saß mit verheulten Augen daneben. Im Raum verteilten sich verschiedene Kleidungsstücke und weitere zerwühlte Decken – die Schlafstätten der Kinder. Dazu kam ein abscheulicher Geruch nach Erbrochenem und Verfaultem.

»Wann habt Ihr Bode zuletzt geseh'n?«, wollte Wolfram wissen.

Jetzt stand der Mann von seinem Bett auf und kam leicht schwankend herbei. »Is' scho'ne Zeit her. Wir ham nischts damit zu tun.«

»Aber du hast ihm gedroht, weil er nicht zahlen wollte.«

»Das war nur jerecht. Denn der Grobian hat meine Frau geschändet und mir'n Kind unterjeschob'n.«

»Fragt lieber mal beim Schmied nebenan nach«, meldete sich Lyse Hus wieder zu Wort. »Mit dem gab es aber so richtigen Zank. Irgendwas wegen so'n bisschen Rauch und Lärm. Bode hat ihm über die Zunft Probleme gemacht, sodass der Schmied nächsten Monat aufhören oder woanders hinziehen muss. Das ist so was von hinterhältig und gemein! Habt Ihr denn noch nich gehört, das'r ihm mit dem Tod gedroht hat?«

Wolfram wurde hellhörig. »Der Schmied dem Händler? Woher weißt du das?«

»Weiß doch jeder!«, grölte der Mann dazwischen.

Wolfram sah Agnes erstaunt an. »Bei der Witwe klang das aber nicht so schlimm.«

Sie nickte nachdenklich. »Daran musste ich auch gerade denken. Sie verneinte meine Frage nach Drohungen. Das verstehe ich nicht. Warum will sie das verbergen? Will sie denn den Mord an ihrem Mann nicht aufgeklärt haben?«

»He, Schwesterchen, is' das so schwer zu versteh'n?« Lyse stemmte ihre Hände in die Hüften. »Die Frau lässt lieber 'nen

Mörder entwischen, als dass nur die allerkleinste Unredlichkeit auf ihre Familie fällt. Ich kenn die Alte! Ehrlich! Die is' frommer als alle Pfaffen zusammen. Und immer nur am Rumnörgeln. Bei ihrem Kerl genauso wie bei mir damals. Ständig hat se was zu meckern. Was war ich froh, als ich da wieder raus war!«

Die Frau war immer lauter geworden. Um ihrem Unmut Luft zu machen, trat sie gegen einen Stuhl, der sich polternd überschlug und fast das Mädchen getroffen hätte. Das war geistesgegenwärtig zur Seite gesprungen und schrie die Mutter an: »Spinnst du?«

»Redet man so mit den Eltern?«

»Lasst mich doch in Ruhe!« Und schon war das Mädchen in Richtung Treppe verschwunden.

»Komm bloß nicht wieder! Sonst gibt's 'ne Tracht!«, brüllte Lyse hinter ihr her. »Die Kinder haben heute keinen Respekt mehr. Bei uns gab's das früher nich.«

Agnes war zutiefst schockiert. Nie hätte sie gedacht, dass es Menschen gab, die sich so benahmen. Wie froh war sie, in einem geordneten und wohlbehüteten Haus aufgewachsen zu sein. Unter solchen Bedingungen konnten Kinder doch nicht leben! Was sollte aus ihnen werden, wenn sie nur Schmutz, Lieblosigkeit und Gewalt kannten? Das war keine Familie, das war die Hölle. Aber wie konnte man diesen Menschen helfen, sie aus ihrem Elend befreien? Doch jetzt hatte sie keine Zeit, darüber nachzudenken, das musste sie später tun. Jetzt galt es, den Tod des Händlers aufzuklären.

»Was könnt Ihr mir noch über die Witwe Bode sagen?«, fragte die Nonne deshalb.

»Die Bode? Ehrgeizig und rechthaberisch. Sie hasst ihren Mann für seine Anerkennung bei den Handwerkern. Für sie sind das doch nur kleine Leute. Nicht ihrem Stand angemessen. Ich glaube eher, sie is' froh, dass er weg is'. So kann se das Geschäft verkaufen und als ehrbare Witwe von 'ner Rente leben. Wenn Ihr mir nich glaubt, fragt doch die neue Magd, die Petra. Die wird Euch auch'n paar Geschichten erzählen können. Das glaubt man!«

Aber dem Hauptmann der Stadtwache wurde dieses Gerede zu viel. Er fuhr dazwischen: »Jetzt genug geplaudert.« Er wandte sich wieder an Konrad Hus: »Wo warst du am letzten Dienstag? Am Abend, als der Händler Bode getötet wurde.«

Inzwischen stand der Mann genau vor dem Hauptmann. »Was weiß ich! Kann mir doch nischt alles merken. Eine Woche ist doch so lang.«

Wolfram, etwa einen halben Kopf größer als Konrad und viel kräftiger gebaut, ergriff dessen Oberarme und schüttelte ihn wie einen leeren Mehlsack. »Los, sag schon, Bursche! Oder ich nehm dich mit!«

»He!«, warf sich Lyse dazwischen. »Ganz ruhig! Er kam in der Nacht betrunken nach Hause. Das weiß ich noch ganz genau. Wenn'r so voll is', weiß er halt nicht mehr, wo er war. So betrunken hätte er keinen ermorden können.«

Wolfram schob die Frau zur Seite. »Vielleicht hat er ihn erst umgebracht und dann aus Freude über seine Tat einen gesoffen.«

»Nein, du Sau!«, schrie Lyse und hieb dem Hauptmann ihre Fäuste ins Gesicht. Doch der fing sich schnell. Er stieß den Mann zur Seite, um seine Hände frei zu haben, und gab dann der Frau eine so gewaltige Ohrfeige, dass sie durch den Raum geschleudert wurde. Als sie sich aufsetzen wollte, fiel sie gleich wieder um und stöhnte vor Schmerz. Sie schien verletzt.

»Du elendes Schwein! Was haben wir dir getan? Mein Arm!«, fluchte sie.

Agnes eilte zu der Frau. Hoffentlich hatte sie sich nichts gebrochen. Ein gebrochener Unterarm oder eine ausgekugelte Schulter waren kein Problem, das wäre in ein paar Wochen ausgeheilt. Ein Bruch des Oberarms oder gar der Schulter jedoch bedeutete eine Einschränkung für das gesamte weitere Leben. Die Nonne wollte gerade die Hand von Lyse Hus nehmen, als diese begann, sie wüst zu beschimpfen. Die unflätigsten und gemeinsten Bezeichnungen wurden ihr an den Kopf geworfen. Agnes erstarrte. So hatte sie noch nie jemand beschimpft. Sie war fassungslos über die üblen Beleidigungen.

»Ihr seid grausam! Brutal! Kennt Ihr denn keine Liebe?«, zeterte Lyse.

»Doch. Ich ... ich ...«

»Warum tut Ihr das? Ihr seid kein Mensch! Ihr seid aus der Hölle!«

Benommen taumelte Agnes zurück. Sie schaute sich nach Wolfram um. Er war es doch gewesen, der die Frau geschlagen hatte, nicht sie. Der Hauptmann hatte inzwischen Konrad Hus gefesselt und geknebelt und zog ihn in Richtung Tür. »Kommt, Fräulein von Ecksten. Wir sind hier fertig.« Und schon ging er hinaus.

Ungläubig schaute sie abwechselnd auf Lyse und den Hauptmann, der bereits die Treppe hinabstieg, ohne sich um die weinende Frau zu kümmern.

»Aber wir können doch nicht ... Jetzt ... Wir müssen ...«

»Lass uns in Ruhe! Du Teufel!«, schrie Lyse.

Agnes prallte schockiert zurück und stolperte zur Tür hinaus. Ihr war, als würde sie jeden Augenblick ohnmächtig, alles um sie herum drehte sich, schwankte. Ihre Hände, ihre Knie zitterten. Sie hatte die wütende Stimme der Frau noch immer im Ohr. War es nur Einbildung oder schrie sie weiter ihren Zorn hinter ihr her? Agnes wusste es nicht. Sie musste so schnell wie möglich von hier fort, um ihre Gedanken zu ordnen.

Beim Bader

Missmutig schlenderte Ludolf an den Scharren, den Steinbänken der Fleischer, entlang. Er war wütend und enttäuscht. Und das trübe Wetter verbesserte seine Stimmung auch nicht gerade. Am liebsten hätte er sofort seine Sachen gepackt und wäre wieder zurück nach Hause, nach Möllenbeck, gegangen. Bloß weg aus dieser Stadt, weg von der launischen Agnes und dem dümmlichen Hauptmann. Warum war sie dem Soldaten nachgelaufen, anstatt mit ihm, Ludolf, zusammenzuarbeiten? Nur weil er nicht glaubte, dass der Händler ermordet worden war? Weil er ihr vor den anderen eine Schwäche in ihrer Beweiskette vorgehalten hatte? Wenn sie noch nicht einmal etwas – berechtigte – Kritik vertragen konnte, sollte sie ihm gestohlen bleiben!

Der junge Mann stand nun am Rathaus. Rechter Hand ging die Treppe zur Oberstadt. Dort oben lebte Susanna Kolraven, die Tochter des Baders. Die süße Susanna, die er beim letzten Mal nur einmal gesehen, die ihn aber sofort fasziniert hatte. Nicht nur wegen ihrer engelsgleichen Schönheit, sondern auch wegen ... Was war es eigentlich gewesen? Sie hatten sich nur angeschaut und sich sofort verstanden. Ludolf konnte es nicht erklären.

Er stand nachdenklich da, als ein heftiger Windstoß den feinen Regen über den Marktplatz wehte und Ludolf aus seinen Gedanken riss. Er stürmte die Treppe zur Kirche St. Martini hoch. Oben angekommen schaute er sich nur kurz um und wusste sofort, in welche Richtung er gehen musste. Das vierte Haus links. Hoffentlich wohnte sie noch da.

Ludolf trat durch die geöffnete Tür ins Haus. Er erinnerte sich nur zu gut. Wieder stand er in dem Raum, der so herrlich nach aromatischen Kräutern und Essenzen roch. Die Regale voller Gläser, Schüsseln und Tontöpfen mit Unmengen von Pulvern und getrockneten Pflanzen. Die beiden Tische mit Destillierkolben, gefüllten Leinenbeuteln und Mörsern in unterschiedlichen Größen. Dazwischen eine kleine Waage zum genauen Zusammenstellen der Mischungen. Sofort fühlte er sich heimisch.

Ludolf hatte bei seinen Studien, die er dem Wohlstand seiner Familie und der Vermittlung des Bischofs Gerhard von Hildesheim[4], dem Bruder von Bischof Otto, verdankte, so manche Stunde in Laboratorien verbracht. Diese Laboratorien erinnerten ihn sehr an diesen Raum – mit dem einen Unterschied, dass es in den Laboratorien oftmals übel nach Rauch und giftigen Gasen roch, während es hier so angenehm duftete.

»Einen gesegneten Tag wünsche ich Euch. Was kann ich für Euch tun, werter Herr?« Ludolf schreckte auf. Er hatte den Mann, der hinter einem Regal hervorgekommen war, gar nicht bemerkt. Er war etwa fünfzig Jahre alt, mit vollem grauen Haar und einem glatt rasierten Gesicht. Über dem Leinenhemd trug er eine kurze Weste mit kunstvoll geschnitzten Holzknöpfen, dazu einfache, graue Hosen.

Ludolf erwiderte den Gruß und fragte: »Seid Ihr der Bader Kolraven?«

»Ja, so ist es.«

»Ich benötige Eure Hilfe.«

»Aber gern. Was darf es sein? Um welches Leiden handelt es sich?«

Ludolf lächelte. »Nein, nein. Keine Krankheit.« Er erklärte kurz den Auftrag, den er vom Rat erhalten hatte, und fragte nach Kolravens Erkenntnissen zum Tod des Händlers.

»Ich ließ den Toten abnehmen und hab ihn dann untersucht«, antwortete Kolraven.

»Oh, das ist gut! Gab es etwas Auffälliges?«

»Nur die Male von der Schlinge am Hals.«

»Wurden damit vielleicht Würgemale eines Mörders verdeckt?«

Der Bader überlegte einen Augenblick. »Tja. Möglich wäre es. Darauf habe ich natürlich nicht geachtet. Andererseits, wenn man jemanden erwürgt, sei es von hinten oder von vorn, hat man bestimmt seine Finger – und besonders die Daumen – nicht so schön in der Reihe, dass sie später durch ein Seil verdeckt würden. Ich nehme also an, das wäre mir aufgefallen.«

»Und wenn er vorher mit einer Schlinge erwürgt worden wäre?«

»Ihr meint also, nicht von Hand?«

Ludolf nickte.

»Die Schlinge liegt dann anders um den Hals als beim Erhängen. Vor allem im Nacken tiefer. Ich glaube, auch das wäre mir aufgefallen.«

»Gab es sonst Wunden? Abschürfungen, Blutungen oder Blutergüsse vielleicht? Von Schlägen zum Beispiel.«

»Gar nichts.«

»Könnte er gezwungen worden sein, sich zu erhängen?«

»Ich habe schon so manchen Toten gesehen. Auch Erhängte. Entweder vom Scharfrichter oder von eigener Hand. Aber diesmal habe ich nichts gefunden, was auf Zwang durch andere schließen ließe. Auch keine Risse an der Kleidung, zum Beispiel durch einen Kampf.«

»Spricht aus Eurer Sicht etwas gegen einen Selbstmord?«

»Eigentlich nicht. Und das ist das Schlimme. Ich weiß sehr genau, welch eine Schmach ein Selbstmord für die Angehörigen bedeutet. Ein Mord wäre sicherlich das kleinere Übel.«

Plötzlich öffnete sich die Tür zum hinteren Teil des Hauses. Die beiden Männer schauten sich um. Susanna kam mit zwei

Tonkrügen im Arm herein. Wie damals trug sie keine Haube über ihrem blonden, langen Haar, das sie zu einem dicken Zopf geflochten hatte. Das dunkelblaue Kleid stand ihr hinreißend und betonte ihre schlanke, zarte Figur. Sie war so mit ihren Krügen beschäftigt, dass sie zunächst den Besuch gar nicht bemerkte. Ludolfs Herz schlug wie wild. Er freute sich, sie wiederzusehen.

»Darf ich Euch meine fleißige Tochter Susanna vorstellen?« Der Bader zeigte auf die junge Frau.

»Oh, entschuldige bitte, Vater. Ich hatte noch gar nicht bemerkt, dass Kundschaft ...« Jetzt erkannte sie Ludolf. Vor Überraschung rutschte ihr ein Krug aus dem Arm und fiel hinunter, zum Glück auf den Tisch. Getrocknete Blätter fielen heraus und verteilten sich zwischen den Flaschen. Aber das schien nebensächlich.

»Ludolf.« Mehr konnte sie vor Aufregung nicht sagen. Nervös hantierte sie mit den Krügen und versuchte, die verstreuten Blätter einzusammeln.

Meister Kolraven war überrascht. »Ihr kennt Euch?«

Aufgeregt kam Susanna näher. Ihre Augen glänzten, und ihr strahlendes Lächeln verriet ihre Freude. Sie hielt Ludolf zur Begrüßung die Hand hin. Der ergriff sie. Aber viel lieber hätte er sie jetzt anders empfangen – nicht so förmlich. Dafür dauerte der Händedruck umso länger.

»Das ist der Mann, von dem ich dir im letzten Jahr erzählte«, erklärte sie ihrem Vater. »Der sich so gut mit Tinkturen, Extrakten und all diesen Sachen auskennt. Der so gut in unser Geschäft passen würde.« Dabei lächelte sie Ludolf schelmisch an.

»Ah!« Jetzt fiel es Kolraven wieder ein. »Und woher habt Ihr Euer Wissen?«

»Meine Familie ist durch das Verwalteramt beim Stift Möllenbeck[5] gut versorgt. Und dank der Unterstützung der

Äbtissin Heilwig, der Cousine des Bischofs Otto, und von Bischof Gerhard von Hildesheim, dem Bruder von Bischof Otto, konnte ich in verschiedenen Klöstern studieren und ein paar gute Lehrer kennenlernen. Ich stöbere sehr gern in Bibliotheken und durfte auch für einige Zeit in gut ausgestatteten Laboratorien experimentieren.«

»Aber dann werdet Ihr sicherlich Eurem Vater im Amt folgen und kaum als Bader arbeiten wollen.«

»Das weiß ich noch nicht. Ich habe mich noch nicht entschieden.«

»Mein junger Freund, wählt gut und wählt mit Bedacht.«

Der Bader bemerkte die Blicke zwischen seiner Tochter und seinem Besucher. Diese schienen ihn nicht zu stören, im Gegenteil: »So, Ihr zwei, ich muss noch ein paar Kranke besuchen und mich deshalb jetzt sputen. Lasst euch nicht stören.« Dann nahm er eine lederne Tasche vom Tisch und eilte nach einem kurzen Gruß zur Tür. Im Hinausgehen rief er noch: »Susanna, denk bitte an die Salbe für Meister Bellmann. Er will sie kurz vor Mittag abholen. Er braucht sie dringend. Und an die frischen Tinten für den Rat. Die sind auch bis Mittag fällig.«

»Ja, Vater. Mach ich.«

Kaum war der Bader aus der Tür, machte Susanna zwei zögerliche Schritte auf Ludolf zu. Einen endlos erscheinenden Augenblick sahen sie sich nur an. Der junge Mann war wieder bezaubert von ihren strahlend grünen Augen, ihren anmutigen Bewegungen und dem offenen Lächeln. Es folgte ein Augenaufschlag, der in ihm sofort ein wild lodserndes Feuer entfachte. »Ich habe seit damals oft an dich denken müssen. Schade, dass du dich nicht wieder gemeldet hast. Ich war enttäuscht.«

»Ich hatte viel zu tun.«

»Und ab übermorgen bin ich fort! Ich gehe für ein paar Wochen zum Onkel nach Nienburg. Meine Tante bekommt demnächst ein Kind. So lange soll ich mich um die Kleinen kümmern.« Sie schaute ihn wieder an, plötzlich ernst geworden. »Bleibst du diesmal länger? Ich möchte dich gerne wiedersehen, wenn ich zurück bin.«

Ludolf war so verwirrt, dass er keinen Ton herausbrachte. Er konnte nur nicken. Dass dieses engelgleiche Wesen Gefallen an ihm fand!

»Als du plötzlich dastandst, hätte ich dich am liebsten sofort umarmt.«

Plötzlich beugte sich Susanna vor und schlang ihre Arme um seinen Hals. Langsam näherte sie ihr Gesicht dem seinen. Ludolf war wie gelähmt. Dann fanden sich ihre Lippen zu einem zarten, aber umso längeren Kuss.

Magd Petra

Völlig verstört folgte Agnes Wolfram bis zum Rathaus, wo er den festgenommenen Konrad ablieferte. Sie war schockiert und enttäuscht. Mit dieser Brutalität Wolframs hatte sie nicht gerechnet. Dafür konnte sie inzwischen für die Reaktion der Frau Verständnis aufbringen, denn Agnes war immerhin mit dem Hauptmann zu ihnen gekommen, und beide hatten gemeinsam die Familie befragt. In den Augen der Frau musste es also so aussehen, als ob Agnes das Verhalten des Hauptmanns billigte. Sie konnte Lyse keinen Vorwurf machen, nur diesem groben, ungehobelten Klotz Wolfram. Er hatte sich also doch nicht geändert.

»So! Da kann er bis morgen schmoren«, sagte der Hauptmann zur Stadtwache. »Morgen ist er bestimmt eher bereit, was zu sagen.«

Bisher war er nur mit dem Gefangenen beschäftigt gewesen, aber jetzt wandte er seine Aufmerksamkeit wieder Agnes zu. Sie stand mit verschränkten Armen an der Tür vor der Wachstube und wirkte sehr verärgert. Ihr starrer Blick war in die Ferne gerichtet, die Lippen zu einem blassen Strich zusammengepresst.

»Was ist mit Euch los?«, rief er ihr zu.

»Könnt Ihr Euch das nicht vorstellen?«, kam es schnippisch zurück.

Der Hauptmann trat gereizt zu ihr. »Was denn? Der Kerl musste eingesperrt werden! Er kann der Mörder sein! Oder wollt Ihr das jetzt bestreiten? Das war immerhin Eure Idee! Außerdem wurde er handgreiflich.«

»Das meine ich nicht.«

Erstaunt zog er die Augenbrauen hoch. »Was sonst? Mehr is' doch nich gewesen.«

»Und was ist mit der armen Frau?« Agnes schaute wütend zu ihm hoch. Wollte oder konnte er nicht verstehen?

»Nur weil sie die Gören nun alleine versorgen muss? Der Kerl hat doch sowieso keinen Finger gerührt und die wenigen Heller noch versoffen.«

»Warum musstet Ihr die Frau so schlagen? Das war nicht nötig. Sie hat sich verletzt. Wie wollt Ihr das wieder gutmachen, falls sie einen bleibenden Schaden davonträgt?«

Ärgerlich zuckte er die Schultern. »Ich habe mich doch nur gegen sie verteidigt!«

»Aber wie!« Damit drehte sich Agnes um und stapfte über den Marktplatz fort. Sie wusste nicht wohin, aber das war momentan völlig nebensächlich. Sie war aufs Tiefste enttäuscht und verärgert.

»Wartet!«, rief der Hauptmann ihr ungeduldig hinterher.

Agnes ging ungerührt weiter. Auf diesem Niveau hatte sie nichts mehr mit ihm zu bereden.

»Diese blöden Weiber!«, brummte Wolfram und trat nach einem halb verfaulten Apfel, den ein Händler aussortiert und auf den Marktplatz geworfen hatte. Wütend guckte er hinter der Scholasterin her. Schließlich eilte er ihr zähneknirschend hinterher. »Wartet bitte!« Vorsichtig hielt er sie am Arm fest.

Widerwillig bliebt sie stehen und schaute ihn misstrauisch an. Sie war gespannt auf seine Ausrede. Dass Frauen gefälligst zu kuschen hatten? Den Männern aufs Wort gehorchen mussten? Dass die Armen an ihrem Elend sowieso allein schuld waren? Dass niemand einem Hauptmann widersprechen durfte? Irgendetwas in dieser Art würde dem Kerl einfallen.

»Wollt Ihr, dass ich mich entschuldige?«, polterte der Soldat ungehalten.

»Wenn Ihr es genau wissen wollt, ja.«

»Weil ich mich verteidigt habe?«

»Nein. Weil Ihr Euch unverhältnismäßig brutal verteidigt habt. Ihr habt eine schwächere Person behandelt, als wäre sie groß und kräftig wie Ihr selbst. Eine Abwehr ihrer Schläge wäre ausreichend gewesen.«

Der Hauptmann wollte gerade eine ärgerliche Antwort geben, als er sich eines Besseren besann. Er starrte in Agnes' böse funkelnden Augen und sah, wie aussichtslos ein Streit mit ihr sein würde. Schließlich meinte er etwas ruhiger: »Vielleicht habt Ihr ja recht. Vielleicht hätt' ich der nicht so eine ballern sollen.«

Sie nickte befriedigt. Es ging also doch!

»Aber wer soll mir das im richtigen Moment sagen?«, fuhr Wolfram fort. »Als Wachmann und Soldat lernt man das halt so. Meine Männer sind doch genauso. Ihr habt 'ne anständige Erziehung bekommen. Ihr kennt Euch aus. Das hab' ich nie bekommen.«

Sie schaute ihn misstrauisch an. »Benehmt Ihr Euch gegenüber Eurer Frau auch so? Kann sie Euch das nicht zeigen?«

»Ich habe keine Frau, die mir das sagen kann.«

»Ihr seid nicht verheiratet?« Agnes war erstaunt und trat einen Schritt zurück. Damit hatte sie nicht gerechnet. Solch eine ansehnliche Erscheinung, noch dazu eine, die in der Stadt etwas darstellte, war noch nicht vergeben?

»Deswegen dachte ich, Ihr könntet mir das beibringen.«

Agnes lächelte. »Wie denn?«

»Das macht Ihr ja schon. Jetzt, wo wir zusammen den Mörder suchen. Und heute Abend sollten wir zusammen essen. Das hattet Ihr letztes Jahr leider ausgeschlagen. Ich will die Frauen besser verstehen, damit ich mehr Rücksicht nehmen kann. Helft mir doch.«

Agnes schaute ihn verblüfft an. Solch eine Bitte hatte sie diesem groben Kerl nicht zugetraut. Führte er sie hinters Licht? Oder war das ernst gemeint? War ihm bewusst, welche Blöße er sich damit gab? Wenn das seine Untergebenen nun gehört hatten? Damit wäre seine Autorität in Gefahr gewesen. Aber der Hauptmann machte ein so zerknirschtes Gesicht, dass sich ihre Zweifel schnell zerstreuten. Warum sollte sich ein Mensch nicht ändern können? Aus dem Christenverfolger Saulus war ja auch der Apostel Paulus geworden. In Agnes keimte eine interessante Vorstellung auf: Sie konnte trotz dieser Mission hier in Minden Lehrerin sein. Aber nicht bei Kindern und jungen Frauen, sondern bei einem Erwachsenen. Und diesmal ging es nicht um Sprachen und irgendwelche Bücher der großen Kirchenväter, sondern um Benehmen und Rücksichtnahme. Eine außerordentlich reizvolle Idee.

»Ich helfe Euch.« Ihre Stimme klang allerdings angespannt.

Wolfram verneigte sich grinsend. »Und was ist mit heute Abend?«

Sie stockte. »Ich denke, das muss ich mir noch ein wenig überlegen.«

»Na schön. Und mit welcher Lektion beginnen wir jetzt?«

Agnes lachte auf. »Jetzt sollten wir unsere Nasen besser wieder in den Fall stecken. Die Lektionen gibt es nebenbei.«

Das Lächeln des Hauptmanns wurde schmaler. »Und womit beginnen wir?«

»Ich denke, wir befragen jetzt erst die Magd bei Bodes. Wie hieß sie noch?«

»Petra«, sagte Wolfram knapp.

»Genau. Und dann sehen wir weiter. Auf geht's!« Damit drehte sich Agnes rasch um und ging zügigen Schrittes zum Kontor des Händlers Bode. Den Hauptmann ließ sie einfach stehen. Der starrte ihr mit offenem Mund hinterher. Dann seufzte er und folgte ihr mürrisch. Was blieb ihm auch anderes übrig?

* * *

Voller Tatendrang betrat Agnes das Kontor und ging sofort auf Ulrich Rehkopf zu. Ohne lange Vorrede fragte sie: »Ist die Magd Petra im Hause?«

Der Kontorsgehilfe wollte gerade eine ungehaltene Antwort geben, weil die neugierige Fremde ihn bei der Arbeit störte. Dann erblickte er jedoch Wolfram von Lübbecke und besann sich schnell eines Besseren. Hastig winkte er den Lagerverwalter herbei. »Bernhardt, zeig den Leuten die Petra.« Damit wandte er sich wieder seinen Listen zu und schrieb eifrig weiter.

Bernhardt führte die beiden durch eine Tür in den hinteren Teil des Hauses. Der große Raum war eine Mischung aus Gesindestube und herrschaftlicher Küche. An der einen Seite stand ein langer Tisch mit ein paar einfachen Hockern und Holzbänken. Auf der anderen Seite hantierte eine junge Frau an zwei Feuerstellen. Die Luft war erfüllt vom beißenden Rauch der Holzfeuer und dem angenehmen Duft frischen Brotes und der Speisen, die zum Mittagsmahl gereicht werden sollten. Im Vergleich zu draußen, wo Kälte und Nieselregen quälten, war es hier gemütlich warm. Agnes nahm ihren Umhang ab und legte ihn sich über den Arm.

Die Magd reagierte erst, als der Lagerverwalter sie ansprach. Sie erschrak. »Was ist?«

Agnes stellte sich vor und erklärte, dass sie den Tod des Herren Bode untersuchte.

Petra wurde sehr ängstlich. Ihre Augen huschten verstört hin und her. »Ich weiß nichts davon. Ich muss mich mit dem

Essen beeilen, sonst wird die Herrin ungeduldig.« Damit drehte sie sich wieder um und beschäftigte sich mit den Kesseln.

»Wir wollen natürlich nicht, dass Ihr Ärger bekommt«, beruhigte die Möllenbeckerin. »Aber vielleicht dürfen wir nebenbei ein paar Fragen stellen.«

Die Magd schaute verlegen über die Schulter zu Bernhardt hinüber. Der verstand den Wink sofort und verschwand mit einem kurzen Gruß. »Bis nachher.«

Agnes begann mit ihren Fragen. »Wisst Ihr jemanden, der sich den Tod Eures Herrn wünschte?«

Die Magd knabberte an ihrer Unterlippe. Sie antwortete nur zögerlich: »Darüber kann ich nichts sagen. Ich weiß auch nichts. Ich habe es gut hier im Haus und brauche die Arbeit.«

»Ihr sollt ja auch keinen anschwärzen.«

»Gab es Streit?«, warf Wolfram ein.

Petra schien wieder zu überlegen, während sie heftig in der Suppe rührte. Einige Tropfen schwappten über und fielen zischend ins Feuer. Schließlich antwortete sie: »Nicht mehr Streit als anderswo auch.«

»Mit wem? Los! Sag schon! Wir haben nicht ewig Zeit.«

Agnes warf dem Soldaten einen missbilligenden Blick zu. Der hob abwehrend die Hände und ging zum Tisch, um sich zu setzen. Er murmelte irgendwelche Verwünschungen gegen die Weiber vor sich hin.

Schließlich antwortete die Magd: »Ich lausche nicht. Ich kann nichts Genaues sagen.«

»Aber wenn Ihr zufällig im gleichen Raum wart oder nebenan, habt Ihr da etwas gehört?«, hakte Agnes nach.

Wieder eine verlegene Pause. Die Hände der Frau zitterten, während sie sehr leise, beinahe flüsternd, weitersprach. »Oft gab es Streit zwischen dem Herrn und seiner Frau. Nicht besonders laut; denn seine Stimme blieb eigentlich immer ruhig. Aber sie hatte ewig was zu meckern. Andauernd hat er ihr Rechenschaft ablegen müssen, wo er gewesen ist, was er getan hat. Wenn er spät aus dem Rathaus kam oder mit Freunden noch ein Bier trank, gab es Ärger. Der Herr tat mir leid. Er hatte es nicht leicht mit der Herrin.«

Die Magd drehte fahrig den Spieß, auf dem ein Huhn gebraten wurde.

»Gab es sonst noch jemanden, der mit dem Händler im Streit lag?«

»Nun ... Da war noch sein Schwager. Der ist wie die Herrin.«

»Inwiefern?«

Petra wischte sich den Schweiß von der Stirn und schaute sich wieder ängstlich um. »Der hat den Herrn immer wieder zu Keuschheit und Gerechtigkeit ermahnt, als wäre er der Bischof höchstpersönlich. Der Herr war viel zu nett, um ihn hinauszuwerfen. Er hat sich das immer nur angehört: Selten hat er mal geantwortet. Aber vor zwei Wochen war es ganz schlimm.« Sie stockte.

»Worum ging es?«

Die Magd begann leise zu weinen. Agnes trat näher an sie heran und legte ihr beruhigend die Hand auf den Arm. Nach einem Augenblick fuhr Petra fort. »Der Herr von Wiesen und die Herrin unterstellten ihm eine Liebschaft.«

»Wisst Ihr, mit wem?«

Die Magd nickte und wischte sich die Tränen mit dem Ärmel ab.

»Wollt Ihr es mir verraten?«

»Mit ... mit mir. Aber es stimmt nicht!« Petras Stimme wurde energischer. »Da war nie was. Er unterhielt sich nur gern mit mir. Er hat nie versucht, mich anzufassen oder mir irgendwelche Angebote zu machen. Er war ein Freund, ein Vater. Mehr nicht.«

»Aber von der vorherigen Magd, der Lyse, soll er doch ein uneheliches Kind haben.«

»Wer's glaubt. Ich denke eher, Lyse und ihr Mann wollen so an Geld kommen, ohne arbeiten zu müssen.«

»Oder gab es eine andere Geliebte?«

Die Magd schüttelte heftig den Kopf. »Das glaube ich nicht. Er war nicht so.«

»Aber man hat Euch nicht hinausgeworfen?«

»Darüber habe ich mich auch gewundert. Ich hatte schon meine Sachen gepackt, da kam die Herrin und fragte, wann das Essen endlich so weit sei. Kein Wort zu mir, wegen der Sache. Sie war wie immer. Da habe ich erst mal weitergemacht. Bis jetzt.«

»Und wie denkt Ihr darüber?«

Petra überlegte und nagte wieder an ihrer Unterlippe, die schon ganz rissig war. »Die wollten ihm nur eins auswischen. Oder auch ihn prüfen, ob er vielleicht doch eine Schlechtigkeit zugeben würde.«

Agnes dachte nach. Was hatte das denn zu bedeuten? War die Bode so berechnend? Hatte sie ihren Mann genauso behandelt wie vorhin die Besucher? Sie schien eine starke Frau zu sein, die genau wusste, was sie wollte. Selbst jetzt, wo sie erst vor wenigen Tagen ihren Mann verloren hatte. Man sollte diese Frau im Auge behalten.

»Darf ich jetzt weitermachen?« Die Magd schreckte Agnes aus ihren Gedanken hoch.

»Ja, ja. Ich denke, das sollte erst einmal genügen. Wenn Euch noch etwas einfällt, meldet Euch bitte. Hinterlasst einfach eine Nachricht im Rathaus.«

Petra nickte.

Agnes und Wolfram verabschiedeten sich und verließen die Küche auf dem Weg, den sie gekommen waren. Das Kontor war leer. Rehkopf war nirgends zu sehen.

Eifersucht

Ludolf kam langsam die Martinitreppe hinunter. Er fühlte sich leicht und beschwingt. So, als würde er im Traum durch Minden gehen. Alles schien unwirklich und so fern. Die Begegnung mit Susanna hatte ihn berauscht. Er hatte nicht lange bleiben können, weil sie noch so viel zu tun hatte. Aber am nächsten Abend wollte sie ihm Minden zeigen. Dann hätten sie ein wenig mehr Zeit für sich allein. Schade, dass sie schon so bald abreisen musste. Aber in drei oder vier Wochen wäre sie ja wieder zurück.

Wie hätte er sich wohl verhalten, wenn Agnes nicht so abweisend gewesen wäre? Hätte er Susanna dann überhaupt geküsst? Wahrscheinlich nicht. Agnes war doch selber schuld, wenn er nach anderen Mädchen Ausschau hielt, so launisch und unberechenbar, wie sie war.

Jetzt konnte Ludolf das Rathaus sehen. Agnes und Wolfram standen zusammen zwischen den wuchtigen Pfeilern des Laubengangs und unterhielten sich angeregt. Die junge Frau lehnte sich mit dem Rücken gegen den Sandstein und schaute zum Hauptmann hoch. Dieser stand ganz nah bei ihr und stützte sich mit einer Hand am Pfeiler ab, sodass er sich geradezu über sie beugte. Noch ein Stück weiter, und sie könnten einander küssen. Merkte sie denn gar nicht, dass er sie nur ins Bett bekommen wollte?

Die beiden waren so in ihr Gespräch vertieft, dass sie Ludolfs Näherkommen nicht bemerkten. Agnes lächelte ihr Gegenüber an, zwischendurch lachte sie laut auf und hielt dabei verschämt die Hand vor den Mund. Noch ein paar Schritte weiter, und Ludolf konnte hören, was sie sprachen.

»Und heute Abend? Nur ein kleines Essen?«, fragte Wolfram schmeichelnd. So klang seine tiefe Stimme sogar richtig angenehm.

»Besser nicht«, antwortete Agnes.

»Ach, warum denn nicht?«

Sie schüttelte lachend den Kopf. »Ihr gebt wohl nie auf.«

»Bestimmt nicht. Also warum nicht?«

»Es ist besser so.«

»Warum denn?«

»Es schickt sich nicht. Ich habe immerhin einen Ruf zu verlieren.«

»Aber wie wär's denn mit morgen? Zur Hochzeitsfeier bei meinem Vetter Klaudius? Es gibt gut zu essen, und es wird sicher viel getanzt. Und Ihr könnt viele nette Leute kennenlernen.«

Agnes schob ihr Kinn vor und schürzte die Lippen. Sie dachte krampfhaft nach. »Vielleicht. Lasst uns morgen noch einmal darüber reden.«

»Ich nehm' Euch beim Wort. Ich will mit Euch tanzen.«

Ludolf machte durch ein Räuspern auf sich aufmerksam. Sofort erstarb die Unterhaltung, und die beiden blickten missbilligend auf den Störenfried.

»Was liegt an?«

Der Hauptmann antwortete brummig: »Agnes weiß Bescheid. Das sollte reichen. Wir brauchen Euch nicht.«

Ludolf lief rot an. Was erlaubte sich dieser Kerl eigentlich? Aber was sollte man von solch einem ungehobelten Menschen auch erwarten? »Ich habe offiziell den Auftrag bekommen und ...«

»Wir!«, fuhr Agnes dazwischen. »Wir haben den Auftrag bekommen. Also spiel dich hier nicht so auf!«

»Gut.« Er musste sich beherrschen. »*Wir* haben den Auftrag bekommen und haben das Recht, alles zu erfahren, was nötig ist. Oder irre ich mich da?«

Agnes und Wolfram sahen sich an. Sie nickte ihm nur kurz zu, dann erzählte er lustlos von den Geschehnissen des Morgens und den neuen Erkenntnissen. Vom Besuch bei der Witwe, der Verhaftung des Konrad Hus und von der Unterhaltung mit der Magd.

»Bald haben wir den Mörder«, schloss er seinen Bericht ab.

»Falls es Mord war«, entgegnete Ludolf.

»Häh? Natürlich war's Mord.«

»Ich denke nicht. Meiner Meinung nach war es Selbstmord. Wir sollten lieber danach suchen, was ihn dazu getrieben hat.«

Der Hauptmann hatte sich von der Säule gelöst und kam jetzt auf den jungen Mann zu. Seine Hand lag drohend auf dem Griff des Schwertes. »Blödsinn! Warum sollte er Selbstmord begehen? Andere hatten Anlass, ihm den Hals umzudrehen! Auch wenn es einige Schlauberger hier nicht wahrhaben wollen. Wenn Ihr Eure Zeit verschwenden wollt, meinetwegen.«

Wolfram hatte sich breitbeinig vor Ludolf aufgebaut und schaute grimmig auf den einen halben Kopf kleineren Gegner hinunter.

Die Stimme des Möllenbeckers zitterte ein wenig, aber er wollte sich von diesem ungehobelten Klotz nicht einschüchtern lassen. »Nur weil einige Leute die Spuren nicht erkennen können, heißt das noch lange nicht, dass es sie nicht gibt. Vielleicht sollten diese Leute sich mal die Augen untersuchen lassen. Oder besser noch, in den Ruhestand geschickt werden. Bevor noch ein Unschuldiger zu Schaden kommt und die wahren Schuldigen ungeschoren davonkommen.«

»Du kleiner Milchbart«, schrie Wolfram von Lübbecke. »Sei froh, dass du'n Wisch vom Rat hast! Sonst würde ich dich mal so richtig durchwalken! Pass bloß auf, dass wir uns nich mal im Dunkeln begegnen!«

Ludolf wandte sich Agnes zu: »Wie kannst du mit so einem Kerl überhaupt zusammenarbeiten?«

Die junge Frau hatte dem Streit bisher sprachlos zugehört. Sie konnte kaum glauben, dass sich die beiden schon wieder so schnell in die Haare kriegten. Musste Ludolf den Hauptmann immer so überheblich behandeln, als würde er mit einem kleinen Schuljungen reden? Unhöflich und ungehobelt war das. Kein Wunder, dass Wolfram dann die Beherrschung verlor.

»Kindskopf!«, zischte Agnes. »Der Hauptmann kennt sich bestens aus in Minden. Er ist eine große Hilfe für uns. Wir sind auf ihn angewiesen. Außerdem: Wie die Witwe sagte, Selbstmord passt nicht zu Bode. Wenn wir blind sein sollten, dann bist du aber taub.«

Ihre Augen sprühten Funken. Sie hatte ihre Arme angriffslustig in die Seiten gestützt. Sie war nicht bereit, sich die Ergebnisse ihrer Nachforschungen noch mal schlechtmachen zu lassen.

Ludolf schaute seine beiden Kontrahenten an und wusste, dass er hier nichts ausrichten konnte. Agnes war wieder mal verstockt und der Hauptmann zu dumm und zu beschränkt, um überhaupt seine Fehler erkennen zu können. Wütend drehte er sich um und stampfte davon.

»Ludolf!«, rief Agnes hinter ihm her

Aber er reagierte nicht. Aus Prinzip nicht.

»Ludolf, du sturer Bock! Bleib stehen!«

Er ging ungerührt weiter.

Ohne dieses blöde Kopftuch hätte sie sich jetzt die Haare gerauft. Wütend lief sie hinter ihm her und hielt ihn am Arm fest. »Was ist los?«

»Nichts«, presste er zornig hervor. Widerwillig schüttelte er ihre Hand ab.

Agnes aber ließ sich nicht so schnell abspeisen. »Ach was! Du bist stocksteif und bockig wie ein Esel!«

»Warum wohl?«

»Das fragst du mich?« Plötzlich ging ihr ein Licht auf. »Dir gefällt es nicht, dass ich mit Wolfram zusammen ermittle. Du hättest vorhin ja mitkommen können. Aber stattdessen bist du eifersüchtig.«

Ludolf lachte kurz auf. »Auf wen denn? Auf den da etwa?«

»Das ist wenigstens ein Mann. Der steht mit beiden Beinen im Leben und macht was her!«

»Klar. Aber gestern hast du noch geschworen, du würdest nur mich lieben.«

»Ich sagte dir aber auch, dass aus uns nie etwas werden kann. Ich bin an mein Gelübde gebunden.«

»Ach? Und bei dem da gilt das wohl nicht mehr? Ich habe genau gesehen, wie du ihn angehimmelt hast.«

»Ich bin bisher immer anständig geblieben. Du hast kein Recht, über mein Verhalten zu urteilen! Und wenn ich meine Liebe einem anderen schenken würde, ginge dich das nichts an!«

»Du bist also bereit, mit ihm ... zu buhlen?«

»Ich ... ich ...« Nun fehlten ihr die Worte. Was erlaubte er sich eigentlich? Er benahm sich, als wäre er ihr Vater oder ihr Ehemann. Sie war doch nicht sein Besitz! Wenn er sie wirklich lieben würde, sollte er das Vertrauen haben, dass sie so etwas niemals tun würde. Sein ganzes Gerede von Liebe – nichts als leeres Geschwätz! Aber am meisten ärgerte es sie, dass sie wegen Ludolf die Beherrschung verloren hatte. Schon wieder hatte sie sich durch ihn in die Enge drängen lassen, hatte schon wieder ihre gute Erziehung vergessen. Wie früher, als sie noch Kinder gewesen waren. Plötzlich konnte sie sich nicht mehr zusammenreißen. Die Tränen begannen ihr über die Wangen zu laufen. Wütend wischte sie sie mit dem Ärmel ab. Sie wollte sich vor ihm keine Blöße geben. Schnell drehte sie sich um und ging auf Wolfram zu. Sie versuchte sich zusammenzureißen. Schließlich hatte sie hier einen Auftrag zu erfüllen, und auf den musste sie sich jetzt konzentrieren.

Ludolf blickte enttäuscht hinter Agnes her. Schon wieder war es passiert, sie hatten sich schon wieder gestritten. War es jetzt aus zwischen ihnen? Im Grunde genommen hatte es ja nie richtig angefangen. Immer wieder hatte sie sich in ihr Schneckenhaus zurückgezogen. Immer dieses Gerede vom Gelübde und so. Und sie war nur nett zu ihm, wenn es ihr in den Kram passte.

Damit wandte sich Ludolf ebenfalls um und eilte an den Auslagen der Händler entlang in Richtung St. Marien.

Im Kontor

Ludolf schwirrte noch immer der Streit mit Agnes durch den Kopf. Er wurde aus ihr nicht schlau. Sie war so klug und begabt, wenn es um Sprachen und geistige Themen ging. Sie kannte sich in den Schriften der Kirchenväter und in der Heiligen Schrift bestens aus. Und sie konnte gut mit Menschen umgehen, kam mit ihnen schnell ins Gespräch. Aber dann war sie auch wieder so naiv und blauäugig, dass sie nicht erkannte, wenn man ihr etwas vormachte.

Er schaute sich um. Inzwischen war er in der Nähe des Hauses des toten Händlers. Vielleicht sollte er ein paar Worte mit diesem Gehilfen von Bode wechseln. Ludolf stand unentschlossen herum und grübelte. Er konnte sich kaum konzentrieren. Was sollte er fragen? Wonach suchte er eigentlich? Hatte er überhaupt eine Spur? In seinem Kopf kreisten nur noch Agnes und ihr unmögliches Benehmen.

»Ich muss mich zusammenreißen!«, fuhr er sich selbst an. »Es muss auch ohne sie gehen.«

Er atmete tief durch und marschierte dann über die Straße. Forschen Schrittes betrat er das Kontor. Ulrich Rehkopf schleppte einige Säcke in den hinteren Teil des Hauses. Da er dem Besucher den Rücken zukehrte, bemerkte er Ludolf nicht. Erst die knarrenden Holzbohlen schreckten ihn auf.

»Ah. Ihr seid das. Ich dachte schon, ein Kunde wäre gekommen.«

»Kaufen will ich nichts.«

»Ich hole Euch den Bernhardt. Der kann Euch wieder helfen.« Damit wollte Rehkopf schon loseilen.

»Wartet bitte. Ich wollte eigentlich mit Euch sprechen.«

Der Gehilfe hielt erstaunt inne. Mit großen Augen und leicht stockend fragte er: »Wie ... äh ... Was sollte ich schon sagen können?«

»Zum Beispiel: Was wird aus diesem Geschäft? Jetzt, wo der Händler Bode tot ist.«

Verlegen schaute sich Ulrich Rehkopf um und kratzte sich die Wange. Seine dünne Stimme klang noch ängstlicher als üblich. »Ich weiß nicht. Vielleicht wird das Geschäft ja verkauft. Es gibt keinen Sohn, der das hier übernehmen kann. Nur 'ne Tochter. Aber die ist noch nicht verheiratet. Bei einem Verkauf werde ich wohl nicht bleiben können. Der neue Herr wird schon jemanden haben, der die Arbeit macht, wie ich jetzt hier.«

»Warum sollte denn verkauft werden? Die Witwe Bode kann doch das Geschäft fortführen.«

Der Kontorsgehilfe lächelte plötzlich. »Sie ist doch eine Frau. Man muss aber in der Händlergilde sein. Und das kann nur ein Mann.«

Ludolf nickte. So weit war es dann noch nicht her damit, dass Stadtluft frei machte. Sicher, die Menschen waren der Leibeigenschaft der Fürsten und Ritter entronnen, mussten sich hier aber nun anderen Herren unterordnen: Ratsherren, Gilden und anderen kleinen, elitären Gruppen, die der großen Menge der einfachen Bevölkerung ihren Willen aufzwangen. Und wenn eine Frau nicht in die Händlergilde durfte, war es mit der Freiheit in der Stadt wohl auch nicht weit gediehen. Andererseits war die Äbtissin von Herford die Gebieterin einer ganzen Stadt, nahm also den gleichen Rang ein wie hier in Minden der Bischof.

Ludolf lenkte seine Gedanken zum eigentlichen Zweck seines Besuchs zurück: »Ist am Dienstag, dem Todestag des Händlers, etwas Außergewöhnliches passiert?«

Rehkopf überlegte einen Moment: »Na ja, wie man's nimmt. Zwei Wagen mit lang erwarteten Waren kamen an, und ein Bote aus Petershagen meldete, dass das Boot aus Bremen dort angekommen sei. Der Herr war sehr erfreut.«

Ludolf war verwirrt. Wenn sich der Händler aber umgebracht hatte – und die Spuren auf dem Dachboden sprachen dafür –, musste seine Gemütsverfassung eine andere gewesen sein. Ludolf vergewisserte sich noch einmal: »Er war also nicht niedergeschlagen?«

»Nein. Er sagte, er würde so gut schlafen wie schon lange nicht mehr.«

»Aber gab es in letzter Zeit nicht viele Probleme mit dem Geschäft?«

»Halt die Risiken, die jeder Händler hat. Es gab da einen Brand im Lager in Bremen vor so ungefähr drei Monaten. Einige Ballen des Händlers gingen verloren. Und vor einem Monat trieb ein Schiff nachts von der Reede ab. Es schlug an einer Mauer leck und sank. Das war ein schlimmer Verlust, denn fast alle Waren wurden entweder vom Wasser verdorben oder schwammen einfach davon. Die Seile waren nicht durchgeschnitten worden. Aber wir wissen nicht, ob ein Unbekannter das Schiff losgebunden hat oder ob die Mannschaft es nur zu nachlässig befestigt hatte. Aber das alles war wohl nicht schlimmer, als es auch andere Händler treffen kann.«

»Ich habe gehört, dass auch Wagen überfallen wurden?«

»Ein Wagen. Aber nur das Geld der Fuhrleute wurde gestohlen. Die Waren wurden zum Glück verschont.«

Ludolf ging auf und ab. So konnte er besser nachdenken. »Aber trotzdem: Ist das nicht eigenartig viel Unglück in letzter Zeit?«

»Ja, schon«, sagte der Kontorsgehilfe. »Aber zum Glück konnten wir allen Verpflichtungen nachkommen. Alle Kunden haben ihre Sachen bekommen.«

»Die Frage bleibt aber, zu welchem Preis? Gab es Schulden? Musste sich Bode Geld leihen?«

Ulrich Rehkopf kratzte sich wieder am Kinn. Nach einem Augenblick des Nachsinnens antwortete er zaghaft: »Ich weiß nicht. Darüber hat der Herr nie gesprochen. Aber gut möglich, dass die Kosten so hoch waren, dass sich die Geschäfte als Verlust erwiesen haben. Aber was tut man nich alles, um die Kunden zu halten. Aber von Schwierigkeiten habe ich nichts gehört.«

Ludolf musste wieder an das denken, was der junge Händler Schäfermann ins Gespräch gebracht hatte. »Könnte bei den Unglücksfällen nicht ein Feind von Bode nachgeholfen haben? Und weil das, wie Ihr sagtet, nicht fruchtete, wurde der Händler dann in den Tod getrieben?«

Der Gehilfe hob abwehrend die Hände. »Es gibt immer irgendwelche Neider, wenn man ein gutes Geschäft hat. Aber ich wüsste nicht, wer meinem Herrn so sehr den Tod wünschte.«

»Na gut.« Ludolf grübelte. Welche außer den üblichen Fragen sollte er noch stellen? »Was ist mit Liebschaften? Gibt es eine Geliebte?«

»Die Herrin ...«, damit wurde die Stimme des Kontorsgehilfen leiser, er beugte sich leicht vor und beschirmte seinen Mund mit einer Hand. »Die Herrin ist ein Besen. Frömmelnd ohne Ende. Der Herr war eher mit einem Pfaffen verheiratet als mit einer Frau. Jeder normale Mann hätte es mit der bestimmt nicht lange ausgehalten. Oder sich nebenbei was anderes gesucht.«

»Gibt es nun Liebschaften?«

»Oh, nein!« Er richtete sich wieder auf. Seine Stimme gewann an Kraft. Entrüstet stellte er fest: »Ich habe nicht gesagt, dass er welche hatte.« Nach einem Augenblick ergänzte er: »Ich weiß jedenfalls von keiner.«

Ludolf überlegte krampfhaft. Was hatte ihm der Gehilfe eigentlich Neues gesagt? Nur, dass er Schäfermanns Schwarzmalerei wegen des Zustands von Bodes Geschäft nicht bestätigen konnte. Da war sich Rehkopf doch recht sicher. Es konnte natürlich auch sein, dass die Händler untereinander offener waren als zu ihren Untergebenen. Möglich auch, dass Bode Schäfermann ins Vertrauen gezogen hatte.

Eine Frage hatte Ludolf noch: »Wann habt Ihr den Händler Bode zum letzten Mal gesehen?«

»Als die Turmuhr sieben schlug. Da ging er wie jeden Abend noch nach nebenan in die Schänke *Widukind*. Er wollte sich mit Freunden treffen.«

»Und was tatet Ihr dann?«

»Ich ging nach Hause.«

»Das ist Euer gutes Recht. Tja, das war's wohl, was ich wissen wollte.«

Ludolf verabschiedete sich und verließ das Kontor. Er war unzufrieden, dass er so gut wie nichts Neues erfahren hatte. Nichts Konkretes, nichts, woran er wirklich anknüpfen konnte, keinen Hinweis auf die Umstände des Todes von Bode. Und nun? Ihm blieb nur eines übrig: die Schänke *Widukind*. Vielleicht erfuhr er ja dort mehr.

Schmied Gieselmann

»Wo wollt Ihr hin?«, rief Wolfram von Lübbecke, nachdem Agnes wutschnaubend an ihm vorbeigeeilt war.

Ludolf, dieser eifersüchtige Flegel, wagte es, ihr Unkeuschheit zu unterstellen! So eine Unverschämtheit war ihr noch nie untergekommen! Wenn ihr jetzt noch irgendein Mann in die Quere kam, würde sie auf der Stelle abreisen. Sollten die Männer doch alleine zurechtkommen!

Erneut fragte der Hauptmann, was sie vorhatte.

Agnes blieb abrupt stehen. »Zum Schmied gehen natürlich.«

»Zu welchem Schmied?«

»Mit dem Bode Ärger hatte.«

»Der wohnt in der anderen Richtung. Neben Bodes. Sonst hätte es nie Ärger gegeben. Oder?«

Agnes war wütend. Auf Ludolf und sich selbst. So konnte sie keinen klaren Gedanken fassen. Um sich ein wenig zu besänftigen, band sie das verhasste Kopftuch ab. Sie hatte das Gefühl, dass es sie am Denken hinderte – auch wenn das natürlich Unsinn war. Es galt nicht als schicklich, sich in der Öffentlichkeit ohne Kopftuch zu zeigen. Sonst gingen nur junge, unverheiratete Frauen mit offenem Haar. Da Agnes die Zwanzig schon überschritten hatte, würde man sie nun eher für eine Dirne halten als für eine ehrbare Frau. Nun gut – nach Ludolfs Auffassung war sie das ja auch. Sie schüttelte ihr langes, schwarzes Haar und atmete tief durch. Langsam wurde sie ruhiger.

Sie wandte sich wieder um und ging zu Wolfram zurück.

»Der Bursche ist bockig wie ein kleines Kind«, bemerkte der Hauptmann, als sie ihn erreicht hatte.

»Er ist schlimmer als mein Vater. Ich will jetzt nicht mehr darüber reden. Schluss.«

Wolfram grinste vor sich hin, als sie die Straße entlanggingen, die Ludolf kurz vorher ebenfalls genommen hatte. Begehrlich betrachtete er die junge Frau, die immer einen Schritt vorausging.

* * *

Rechts neben dem Grundstück der Familie Bode stand ein schmales, kleines Haus. Es schien uralt zu sein. Lehm bröckelte an einigen Stellen aus dem maroden Fachwerk, andere Flächen waren notdürftig ausgebessert. Ein paar der dunklen Balken sollten dringend ausgewechselt werden, sie waren oberhalb der Fundamente schon angefault. Die Eingangstür klapperte heftig, als der Hauptmann anklopfte. Niemand öffnete. Von irgendwo in der Nähe war jedoch ein leises, metallisches Klingen zu hören. Die Werkstatt befand sich vermutlich hinter dem Haus.

Die beiden Besucher nahmen den kleinen, schmalen Gang zwischen der Mauer, die das Grundstück des Händlers umschloss, und dem alten Haus. Ein Fuhrwerk käme hier nie durch. Das Klopfen wurde lauter. Als die beiden um die Hausecke bogen, sahen sie eine offene Werkstatt, die an das Wohnhaus angebaut worden war. Die Esse war an diesem Tag nicht angefacht worden, dafür hantierte der Schmied mit einigen Eisen. Er war ein wenig untersetzt, aber von breiter, kräftiger Statur – schätzungsweise zwischen dreißig und fünfunddreißig Jahren.

»Ach, unser Hilfshenker!«, rief er, als er Wolfram erblickte.

»Nicht frech werden!«, fuhr ihn der Soldat an.

Doch der Schmied hatte dafür nur ein müdes Lächeln übrig. Er ließ sich nicht so schnell einschüchtern. »Womit wollt Ihr heute die Leute von ihrer Arbeit abhalten?«

»Wir untersuchen den Mord an Eurem Nachbarn.«

»Hab schon gehört, was Ihr mit Konrad Hus und seiner Frau gemacht habt. Bin ich jetzt dran? Werdet Ihr meiner Frau auch den Arm brechen wollen?«

Der Hauptmann richtete sich hoch auf und reckte den Kopf, um noch größer zu erscheinen. »Wenn Ihr mich auch angreift.«

»Wenn sich unsereiner verteidigt, heißt's hinterher sowieso immer, wir hätten angefangen.«

»Dann seid vorsichtig.«

»Und mit Eurer neuen Favoritin an der Seite wollt Ihr jetzt wohl einen auf anständig machen.« Dabei zwinkerte er anzüglich.

Agnes fuhr ärgerlich dazwischen: »Das stimmt doch gar nicht. Der Rat hat mich beauftragt, den Tod des Händlers Bode zu untersuchen!«

Der Schmied lachte schallend und schlug sich auf die Schenkel. »Seit wann beauftragt der Rat Dirnen? Er besucht sie höchstens.« Er konnte sich kaum wieder beruhigen.

Nun wurde Agnes lauter. Wie kam dieser dahergelaufene Schmied dazu, ihr so eine Unverschämtheit zu unterstellen? Sie war rot angelaufen. »Was fällt Euch ein? Ich bin keine Dirne!«

»Wenn Ihr mit dem da kommt, ganz bestimmt doch. Seit wann ist die Geliebte unseres lieben Hauptmanns der Stadtwache eine ehrbare Frau?« Gieselmann lachte weiter.

Wolfram ging das eindeutig zu weit. »Ruhe jetzt! Wir haben hier 'nen Mord zu untersuchen. Also keine Beleidigungen mehr gegen die Scholasterin. Sie ist eine Nonne, die auf Empfehlung des Bischofs vom Stadtrat eingesetzt wurde.«

Agnes war außer sich vor Wut. Aber sie verkniff sich lieber jedes weitere Wort. Schon wieder hatte sie sich so weit reizen lassen, dass sie ihre Beherrschung verloren hatte. Wenn das hier vorbei war, musste sie dringend zur Beichte, um ihr Gewissen zu erleichtern.

»Schon gut, schon gut.« Der Schmied hob beschwichtigend die Hände und lächelte großmütig.

Der Hauptmann blickte Agnes an, um sich zu vergewissern, dass die Befragung beginnen konnte. Agnes nickte nur kurz und trat dann einige Schritte beiseite. Schmollend lehnte sie mit verschränkten Armen an der Mauer.

Inzwischen war eine Frau an der rückwärtigen Tür des Hauses erschienen. Sie war wohl durch das Geschrei angelockt worden. Verschüchtert schaute sie in die Runde und blieb im Türrahmen stehen. Neben sie drängte sich ein Junge von etwa zwölf Jahren.

»Also«, der Hauptmann wandte sich wieder an Gieselmann. »Wo wart Ihr vorige Woche am Dienstagabend und in der Nacht?«

»Warum fragt Ihr mich das?«

»Weil Ihr Grund hattet, Bode umzubringen.«

»Weswegen hätte ich das tun sollen?«

»Wegen des Lärms und Gestanks aus der Schmiede. Bode soll Euch ja sogar zum Umzug gezwungen haben. Ihr wolltet hier ja nicht freiwillig weg.«

Wieder lachte der Schmied los. »Ha! Mein Lieber, Ihr seid nicht auf dem Laufenden!«

Wolfram schreckte zurück. »Wie meint Ihr das?«

»Ich habe mich doch schon mit Bode auf den Umzug geeinigt. Am Montag vor seinem Tod. Ich krieg 'ne neue Werkstatt. Ohne so 'nen nöckeligen Nachbarn. Wir zieh'n kommende Woche mit Sack und Pack um.«

Der Hauptmann grübelte verzweifelt. Das hatte sich aus Lyses Mund doch ganz anders angehört? »Na gut. Aber wegen des Verlustes, den Ihr dadurch habt, habt Ihr ihn dann doch getötet.«

»Tja. Wieder falsch. Bode gab mir sogar Geld dazu.« Feixend fügte der Schmied hinzu: »Was gibt's denn noch, das Ihr noch nicht wisst?«

»Äh ... aber ...« Verzweifelt drehte sich Wolfram von Lübbecke zu Agnes um. Aber sie zuckte lediglich die Schultern. Enttäuscht wandte er sich wieder an den Schmied: »Vielleicht war's Euch nicht genug?«

»Och, das geht schon. Hätte ein bisschen mehr sein können. Aber das geht in Ordnung. Also habt Ihr immer noch keinen Grund, warum ich den Händler hätte abmurksen sollen.« Dabei lächelte er breit und zufrieden. »Was nun, großer Soldat?«

»Kann das einer bestätigen?«

»Nö. Das war ein Gespräch unter vier Augen. Und wir gingen zufrieden auseinander. Ich mit einem Beutel voll Geld.«

»Na gut.« Der Hauptmann schaute sich verlegen um. Aber es kam keine gute Fee, um ihm die Lösung zu präsentieren. »Nochmals: Wo wart Ihr am Abend des vorigen Dienstags?«

Gieselmann winkte seine Frau und seinen Sohn herbei. Sie traten zögerlich neben ihn und versteckten sich halb hinter ihm.

Die Stimme der Frau zitterte ein wenig. »Mein Mann war die ganze Nacht bei mir. Das kann ich beschwören bei allen Heiligen und beim Leben meiner Mutter.«

»Und ich habe Vater noch hier geholfen. Da war's schon lange dunkel«, fügte der Sohn hinzu.

Der Hauptmann der Stadtwache betrachtete die kleine Gruppe ganz genau. Er verzog sein Gesicht zu einem bitteren Grinsen. »Und das soll ich Euch glauben? Ihr steckt doch sowieso alle unter einer Decke. Ihr habt bloß Angst, dass plötzlich der Ernährer weg ist.«

»Aber ich lüge nicht«, sagte die Frau Gieselmann flehentlich. Sie hielt den kräftigen Arm ihres Mannes umklammert.

»Ich sollte Euch am besten für ein paar Tage innen Kerker stecken. Dann fällt Euch bestimmt was ein.«

»Ach ja?« Der Schmied reckte sich. Ihm war gar nicht mehr nach Lachen zumute. »Damit Ihr wieder einen prügeln und quälen könnt?«

»Das ist nur die angemessene Behandlung, die Gesindel verdient.«

»Genau. Alles ohne Gericht und Urteil. Das gefällt Euch wohl?«

»Wenn Ihr jetzt nicht freiwillig mitkommt, hole ich die Wache. Dann habt Ihr Euch die Folgen selbst zuzuschreiben.« Damit fasste er nach seinem Schwert und zog es drohend ein Stück aus der Scheide.

Die Frau begann zu weinen. »Wir ham doch nix getan. Macht Euch das Spaß?«

»Hauptmann!«, erklang es plötzlich.

Wolfram von Lübbecke wirbelte herum. Hinter ihm hatte sich Agnes aufgebaut. Sie funkelte ihn bedrohlich an. »Wir sollten das akzeptieren. Solange wir nichts Gegenteiliges wissen, ist das nur Schikane. Das gefällt mir nicht.«

Er stöhnte zornig auf, ließ das Schwert los und holte mit Schwung aus. Mit der flachen Hand wollte er zuschlagen. Doch im allerletzten Moment hielt er inne. »Mach das ja nie wieder!«, knurrte er grimmig. »Das nächste Mal kriegste eine verpasst.«

Agnes war zutiefst erschrocken über sein Verhalten. Sie taumelte rückwärts gegen die Begrenzungsmauer und schlug mit dem Hinterkopf unsanft gegen die Bruchsteine. Mit zitternden Händen bedeckte sie ihr Gesicht. Jeden Augenblick erwartete sie den Schlag. Sie konnte kaum fassen, dass Wolfram sogar ihr gegenüber ausfallend wurde. Er hatte doch versprochen, sich künftig zu beherrschen. Aber wenn er sich selbst ihr gegenüber nicht unter Kontrolle hatte, war es kein Wunder, dass er als rücksichtslos und brutal bekannt war. Wie sollte sie dem Mann da helfen können?

Der Hauptmann der Stadtwache drehte sich wutschnaubend wieder zum Schmied um. »Das reicht für's Erste! Ihr dürft die Stadt nicht verlassen. Wenn ich einen von Euch irgendwo am Stadttor sehe, geht es ab in'n Kerker. Klar?«

Ohne eine Antwort abzuwarten, stürmte er durch den Gang am Haus entlang zur Straße. Agnes, immer noch benommen vor Schreck, taumelte hinterher. Sie musste sich an der Hauswand abstützen, um nicht hinzufallen. Zögernd folgte sie Wolfram.

In der Schänke

Ludolf schaute sich um. Schräg gegenüber dem Kontor des Händlers Bode befand sich die Schänke *Widukind*. Sie machte einen soliden und anständigen Eindruck. Das Haus war in ordentlichem Zustand. Über der Tür war an einem Eisenhaken ein glänzendes Schwert aufgehängt. Dies war nicht eine jener Spelunken, wo es billigen Wein, dünnes Bier und leichte Mädchen gab.

Er betrat den niedrigen Schankraum, in dem einige einfache Tische mit verschiedenen Hockern und Bänken verteilt waren. Auf der einen Seite befand sich ein offener Kamin, der Wärme spendete, auf der anderen Seite stand ein Tresen, auf dem verschiedene Fässer mit den unterschiedlichen Getränken lagen. Jetzt, kurz nach dem Mittag, waren nur zwei Gäste anwesend. Die beiden Köpfe wandten sich neugierig zu dem unbekannten Besucher um und musterten ihn eingehend. Er grüßte sie kurz.

»Seid willkommen, junger Herr.«

Ein großer, massiger Mann kam schwerfällig durch eine Tür in den Schankraum. Um das Gewicht seines riesigen Bauches, den er unter einer Schürze zu verstecken suchte, auszugleichen, musste er sich leicht nach hinten lehnen. So ging er ständig mit hoch erhobenem Kopf durch die Welt. Bei jedem Schritt wankte er gewaltig, da er seine Masse immer von einem Bein aufs andere verlagern musste, um nicht umzufallen.

»Ich habe Euch hier noch nie gesehen.«

»Stimmt. Ich bin das erste Mal hier.«

»Ich bin Balthasar Melmann. Von allen nur Melle genannt. Was kann ich Euch bringen?«

Ludolf stellte sich und sein Anliegen kurz vor. Konnte sich der Wirt an den Abend erinnern, an dem der Händler Bode gestorben war?

Der Wirt stemmte seine Hände in den Rücken und reckte sich. »Jau. Der Johannes war hier. Hat hier mit einigen Bekannten getrunken und 'n Bier ausgegeben.«

»Gab es etwas Auffälliges? War er niedergeschlagen? Anders als sonst? Oder ist was passiert?«

»Nich dass ich wüsste. Eigentlich wie immer.«

»Mit wem hat er getrunken?«

»Wie üblich mit einigen Handwerksmeistern. Mit denen is' er befreundet.«

Ludolf nickte. »Richtig. Davon habe ich schon gehört. Wann ist der Händler wieder gegangen?«

»Au, junger Herr. Wisst Ihr, was hier abends los ist? Manchen Morgen weiß ich selbst nich mehr, wann ich ins Bett gekommen bin. Wie könnt ich mich dann erinnern, wann sich meine Gäste verabschieden?«

Ludolf war ein wenig enttäuscht. Er hatte gehofft, mehr über den Todesabend zu erfahren. Was den Händler in den Tod getrieben, wen er getroffen oder was er nach dem Besuch hier getan hatte. Damit hatte sich auch dieser Besuch als Sackgasse erwiesen – jedenfalls fürs Erste.

»Ich werde später noch einmal wiederkommen«, sagte er. »Vielleicht sind dann die Bekannten des Händlers Bode da.«

Der Wirt kratzte sich verlegen seine Glatze und antwortete dann väterlich: »Das is' nicht nötig, junger Herr. Das ist unnütze Mühe. Was soll'n die schon mehr wissen?«

»Vielleicht nicht. Aber auch die kleinste Möglichkeit darf ich nicht außer Acht lassen.«

Der Wirt machte eine beschwichtigende Bewegung mit seinem massigen Arm. »Glaubt's mir, das is' bestimmt vergebliche Liebesmüh'. Das lohnt sich nicht.«

Ludolf verabschiedete sich vom Wirt und trat wieder auf die Straße hinaus.

Und nun? Hatte Bode wirklich Schulden? Schulden, die zu hoch waren, um sie zurückzuzahlen? Oder wurde er unter Druck gesetzt? Wurde ihm oder seiner Familie gedroht? Wenn ja – warum und durch wen? Ludolf war verzweifelt. Er fühlte sich ernüchtert und alleingelassen. Was konnte er jetzt noch tun?

Beim Schwager

»Wartet bitte!«

Wolfram von Lübbecke marschierte weiter, ohne auf Agnes' Rufen zu reagieren.

»Hauptmann! Wartet bitte!«

Endlich blieb er stehen. Die junge Frau eilte herbei und blickte in sein versteinertes Gesicht. Sein Blick war in die Ferne gerichtet, als wäre sie Luft. Dabei hatte sie alles Recht, auf ihn wütend zu sein, nicht umgekehrt. Immerhin hätte er sie um ein Haar geschlagen.

»Legt Ihr noch Wert auf unsere Zusammenarbeit?« Agnes' Ton war scharf. Jedes Wort wurde überdeutlich und langsam gesprochen. Ihre Frage klang endgültig.

Jetzt drehte er sich zu ihr um. Er beugte sich halb zu ihr hinunter. »Stell mich nie wieder vor anderen bloß! Untergräbst du meinen Respekt, nimmt mich keiner mehr ernst. So kann keine Stadtwache arbeiten. Merk dir das! Tu das nie wieder!« Er hatte seine Faust drohend erhoben.

Agnes ließ sich durch die unhöfliche Anrede nicht einschüchtern. Sie wusste ganz genau, dass sie im Recht war. Auch dieser grobe Kerl hatte zu lernen, wie man sich zu benehmen hatte.

»Falls Euch etwas daran liegt, dass wir zusammenarbeiten, solltet Ihr überlegen, wie Eure grundlosen Drohungen auf andere wirken. Wenn die Menschen erst verstockt sind, werdet Ihr nie etwas erfahren.«

Der Hauptmann giftete: »Meinst du, ich wär' zu dusselig, das nicht selbst zu wissen?«

»Nein. Nur zu ungeduldig. Ohne Rücksicht auf andere zu nehmen, kann man keine vernünftigen Nachforschungen anstellen.«

Wolfram brummte Unverständliches vor sich hin. Agnes versuchte, in seinem Gesicht seine Gedanken abzulesen. Aber er blickte einfach über sie hinweg. Als ein Bekannter an ihnen vorbeiging, machte er ein freundliches Gesicht und lächelte, doch schon im nächsten Augenblick war er wieder in seinem Unmut erstarrt.

Agnes atmete tief durch. Sie wollte diesen groben Klotz unbedingt formen. Sie war sich sicher, dass sie das konnte. Sie hatte schon so manches Kind, so manche junge Frau im Unterricht gehabt, die auf nützliche Anleitung und ein gutes Beispiel positiv reagiert hatten. Warum sollte das nicht auch bei einem Mann in den besten Jahren gelingen? Niemand konnte so verhärtet sein, dass er nicht auf vernünftige Anleitung einging.

Ihre Stimme zitterte leicht: »So gehen auch Freundschaften kaputt.«

Sein Blick senkte sich langsam zu ihr hinunter. »Was soll das heißen?«

»Ich sollte Euch doch zeigen, wie man sich gegenüber anderen benimmt. Besonders gegenüber Frauen.«

»Ja, und?«

»Dabei auf einen Freund zu hören, ist einfacher als auf einen Fremden.«

Der Hauptmann zog die Augenbrauen hoch und blickte sie durchdringend an. Langsam entspannte sich sein Gesicht. Ein kaum wahrnehmbares Lächeln erschien. »In Ordnung«, stellte er fest. »Wenn wir Freunde sein sollen, dann müsst Ihr ...«

»Nein!«, unterbrach ihn Agnes. »Kein Abendessen zu zweit. Und das mit der Hochzeitsfeier morgen überlege ich mir noch.«

Der Hauptmann lachte laut. »Du lässt einen ja nicht ausreden. Wenn wir Freunde sind, musst du mich Wolfram nennen und ich dich Agnes.«

Die junge Frau entspannte sich wieder. Schon wieder war ihr Mundwerk schneller gewesen als ihr Verstand. Aber diesmal war es nicht so schlimm. »Damit bin ich einverstanden, Wolfram.«

Sie setzten ihren Weg gemeinsam fort. Unterwegs erzählte Agnes von ihrer Arbeit als Scholasterin im Kloster Möllenbeck, von den schönen Erfahrungen als Lehrerin, von den Freuden, die sie durch das Studieren in alten Büchern erlebt hatte, von verschiedenen Kirchenlehrern, die so viele erbauliche Predigten und Ermahnungen verfasst hatten.

Schließlich erreichten sie die Martinitreppe, die sie zur Oberstadt hinaufstiegen, gingen an der altehrwürdigen Kirche St. Martini vorbei und erreichten das Haus des Gabriel von Wiesen, des Schwagers des verstorbenen Händlers Bode, in der Ritterstraße. Ein ansehnliches und recht neues Haus. Die Geschäfte des Wollwebers waren offensichtlich erfolgreich. Zusätzlich zu seinem Wohlstand kam auch noch das Ansehen, das er als Zunftmeister der Wollweber hatte. Eindeutig – Gabriel von Wiesen stellte etwas dar in Minden.

Wolfram von Lübbecke klopfte an die Eingangstür. Nur wenige Augenblicke später öffnete ihnen eine Frau von etwa fünfzig Jahren. Sie trug ein Kleid aus schwerem, schwarzem Stoff und eine ebenso dunkle Haube. Mit unruhigem Blick musterte sie den unangemeldeten Besuch.

Nach der Begrüßung kam der Hauptmann umgehend zum Anlass des Besuches: »Wir müssen mit dem Herrn von Wiesen sprechen. Könnt Ihr uns zu ihm führen?«

Die Frau blickte nervös zwischen dem Hauptmann und der Unbekannten hin und her. Zaghaft antwortete sie: »Mein Mann ist leider nicht da.«

»Ach ja? Wo ist er denn jetzt?«

»Bei Meister Naumann, in der Kampstraße. Das Haus genau gegenüber der Friesenstraße.«

»Na gut. Dann werden wir ihn eben da befragen.«

Doch ehe sich Wolfram verabschieden konnte, mischte sich Agnes ein: »Einen Augenblick bitte, werte Frau von Wiesen. Erinnert Ihr Euch an den Abend, an dem Euer seliger Schwager umkam?«

Sie nickte.

»Wo war Euer Mann an jenem Abend?«

Wieder schaute sich Frau von Wiesen verlegen um. Sie hielt ihre Hand vor den Mund und räusperte sich mehrmals. Sie versuchte Zeit zu gewinnen. Sie machte einen schüchternden, unsicheren Eindruck und wollte sicherlich nichts Falsches sagen. Schließlich antwortete sie: »Mein Gabriel kam an dem Abend erst spät heim. Er war noch lange in der Werkstatt. Die haben wir hier um die Ecke in der Videbullenstraße in unserem alten Haus.«

»Das wisst Ihr noch genau?«

»Ja, meine Schwester Veronika war bis zum Abend zu Besuch. Und erst als sie gegangen war, kam mein Mann.«

Die junge Nonne nickte. »Wann genau war er zurück?«

»Ich kann es nicht mehr so genau sagen.« Ihr Blick wurde immer unruhiger.

Aber Agnes ließ nicht locker: »War es kurz nach Einbruch der Dunkelheit? Vor Mitternacht oder danach? Oder in den Morgenstunden?«

»Bitte entschuldigt, aber ich weiß es nicht.« Die Frau hielt ihre gefalteten Hände flehentlich hoch. »Wenn mein Mann länger arbeiten muss oder noch etwas für die Zunft erledigt, er ist schließlich der Zunftmeister, schläft er in einer kleinen Kammer neben der Küche hier unten, um mich nicht aufzuwecken. Ich bin so schreckhaft und habe Probleme mit meinem Herzen. Zu viel Aufregung kann der Tod für mich sein. Darum hält er alles Schlimme von mir fern. Er ist sehr rücksichtsvoll zu mir. Ein guter Mann.«

»Also wisst Ihr nicht, wann er zurückkam?«

Die Frau machte ein verzweifeltes Gesicht. »So um Mitternacht ging ich ins Bett. Da war er noch nicht da. Am Morgen kam er aber aus seiner Kammer, also ist er bestimmt kurz nach Mitternacht nach Hause gekommen. Ganz bestimmt.«

Agnes beobachtete Frau von Wiesen sehr genau. Ihre zitternden Hände hatte sie nun krampfhaft vor ihrem Bauch gefaltet, die Knöchel waren weiß vor Anstrengung. Was ging in der Frau vor sich? War ihre angeschlagene Gesundheit der Grund für ihre Unruhe oder hatte sie Angst? Wenn Letzteres zutraf – wovor hatte sie Angst?

»Was hat mein Mann mit dem Tod unseres Schwagers zu tun?«, fragte Frau von Wiesen schließlich.

»Der Händler Bode wurde ermordet. Könnte Euer Mann etwas damit zu tun haben?«

Die Frau machte erschrocken einen Schritt rückwärts. »Mein Mann hat ganz bestimmt nichts damit zu tun. Er kam ganz bestimmt gegen Mitternacht zurück. Wo sollte er auch sonst geschlafen haben? Das muss ein Missverständnis sein. Mein Gabriel ist ein guter Mann. Er hat noch nie jemandem etwas zuleide getan. Das ist nicht seine Art.«

Agnes sah den flehenden Blick der Frau. Die Frau von Wiesen wusste oder ahnte mehr, als sie sagen wollte. Hätte Wolfram diesen Blick entsprechend gedeutet, wäre er wahrscheinlich wieder wie ein hungriger Wolf über ein wehrloses Lamm hergefallen. Falls die Frau aber wirklich Herzprobleme hatte, konnte jede Aufregung ihren Tod bedeuten. Und das wollte Agnes nicht riskieren.

Behutsam fragte sie also weiter: »Habt Ihr mitbekommen, ob es Streit zwischen Eurem Mann und dem Händler gegeben hat?«

»Nun ja ... Wie soll ich es sagen ...« Ihr Blick wanderte wieder unruhig hin und her. »Sie waren ab und an unterschiedlicher Meinung. Gabriel hat ihn schon mal darauf hingewiesen, dass er wenig Rücksicht auf seine Frau nimmt.«

»Inwiefern wenig Rücksicht?«

Die Frau zögerte ein wenig. »Die Sache mit der Magd. Ein Kind von einer Fremden ist doch beileibe genug. Dadurch hat er der Schwägerin Anna so wehgetan. Aber auch die neue Magd ließ er nicht in Ruhe. Es ist nur eine Frage der Zeit, bis auch die wieder mit einem dicken Bauch daherkommt. Als käme der Mann auf geradem Wege aus Sodom und Gomorrha.« Sie schüttelte sich vor Ekel.

»Und wie hat der Händler auf diesen ... Hinweis reagiert?«

»So etwas Undankbares. Sowohl gegenüber meinem Gabriel als auch gegenüber der armen Anna. Schwager Johannes hat nur auf seine Frau geschimpft, die immerzu mäkeln würde. Dabei vergaß er natürlich, woher das kam. Weil er so gemein und treulos war. Solch einen Mann lieben zu müssen, ist eine große Prüfung. Nur wirklich großherzige und starke Menschen können das. Ich glaube, ich könnte das nicht. Ich würde es nicht überleben, wenn mein Mann mich so hintergehen würde. Hätte sich unser Schwager doch nur ein Beispiel an Gabriel genommen.«

»Wann hat Euer Mann zum letzten Mal mit dem Händler Bode über diese Sache gesprochen?«

Die Frau von Wiesen grübelte einen Augenblick nach. An den Händen zählte sie einige Tage mit. »Vor ungefähr zwei Wochen.«

»Gab es da Streit?«

»Ob man das einen Streit nennen kann, weiß ich nicht. Der Schwager hat meinen Gabriel einfach nur ausgelacht und dann hinausgeworfen.«

»Und seit der Zeit? Was passierte seitdem?«

Die Frau zuckte verzweifelt mit den Schultern. »Wir haben mit ihm kein Wort mehr gesprochen. Aber wir haben versucht, unsere bemitleidenswerte Schwägerin Anna so gut es geht zu trösten. Und natürlich auch ihre Tochter Brigitta. Das arme Mädchen muss dieses Chaos mit ansehen. Eine Schande ist das. So traurig es auch ist, aber der Tod dieses sündigen Menschen ist eine Erlösung für uns alle. Wir beten darum, dass der Herr seiner Seele gnädig ist. Auch wenn ich nicht allzu große Hoffnungen hege.«

»Herzlichen Dank für Eure offenen Worte«, entgegnete Agnes. »Damit habt Ihr uns sehr weitergeholfen. Ihr habt uns einen guten Einblick in die Familie gegeben.«

Zum ersten Mal erschien ein Lächeln auf dem Gesicht der Frau von Wiesen. Ihre Nervosität hatte inzwischen nachgelassen. Zum Schluss hatte sie beinahe gelöst gewirkt.

Wolfram und Agnes verabschiedeten sich und machten sich auf in Richtung des Hauses von Meister Naumann.

Bei den Ratsherren

Ludolf wollte noch einmal mit dem Bürgermeister reden. Ihm ging der Widerspruch zwischen dem, was der Händler Schäfermann am Morgen gesagt hatte, und dem, was der Kontorsgehilfe behauptet hatte, nicht aus dem Kopf. Lief das Geschäft nun schlecht oder waren es Verluste im üblichen Rahmen? Gab es Schulden? Zugegebenermaßen, das Letztere hatte Ulrich Rehkopf nicht beantworten können.

Im Rathaus bat Ludolf einen Ratsdiener, ihn zum Bürgermeister zu führen. Der Bedienstete bat ihn jedoch um einen Augenblick Geduld, da die Ratsherren gerade wegen der Wahl des neuen Bürgermeisters tagten.

Kurze Zeit später kamen einige edel gekleidete Herren die Treppe herunter. Der Amtsdiener führte Ludolf nach oben in den großen Saal, den er schon vom Morgen her kannte. Der junge Händler Schäfermann verabschiedete sich gerade in seiner etwas überheblichen Art vom Bürgermeister und den restlichen Ratsherren. Im Hinausgehen schaute er nur kurz zu Ludolf hinüber, brummte etwas Unverständliches vor sich hin und verschwand dann.

»Ah! Junger Herr vom Domhof. So schnell seid Ihr schon wieder zurück?« Der Bürgermeister von Bucken kam auf ihn zu. »Habt Ihr etwas Neues für uns?«

»Ehrlich gesagt nicht. Ich hoffte, bei Euch noch ein paar Hinweise zu bekommen.«

»Aber gern.«

Inzwischen hatten die Ratsherren Giseler und von Leteln den restlichen anwesenden Ratsherren erklärt, wer der unbekannte Gast war. Sie waren erfreut, den jungen Mann, über dessen Auftrag sie natürlich informiert waren, nun persönlich kennenzulernen. Man stellte sich vor und tauschte einige Höflichkeiten aus.

»Was führt Euch zu uns?«, fragte der Bürgermeister.

»Eine Frage vorweg, bitte. Ich hörte soeben von der anstehenden Bürgermeisterwahl. Werdet Ihr wieder kandidieren?«

»Nein. Das geht leider nicht.«

»Warum? Seid Ihr schon zu lange Bürgermeister?«

»Genau. Ein Bürgermeister bleibt nur für ein Jahr im Amt.« Ludolf machte ein solch überraschtes Gesicht, dass die Ratsherren lachen mussten.

»So ist nun mal der Beschluss, der im Jahre 1301 in einer Urkunde festgelegt wurde[6]«, erklärte ihm einer der Ratsherren. »Daran halten wir uns auch heute noch nach über achtzig Jahren. Zuerst werden vierzig geeignete Männer aus den vier großen Gilden der Bürgerschaft bestimmt: aus der der Kaufmänner zweiundzwanzig und aus den Ämtern der Bäcker, Schuhmacher und Fleischer jeweils sechs. Dann bestimmt dieser Vierzigerrat jährlich zwölf Männer aus ihrer Mitte. Diese zwölf Männer sind die eigentlichen Wähler der neuen Ratsherren: Sie leisten vor der Neuwahl des Rates einen Eid, dass sie nur geeignete Personen bestimmen werden. Erst jetzt kommt die eigentliche Wahl des Rates. Gewählt wird der Bürgermeister als *primus inter pares*[7].«

»Und warum dieser häufige Wechsel?«, wollte Ludolf wissen

»Der Bürgermeister soll jährlich wechseln, damit er nicht zu viel Macht bekommt«, sagte Henrich Giseler. »Natürlich sprechen wir schon vor der Wahl innerhalb der Vierziger, wer Ratsherr wird und wer Bürgermeister. Man hat ja auch sein eigenes Geschäft, um das man sich kümmern muss. Trotz alledem, das Amt des Bürgermeisters ist natürlich beliebt, weil es das Ansehen vergrößert und man dadurch bekannter wird. Das wiederum ist gut fürs Geschäft.«

»Und jeder Bürger kann Bürgermeister werden?«

Die Ratsherren schauten sich ein wenig verlegen an. Schließlich antwortete der Bürgermeister selbst: »Doch, schon. Seit *anno domini* 1360 sieht die Wahlordnung aber vor, dass ein Handwerker, der in den Rat gewählt worden ist, sein Handwerk aufgeben und für zwanzig Gulden[8] in die Gilde der Kaufleute eintreten muss.«

Das klang für Ludolf einleuchtend. Diese Verfügung festigte die Macht der Kaufleute im Rat. Aber er schweifte ab. Er musste mehr über den Händler Bode erfahren: »Werte Herren, ich möchte gern zu meinem eigentlichen Anliegen kommen: Es gibt verschiedene Gerüchte um Schulden, die der Händler Bode gehabt haben soll. Könnt Ihr mir sagen, ob etwas davon wahr ist?«

Einer der Händler kam ein paar Schritte näher. »Ich denke, ich spreche im Namen meiner lieben Kollegen. Wir hätten bestimmt gehört, wenn sich der Händler Bode in wirtschaftlichen Nöten befunden hätte. Wir sind uns zwar nicht sicher – er hätte sich auch Geld in einer anderen Stadt leihen können, das wird dann hier in Minden nicht so schnell bekannt –, aber ich kann es mir nicht vorstellen.«

Ein anderer Ratsherr ergänzte. »Er hatte leider ein paar Verluste. Aber es ist kaum vorstellbar, dass er dadurch sein ganzes Vermögen verloren haben soll.«

»Könnte es einen Zwist mit anderen Händlern – vielleicht in Bremen oder Lübeck – gegeben haben? Weil er nicht liefern konnte?«

»Tja, junger Freund. Die Möglichkeit besteht. Aber jeder Kaufmann kennt die Probleme und Risiken sehr genau. Ich kann kaum glauben, dass jemand einen anderen deswegen ermordet. Dann wäre das Geld ja auf jeden Fall verloren. Das wäre äußerst unklug. Ich bin der Überzeugung, dass solche ... ähm ... Schwierigkeiten innerhalb der Gemeinschaft der Händler gelöst werden. Auf eine menschlichere Art und Weise.«

»Der verstorbene Händler hatte also keine Schwierigkeiten mit einem der anderen Ratsherren. Oder?«

Die Ratsherren schauten auf den Bürgermeister. Es war offensichtlich, dass sie ihm die Antwort überlassen wollten. Sie schienen etwas zu wissen, das sie aber nicht so ohne Weiteres offenbaren wollten oder konnten.

Der Bürgermeister räusperte sich, ehe er begann. »Ich möchte, dass Ihr über das schweigt, was wir Euch jetzt sagen. Johannes Bode hatte angefragt, ob er diesmal das Amt des Bürgermeisters übernehmen könne. Wir haben uns darüber gefreut. Er war bisher immer sehr ehrlich, aufrecht, loyal zur Stadt und zur Gilde. Er wäre eine gute Wahl für die Bürger der Stadt gewesen.«

»Und wo war das Problem?«

»Kaum war bekannt, dass Bode nach dem Amt strebte, meldete Röttger Schäfermann ebenfalls Interesse an.«

Ludolf wurde neugierig. »Und da kam es zum Streit zwischen Bode und Schäfermann um das Amt?«

Der Ratsherr Albert von Leteln widersprach: »Nein, eigentlich nicht. Der Händler Bode, der war der ältere und Schäfermann hat ... äh ... noch viele Jahre die Möglichkeit, das Amt zu übernehmen. Also beschlossen wir, dass ... äh ... diesmal Johannes Bode der Vorzug zu geben war.«

»Und das hat Schäfermann so einfach hingenommen?«

»Ja ... äh ... doch natürlich. Der Rat der Stadt Minden hatte es so beschlossen. Wir sind eine Gemeinschaft. Hier entscheidet die ... äh ... Mehrheit, nicht ein Einzelner. So hat er seinen

Antrag zurückgezogen. Er hat es zwar bedauert, aber so hingenommen. Es war halt wie ... äh ... sonst auch. So machen wir das üblicherweise.«

Ludolf musste sich ein Grinsen verkneifen und nahm sich vor, beim nächsten Mal die *Ähs* des Ratsherrn mitzuzählen. Wurde er so in Ratssitzungen überhaupt ernst genommen? Aber seine Gedanken schweiften ab. »Ihr werten Herren, wie steht die Sache aber nun nach dem Tod des Händlers Bode?«

Die anwesenden Ratsherren tauschten wieder Blicke. Nach einem Moment der Stille fuhr der Bürgermeister fort: »Ihr könnt es ruhig erfahren. Es ist nichts Geheimnisvolles dabei. Heute Morgen nach unserer Besprechung kam Röttger Schäfermann und erneuerte sein Gesuch, das Amt des Bürgermeisters zu übernehmen. Darauf kam der Rat der Vierziger zusammen. Und soeben haben wir dem Gesuch zugestimmt.«

»Ihr haltet ihn also für geeignet? Trotz seiner Jugend?«

»Röttger Schäfermann ist geschäftstüchtig und wirklich erfolgreich. Das Amt wird ihm sicher nutzen, sich gegenüber den Händlern in anderen Städten besser zu behaupten. Er besitzt schon ein Kontor in Bremen. Bald will er einen eigenen Vertreter in Lübeck und in Novgorod haben. Er hat dafür sehr viel Geld ausgegeben, und das muss sich nun rentieren. Darum glaube ich, dass Schäfermann eher Geldprobleme bekommt als Bode.«

»Waren die beiden eigentlich mit ihren Geschäften Konkurrenten?«

»Nein. Johannes Bode handelte vor allen Dingen mit Pelzen, Flachs, Hanf, Talg und Teer. Schäfermann mehr mit Gewürzen, persischer Seide, Apothekerwaren und Weihrauch. Die beiden sind sich also nie ins Gehege gekommen.« Der Bürgermeister lächelte wissend. »Der Gedanke hinter

Eurer Frage war doch bestimmt: *Cui bono*?[9] Wer profitiert davon?«

Ludolf nickte. Also war er genauso schlau wie vorher. Er wusste immer noch nicht, ob es Schulden gab oder nicht. Oder warum jemand Johannes Bode aus dem Weg räumen wollte. Diese Ratsherren hier, die selbst Händler waren, würden nie und nimmer irgendwelche Verwicklungen mit dem Tod des Händlers preisgeben, es sei denn, sie wurden dazu gezwungen oder die Beweise sprachen für sich. Gegen die Theorie, dass sie etwas mit dem Tod Bodes zu tun hatten, sprach natürlich, dass es ja gerade die Ratsherren gewesen waren, die Ludolf und Agnes mit Nachforschungen beauftragt hatten. Es gehörte schon eine Menge Unverfrorenheit und Selbstsicherheit dazu, von fremder Seite her ermitteln zu lassen, wenn der Stadtrat selbst seine Hände im schmutzigen Spiel hatte.

Ludolf dankte den Ratsherren für die Hilfe und verließ enttäuscht das Rathaus.

Gabriel von Wiesen

Das Haus von Meister Naumann in der Kampstraße war sehr ordentlich und recht geräumig. Auf der Straße hörte man das leise Klappern von Webstühlen in der Werkstatt. Agnes und Wolfram von Lübbecke betraten das Gebäude durch eine offenstehende zweiflügelige Tür. Sie befanden sich in einem kleinen Vorraum, an dessen Wände diverse Ballen mit gesponnenen Garnen und fertig gewebten Tuchen standen. Ein Bursche von etwa sechzehn Jahren schleppte die Waren hin und her und stapelte sie ordentlich auf.

Als der junge Arbeiter die Besucher sah, verbeugte er sich eifrig: »Herzlich Willkommen, werte Frau! Und auch Ihr, hochgeschätzter Hauptmann von Lübbecke. Womit kann ich Euch dienen?«

»Wir möchten zu Gabriel von Wiesen. Wir hörten, er ist gerade hier zu Besuch«, erwiderte Agnes. »Wir müssen dringend mit ihm sprechen.«

»Ja, der Meister von Wiesen ist bei meinem Herrn. Bitte folgt mir.«

Wolfram und Agnes wurden eine Treppe hinaufgeführt. Auf dem Treppenabsatz im ersten Stock befanden sich zwei Türen. Der junge Mann klopfte an eine der beiden und wartete die Antwort ab. Dann öffnete er und ließ die Besucher eintreten.

In der geräumigen Stube saßen an einem Tisch zwei Männer um die fünfzig und tranken Wein. Sie waren ausgesprochen vornehm gekleidet. Als Wollweber verfügten sie selbstverständlich über die besten Stoffe. Die Handwerksmeister betrachteten erstaunt die unerwarteten Gäste. Nach der Begrüßung wurden Agnes und Wolfram von Lübbecke Sitzplätze angeboten. Sie machten es sich in den gemütlichen Polsterstühlen bequem.

»Was können wir für Euch tun, Hauptmann?«, fragte einer der Männer.

»Meister Naumann, wir müssen dringend mit dem Meister von Wiesen sprechen.« Dabei verneigte sich Wolfram in Richtung des anderen Herrn.

»Und was wollt Ihr von mir?«, fragte nun der andere.

»Wir untersuchen den Mord an Eurem Schwager.«

»Mord?« Die beiden Meister schauten sich überrascht an. »Nicht Selbstmord?«

»Richtig. Alles deutet darauf hin, dass der Händler ermordet wurde.«

Nach einem Augenblick des Erstaunens ergriff Agnes das Wort: »Meister von Wiesen, wir würden uns gern mit Euch allein unterhalten.«

Der Wollweber zog erstaunt die Augenbrauen hoch. »Was sollte ich Euch denn noch sagen? Mein bescheidenes Wissen reicht sicherlich nicht an Eure Erfahrungen heran. Bei Mord oder sonstigen Verbrechen bin ich ein kompletter Laie. Wenn es um Wolle oder ums Weben ginge, könnte ich Euch wahrscheinlich eher helfen.«

»Wir wollten mit Euch über Euer Verhältnis zu Eurem Schwager sprechen.«

Von Wiesen rutschte ein wenig in seinem Stuhl hin und her. Doch bevor er antworten konnte, sagte Meister Naumann: »Ich lass Euch am besten allein. Ihr könnt hier in Ruhe miteinander sprechen. Ich bin solange in der Werkstatt unten.« Damit stand er auf.

Aber sein Amtskollege bat ihn eifrig: »Nein, nein! Bitte bleibt doch, guter Freund. Was sollen die Herrschaften denn schon Geheimnisvolles entdecken können? Was ich zu sagen habe, kann jeder hören. Ich habe ein reines Gewissen. Ich habe mir wirklich nichts vorzuwerfen.«

Meister Naumann stand unschlüssig im Raum und kratzte sich nachdenklich an der Nase. Schließlich setzte er sich doch wieder an den Tisch.

Von Wiesen wandte sich an den Hauptmann: »Was möchtet Ihr wissen?«

Aber nun war Agnes schneller: »Wir hörten, Ihr hattet Streit mit Eurem Schwager. Stimmt das?«

Dem Zunftmeister war keine Überraschung anzusehen. Er war die Ruhe selbst. Langsam lehnte er sich zurück, stellte seine Ellenbogen auf die Stuhllehnen und drückte die Fingerspitzen seiner Hände gegeneinander. Dieses Gebaren sollte ihm wohl Zeit verschaffen, damit er seine Worte entsprechend wählen konnte. Schließlich antwortete er sehr bedächtig: »Einige Personen, die nicht anwesend waren, mögen das im Nachhinein unter Umständen als Streit auslegen. Ich nenne es eher eine ... mmh ... Klarstellung. Wir, das heißt meine treue Frau, meine liebe Schwester Anna und ich, waren mit dem Lebenswandel von Johannes nicht einverstanden. Er war ein durch und durch sündiger Mensch. Er trieb sich nächtelang in irgendwelchen billigen Kneipen herum, trank zu viel, hatte zwielichtige Freunde, diverse Frauengeschichten. Ihr habt doch sicherlich schon von seinem Kind mit der Magd ... – wie hieß sie doch gleich noch? Ach, ja, Lyse – von seinem Kind mit der Lyse gehört?«

»Davon hat uns schon die Witwe, Eure Schwester, berichtet. Bei ihr klang es aber so, als hätte die Magd das nur behauptet, um an Geld zu kommen.«

Der Wollweber schüttelte mitleidig den Kopf. Er klang nun, als spräche er mit einem kleinen Kind. »Junge Dame!

Glaubt Ihr wirklich, dass eine trauernde Witwe solch eine Schande so kurz nach dem Tod ihres Mannes allen Menschen offen berichtet? Sie wird ganz bestimmt alles tun, um den letzten verbliebenen Rest an Ehre zu erhalten. Sie wird die Geschichte so darstellen, dass das Ansehen ihres Mannes, und damit schließlich auch ihr eigenes, so wenig wie möglich beschädigt wird. Wollt Ihr meiner Schwester deswegen einen Vorwurf machen? Nur weil sie ihre arme Tochter zu schützen suchte? Versteht das bitte.«

Agnes mochte es ganz und gar nicht, wenn man sie so von oben herab behandelte. »Wenn ich das richtig verstehe, bedeutet es, dass das Kind der Magd Lyse doch von Eurem Schwager ist?«

»Gewiss.«

In Agnes' Kopf schwirrten die Gedanken durcheinander. Die Witwe Bode stellte das uneheliche Kind als versuchte Erpressung dar, ihr Bruder dagegen als Tatsache. Die Magd Petra hatte erzählt, dass die Witwe ihrem Mann einen Seitensprung zutraute, dass sie, Petra, aber sicher war, dass der Händler nie untreu gewesen war. Agnes wollte eher der mitfühlenden Magd glauben als der beherrschten Witwe. Was sollte dieses Hin und Her? Was steckte dahinter? Sollte der Händler Bode damit unter Druck gesetzt werden? Dafür sprach, dass die Magd Petra nicht entlassen worden war, obwohl man auch ihr ein Verhältnis mit Bode unterstellte. Warum diese Unterstellungen? Hatte es tatsächlich einmal einen Seitensprung gegeben, den man Bode immer wieder vorwarf? Hattet dieses Thema überhaupt etwas mit dem Mord zu tun oder war es nur eine bedeutungslose Nebensache?

Dem Hauptmann dauerte Agnes' Grübeln zu lang. Ungeduldig sprang er ein: »Ihr gebt also zu, dass Ihr mit Eurem

Schwager Streit hattet? Oder was man auch immer dafür halten konnte.«

Von Wiesen antwortete mit einem gedehnten Ja.

»Vielleicht wolltet Ihr der Zurechtweisung noch ein wenig Nachdruck verleihen, weil Euer Schwager nicht hören wollte. Vielleicht wolltet Ihr ihn einmal so richtig in Todesangst versetzen. Habt dabei aber ein wenig übertrieben. Wenn Ihr Euren Schwager aus Versehen umgebracht habt, sagt es ruhig. Wir werden bestimmt einen gnädigen Richter finden, der die Umstände richtig einordnen kann.«

Der Zunftmeister lief rot an, blieb aber trotz der offenen Anschuldigung ausgesprochen beherrscht. »Ich werde mich beim Rat über Eure unverschämte Anschuldigung beschweren. Dann seid Ihr ganz schnell kein Hauptmann mehr.«

Wolfram lachte. »Das haben schon viele versucht, aber noch nie geschafft. Das Gesetz ist auf meiner Seite. Es geht um Mord. Bis ich etwas anderes vom Rat höre, werdet Ihr antworten. Sonst werdet Ihr sofort in den Kerker geworfen. Wollt Ihr das?«

Meister Naumann war bei dem letzten Wortwechsel sehr nervös geworden. Unruhig war er in seinem Stuhl hin und her gerutscht. Nun versuchte er, von Wiesen zu beschwichtigen. »Lieber Freund, so antwortet doch! Wenn Ihr doch nichts zu verbergen habt! Wir können uns wirklich keine Probleme mit dem Rat leisten. Wir sind nur eines der kleinen Ämter[10] und haben keine Stimme im Rat.«

Von Wiesen winkte seinem Kollegen beschwichtigend zu. »Ist schon gut. Man sollte sich nur nicht alles gefallen lassen.« Er wandte sich nun wieder Wolfram zu: »Ich habe nur mit meinem Schwager Johannes gesprochen. Mehr nicht. Ich kenne die Zehn Gebote und halte mich streng daran. Ich habe ihn weder ermordet noch überhaupt Hand an ihn gelegt.«

»Wo wart Ihr vor einer Woche? In der Todesnacht?«

»Ich hatte noch bis in die Nacht in der Werkstatt zu arbeiten.«

Agnes hatte sich inzwischen gefangen und übernahm die Befragung wieder. »Das wisst Ihr noch so genau?«

»Natürlich. So ein Ereignis ist ein Schock. Das bleibt hängen. Ich war gegen Mitternacht zurück. Meine Frau wird das gehört haben. Fragt sie. Sie wird das bestätigen.«

»Wir haben Eure Frau schon danach gefragt. Sie sagte, Ihr wärt um Mitternacht noch nicht da gewesen.«

Plötzlich wurde der bisher so beherrscht wirkende Wollwebermeister unruhig. Seine Finger trommelten leise auf die Stuhllehnen. Er konnte nicht wissen, was seine Frau gesagt hatte. Von einem Augenblick auf den anderen hatte er nicht mehr alles unter Kontrolle. Aber er fing sich schnell. »Dann war es schon etwas nach Mitternacht. Ich weiß es nicht mehr so genau. Vielleicht hat sich meine Frau geirrt. Ich denke, nach so langer Zeit ist niemand mehr in der Lage, das so genau zu bestimmen.«

»Wir werden das überprüfen.«

»Ach. Wie denn?«

Agnes ließ eine kleine Pause verstreichen, um ihre Frage gewichtiger erscheinen zu lassen. »Wart Ihr allein in der Werkstatt? Gibt es einen Zeugen dafür? Oder hat Euch ein Nachbar gesehen?«

Von Wiesen beeilte sich mit der Antwort. »In unserer alten Wohnung über der Werkstatt wohnen nur zwei alte Schwestern, ihre verstorbenen Ehemänner gehörten der Zunft an. Aber die beiden hören nicht mehr gut. Sie bemerken bestimmt nicht, ob und wann jemand unten in der Werkstatt ist.«

»Und wie steht es mit einem Gesellen oder Arbeiter?«

»Von denen war auch keiner mehr da. Ihr müsst Euch auf das verlassen, was ich Euch sage.«

Wolfram brummte dazwischen: »Ich traue keinem. Also bleibt Ihr verdächtig.«

Jetzt meldete sich Meister Naumann wieder zu Wort: »Werte Frau, werter Hauptmann. Ich möchte als Leumund für den Zunftmeister von Wiesen bürgen. Er ist stets redlich und untadelig. Er ist ein guter Christ.«

»Ja, ja. Schon gut. Ich hab's gehört. Trotzdem bleibt der Herr von Wiesen verdächtig.«

Missmutig stand Wolfram von Lübbecke auf. Dieses ergebnislose Gerede ging ihm auf die Nerven. Agnes erhob sich ebenfalls. Eigentlich war alles Wichtige besprochen worden. Sie war nur froh, dass der Hauptmann nicht schon wieder ausfallend geworden war. Begann ihr Einfluss zu wirken oder hatte er einfach nur mehr Respekt vor diesen hochgestellten Männern?

Nach einer kurzen Verabschiedung verließen die beiden den Raum.

Die erboste Witwe

Wusste die Witwe Bode etwas von den vermeintlichen Schulden? Hatten Agnes und ihr grobschlächtiger Soldat am Morgen überhaupt danach gefragt? Mittags vor dem Rathaus hatten die beiden jedenfalls nichts davon erwähnt. Daran hätte sich Ludolf bestimmt erinnert. Anna Bode konnte ihm sicherlich mehr dazu sagen, wie es um das Handelshaus bestellt war.

Ludolf war wütend auf sich selbst. Der Streit mit Agnes hatte ihn so durcheinandergebracht, dass er nicht mehr wusste, in welcher Reihenfolge er vorgehen sollte. Nachdem er mit dem Kontorsgehilfen gesprochen hatte, wäre das nächstliegende Gespräch doch das mit der Witwe gewesen. Oder? Aber nein, er musste ja erst zur Schänke gehen!

Also machte er sich wieder auf den Weg zum Haus der Familie Bode. Ulrich Rehkopf war im Kontor. Nachdem Ludolf seinen Wunsch, die Witwe Bode zu sprechen, vorgebracht hatte, führte ihn der Kontorsgehilfe zur Wohnung hoch, in eine eher einfach ausgestattete Stube.

»Wartet bitte hier«, bat Ulrich Rehkopf. »Ich sage der Herrin Bescheid.« Und schon war er verschwunden.

Ludolf musste recht lange warten. Zwei Fenster mit Butzenscheiben ließen einen verschwommenen Blick auf den Hof des Hauses zu. Ein langer Tisch mit einigen Stühlen stand mitten im Raum, an den Wänden zwei Schränke und eine Kommode, darauf einige Kerzen. In der einen Zimmerecke nahe einem der Fenster stand ein gemütlich aussehender Sessel. Daneben befand sich ein kleiner Tisch, auf dem eine Stickarbeit lag.

Plötzlich öffnete sich eine Tür, und eine Frau mittleren Alters kam herein. Sie trug ein dunkles, schmuckloses Kleid und ein helles Leinentuch über den Haaren. Ihr Gesicht verriet keine Regung, es war starr und abweisend. Ihre Hände hatte sie unterhalb der Brust gefaltet. Das musste die Witwe Bode sein. Ludolf begrüßte sie freundlich und sprach ihr sein Beileid aus. Sie bedankte sich nur kurz.

»Was kann ich für Euch tun?«, fragte die Frau.

»Der Rat hat mich beauftragt, den Tod Eures Mannes zu untersuchen.«

Anna Bodes Mine wurde noch abweisender. »Heute Morgen war schon der Hauptmann von Lübbecke mit einem Frauenzimmer hier, das das Gleiche behauptet hat. Ich denke, ich sollte so schnell wie möglich die Stadtwache holen.«

»Die Stadtwache wird Euch das sicher bestätigen. Der Rat hat sowohl die Nonne Agnes von Ecksten als auch mich beauftragt.«

»Eine Nonne ist sie?«

Ludolf nickte.

»Was ist das für ein Kloster? Dass eine Nonne so unchristlich herumlaufen kann, so gewöhnlich. Und sich dann auch noch freiwillig mit Mord und Totschlag beschäftigt. Aber das ist zum Glück nicht mein Problem.« Damit setzte sich die Witwe in den Sessel. »Was sollte ich Euch noch sagen können? Heute Morgen hab ich schon alles gesagt, was ich weiß. Ihr solltet lieber den Mörder suchen und mich nicht fortwährend belästigen.«

Ludolf räusperte sich. Diese Frau schien nicht viel von Entgegenkommen zu halten. »Das ist leider nötig, denn wir brauchen Antworten auf wichtige Fragen.«

»Und was sollte das sein?«

»Wie läuft Euer Geschäft?«

Anna Bode zog erstaunt ihre Augenbrauen hoch. »Davon weiß ich nichts. Ich habe mich noch nie damit beschäftigt.«

»Aber vielleicht wisst Ihr, ob es Schulden gibt? Ob Gläubiger Euren Mann bedroht haben?«

Die Witwe stand ärgerlich auf. »Wir haben keine Schulden. Es muss einen anderen Grund für den Mord an meinen seligen Mann geben!«

»Und wenn es doch Selbstmord war? Und er in den Tod getrieben wurde?«

Anna Bodes Stimme wurde nun lauter. Ihre Hände waren zu Fäusten geballt. »Was erlaubt Ihr Euch! Es war kein Selbstmord! Ihr beschädigt unsere Ehre! Er war ein ehrbarer Christenmensch! Wie könnt Ihr es wagen, uns so zu beleidigen? Schließlich behauptet Ihr wohl noch, ich hätte ihn in den Tod getrieben.«

Ludolf war dieser Ausbruch sichtlich unangenehm. Er hatte nicht damit gerechnet, dass die Witwe so die Fassung verlieren würde. Er hatte eher mit Weinen und Klagen gerechnet. Nun, so reagierte eben jeder unterschiedlich auf den Tod eines geliebten Menschen.

»Bitte entschuldigt! Ich möchte weder Euch noch Euren Mann beleidigen. Wir müssen aber alle Möglichkeiten überprüfen. Und ab und an auch unangenehme Fragen stellen.«

Die Frau atmete tief durch und starrte Ludolf wütend an. Ihre Zähne knirschten hörbar, aber es gelang ihr, sich zu beherrschen.

Ludolf fragte vorsichtig: »Kann es sein, dass jemand Euren Mann bedrohte, weil Geschäfte durch die verschiedenen Unglücksfälle geplatzt waren?«

»Nein«, presste sie ärgerlich hervor. »Mein Mann war immer ehrlich. Er hat sich nie Feinde gemacht. Wie könnt Ihr es wagen, ihn zu verurteilen, als wäre er ein Sünder? Ihr seid unverschämt!«

»Wir brauchen jeden kleinsten Hinweis.«

»Das ist nicht meine Aufgabe. Ich muss jetzt das Andenken an meinen toten Mann bewahren, das von dahergelaufenen Fremden in den Schmutz gezogen werden soll. Geht endlich!« Mit einer energischen Bewegung zeigte sie auf die Tür. »Falls es sonst noch etwas geben sollte, werde ich es ausschließlich mit dem Bürgermeister besprechen. Diese ungerechtfertigte Belästigung unschuldiger und ehrlicher Bürger ist eine Schande. Raus mit Euch, oder ich hole meine Arbeiter.«

Jeder Versuch, die Befragung fortzusetzen, war sinnlos. Die Frau hatte sich so in Rage geredet, dass jedes weitere Wort womöglich zu einer Katastrophe geführt hätte. Ludolf verneigte sich wortlos und verschwand so schnell wie möglich. Bloß weg von hier. Er hatte keine Lust auf Ärger mit dem Stadtrat wegen einer wütenden Witwe.

Die Werkstatt des Zunftmeisters

So. Was nun?« Der Hauptmann schaute griesgrämig auf Agnes herunter. »Du musst doch zugeben, der Kerl weiß was. Aber wenn ich den nich härter rannehmen darf, bekommen wir nie was raus.«

Lächelnd blickte sie zu ihm auf. »Lieber Wolfram, warum sollten wir zu diesen brachialen Methoden greifen, wenn wir das auf geschicktere Art lösen können?«

»Wie soll das denn gehen?«

Ihr Grinsen wurde noch breiter. »Von Wiesen sitzt hier bei seinem Freund. Wenn wir jetzt in seine Werkstatt gehen, können wir seine Arbeiter ungestört befragen.«

Wolfram brabbelte irgendetwas Unverständliches. »Na gut, gehen wir in die Videbullenstraße. Is' ja gleich da vorn umme Ecke.«

Agnes freute sich über ihren Triumph. Sie hatte es diesmal tatsächlich geschafft, den groben Kerl zurückzuhalten. Er war nicht ausfallend geworden, hatte sich ihrem besonnenen, vernünftigen Vorgehen angepasst. Sie war nur gespannt, ob das auch so bliebe, wenn irgendwann einer seiner Untergebenen dabei wäre. Oder fiele er dann wieder in seine alte, grobe Art zurück? Sie war neugierig auf die weitere Entwicklung. So machte ihr die Mission Spaß.

* * *

Ein etwa fünfzigjähriger Mann mit schütterem Haar begrüßte den Hauptmann und Agnes in der Werkstatt und stellte sich als der Geselle Gisbert vor. Im Raum standen mehrere Webstühle, an denen Männer arbeiteten. Dazwischen huschten einige Halbwüchsige und Frauen herum, die Tuche schleppten oder den Arbeitern beim Einspannen der Fäden zu Hilfe kamen.

»Wie kann ich Euch dienen?«, fragte Gisbert freundlich lächelnd.

»Wir möchten gern wissen, wie lange der Meister von Wiesen am Dienstag vor einer Woche hier in der Werkstatt war«, begann Wolfram.

»Was war denn da?«

»Am folgenden Tag fand man doch den Händler Bode tot in seinem Speicher.«

»Ach, ja!« Gisbert schlug sich vor die Stirn. »Jetzt erinner' ich mich! Das Tuch für einen Ratsherrn musste bis zum nächsten Morgen fertig werden. Da saß ich bis tief in die Nacht dran.«

Agnes und Wolfram sahen sich freudig an. »War Euer Meister bei Euch?«

»Der?«, der Geselle lachte laut auf. »Der ist doch spätestens zur Dämmerung verschwunden.«

»Er sagte uns aber, dass er bis Mitternacht hier gewesen sei.«

»Wozu das denn?« Gisbert konnte sich kaum beruhigen. Er grinste breit und spitzbübisch. »Alle seine Leute hier können doch besser arbeiten als er. Er lebt einzig und allein von unserem Können. Der gibt sein Geld doch lieber in der Dullschen Badestube aus.«

»Ihr meint das Badehaus von Tobias Dullen am Deichhof?«, fragte der Hauptmann neugierig.

»Genau. Da lässt er sich von den Mädchen verwöhnen.«

»Auch in jener Nacht?«

Der Geselle zuckte mit den Schultern. »Weiß ich's ... Aber es ist bekannt, dass er oft genug dort ist.«

Agnes war schockiert. Was für ein Pharisäer! Gabriel von Wiesen ermahnte seinen Schwager zur Keuschheit und trieb sich in Badehäusern herum. Brüstete sich damit, die Zehn Gebote zu halten, aber verstieß gegen das Siebte: *Du sollst nicht ehe-*

brechen. Dieser Lügner! Wasser predigen und Wein trinken. Wie die Herr die Schriftgelehrten schon verurteilte: *Sie sagen es wohl, aber handeln nicht entsprechend.*[11] Und seine arme Frau schien nichts davon zu wissen. Wie hatte sie immer gesagt? Mein Gabriel ist ein guter Mann. Wenn sie wüsste! Oder hatte sie es erfolgreich verdrängt, um nicht ihr Leben aufs Spiel zu setzen?

Inzwischen hatte Wolfram den Gesellen gefragt, ob er etwas von einem Streit zwischen den Herren Bode und von Wiesen wusste.

»Allen ist doch bekannt, welch ein großer Heuchler der Wiesen ist. Der Schwager wusste auch ganz genau, wie der ist. Da lässt man sich nicht so einfach herumkommandieren. Ich hätte dem aber ganz gewaltig meine Meinung gesagt. Egal ob Verwandtschaft oder nicht.«

Agnes hatte ihre Entrüstung inzwischen überwunden. »Das sind ziemlich offene Worte gegen Euren Herrn. Hier vor den anderen. Habt Ihr da keine Angst?«

Gisbert lachte verschlagen. »Das ist nix Neues für die anderen hier. Die wissen schon, wie hier der Hase läuft. Andererseits braucht der Meister mich. Sonst geht hier nix mehr. Wer macht denn die wertvollen Stücke, die ihm das dicke Geld bringen? Wer hockt denn hier bis spät in der Nacht, um die wichtigen Aufträge zu erledigen? Außerdem, ich weiß genug über ihn. Mit mir wird er es sich nicht verderben wollen.«

Agnes überlegte einen Moment, bevor sie weitersprach: »Traut Ihr dem Herrn von Wiesen zu, seinen Schwager ermordet zu haben?«

Der Geselle lächelte plötzlich nicht mehr. Sein Gesicht wurde sehr ernst. Er blickte tief in Agnes' Augen, ob er irgendeine Arglist oder Intrige darin erkennen konnte. Die Prüfung fiel wohl zu seiner Zufriedenheit aus, denn nach einem längeren Schweigen kam nur ein einziges Wort: »Ja.«

Zurück in der Schänke

Die grimmige Witwe Bode lag Ludolf schwer im Magen. So war das eben: Man wollte seine Arbeit gut machen, aber sobald man von dem guten Willen anderer abhängig war, wurde es schwierig. Denn wo es gegen deren Belange und Vorstellungen ging, konnte man von ihnen keine Hilfe mehr erwarten. Natürlich war der Familie Bode ein Mord lieber als ein Selbstmord. Dann sollten sie aber gefälligst auch bei der Suche mithelfen und nicht auf stur stellen. Alleine durch das Wollen erreichte man nichts, man musste es auch durch sein Tun unterstützen.

Jetzt brauchte Ludolf dringend etwas zu trinken. Am besten einen Becher guten Wein. Der vertrieb einem die trübsinnigen Gedanken und wärmte außerdem von innen. Schräg gegenüber lag die Schänke *Widukind*. Außerdem hatte er sich bei seinem ersten Besuch dort vorgenommen, später noch einmal nachzufragen, ob die Freunde des Händlers schon da waren.

Also schlenderte Ludolf zur anderen Straßenseite hinüber und betrat abermals den Schankraum. Inzwischen war es später Nachmittag, und einige Gäste mehr waren anwesend. Balthasar Melmann saß mit zwei Männern am Tisch. Jemand schien einen Witz gemacht zu haben, denn die drei lachten schallend. Der riesige Bauch des Wirts wackelte gefährlich unter der weiten Schürze.

»Ah! Der junge Herr ist wieder da!«, begrüßte er Ludolf. »Wieder Fragen?«

»Nö. Jetzt brauch ich einen Schluck richtig guten Wein. Aber nicht so einen sauren.«

»Könnt'r hab'n.« Damit wuchtete der Wirt seine Pfunde hoch und watschelte hinter den Tresen.

Ludolf setzte sich an einen freien Tisch. Nebenan saßen zwei heruntergekommene Burschen, die Krüge mit Bier vor der Nase stehen hatten. Tagelöhner, die über ihre heutige Arbeit lamentierten. Sie schworen, nie wieder für den zu arbeiten, der sie diesmal geholt hatte. Nach wenigen Augenblicken kam der Wirt angeschlurft. Er stellte zwei Becher und einen kleinen Krug vor Ludolf auf den Tisch. Nachdem er sich ihm gegenüber gesetzt hatte, schenkte er den Wein ein. Die beiden Männer nahmen einen kräftigen Schluck und genossen das schmackhafte Getränk.

»Ist der in Ordnung?«, fragte der Wirt.

Der junge Mann nickte zufrieden.

»Na? Keinen Erfolg heute gehabt?«

Ludolf atmete tief durch. »Kann man so sagen. Anstatt Antworten zu bekommen, sind nur noch mehr Fragen aufgetaucht.«

»Und was macht Ihr nu?«

»Ihr sagtet, der Händler Bode habe vor seinem Tod hier mit befreundeten Handwerksmeistern gesessen. Wer war das?«

»Das ist erst mal der Meister Matthias, dann der Wellmer und der von Poggenberg. Alle drei sind Amtsmeister. Von'ne Bäckern, den Schuhmachern und den Fleischern. Also einflussreiche Leute. Und die kommen alle hier zu mir, um ihr Bierchen zu trinken. Das is'n Ding, was?« Der Wirt haute zur Bestätigung mit der flachen Hand auf den Tisch, sodass die Becher wackelten, und grinste zufrieden.

»Sind die drei heute auch da?«

Melmann drehte sich herum und rief durch den Raum: »Meister Matthias! Meister Wellmer! Könntet Ihr mal kurz rüberkommen? Der junge Herr hier hat da Fragen wegen Johannes Bode.«

Die beiden Männer mochten knapp sechzig Jahre alt sein und waren trotz ihrer einflussreichen Stellung bescheiden gekleidet. Sie nahmen ihre Krüge und setzten sich zu Melmann und Ludolf an den Tisch. Neugierig blickten sie den unbekannten Besucher an.

Der Möllenbecker erklärte kurz seinen Auftrag und fragte dann: »Erinnert Ihr Euch noch an den Abend vor dem Tod des Händler Bode?«

Einer der Meister begann: »Leider nur zu gut. Unser Freund, der Meister von Poggenberg, war auch dabei. Wir haben ein wenig zusammen getrunken.«

»War er niedergedrückt? Oder hat er von Problemen gesprochen?«

»Überhaupt nicht!«, antwortete der zweite Amtsmeister. »Johannes war guter Dinge, weil er gute Geschäfte gemacht hatte. Eine lang erwartete Fuhre war angekommen. Ihm ging es prächtig. Er bezahlte unsere Zeche.«

»Und wie lange blieb er?«

»Das weiß ich nicht.« Er zuckte kurz mit den Schultern. »Als wir anderen drei gingen, blieb er noch. Er wollte sich den schönen Abend bestimmt nicht wieder von seiner griesgrämigen Alten verderben lassen. Die piesackte ihn doch nach Strich und Faden.«

»Aber Ihr könntet das doch wissen?«, wandte sich der erste Handwerker wieder an den Wirt. »Ihr müsst doch gesehen haben, dass er noch geblieben ist.«

Mehlmann hob abwehrend die Hände. »Ich? Ich bin doch nicht das Kindermädchen meiner Gäste. Ich habe doch keine Liste, wer wann wie lang' da war. Bei aller Liebe für meine netten Gäste ... is' nich.«

Ludolf trank enttäuscht seinen Becher leer und füllte ihn schnell wieder auf. Er wusste nicht mehr, wie er bei seinen

Nachforschungen weiter vorgehen sollte. Keiner konnte ihm sagen, wie der letzte Abend des Johannes Bode verlaufen war. Alle bestätigten einhellig, dass er guter Dinge gewesen sei. Was passierte dann? Was hatte ihn aus der Bahn geworfen? Der Wein tat seine Wirkung. Ihm wurde wohlig warm, und seine Unruhe ließ langsam nach. Er schaute in die Runde und beobachtete bei seinen folgenden Worten seine Zuhörer genau. »Ich denke, dass an diesem besagten Abend den Händler etwas so sehr verletzt oder erschreckt hat, dass er nur den Ausweg sah, sich selbst umzubringen.«

Die beiden Meister waren erschreckt. »Kein Mord?«

Ludolf verneinte.

»Welch ein Elend! Ist nicht gut. Gar nicht gut.«

Die Herren Matthias und Wellmer waren zutiefst getroffen und nahmen einen tiefen Schluck aus ihren Krügen.

Nach einem Moment, in dem jeder seinen eigenen trüben Überlegungen nachhing, ergänzte Ludolf: »Wenn mir jetzt keiner helfen kann, weiß ich nicht mehr, wo ich weitersuchen soll.«

Die vier Männer saßen mit verzagten Gesichtern am Tisch und grübelten. Aber keinem kam ein gescheiter Gedanke. Was war an diesem Abend geschehen? Warum war Bode zuerst in bester Stimmung gewesen und später so verzweifelt, dass er sich das Leben genommen hatte – wenn es denn Selbstmord war?

»Heh! Ihr Herren!« Einer der Tagelöhner vom Nachbartisch hatte sich zu ihnen herübergelehnt. »Ich kann Euch helfen.«

Ludolf richtete sich alarmiert auf. »Was meint Ihr damit?« Die Weinseligkeit war verflogen.

»Ich habe Euren Freund noch gesehen, als Ihr schon weg wart.«

»Kanntet Ihr denn den Händler Bode?«

»'türlich! Hab schon paarmal geholfen, seine Schiffe und Wagen zu beladen oder abzuladen. Netter Kerl. Hab gern bei ihm gearbeitet. Da gab's mittags immer was Vernünftiges zu futtern.«

»Und bis wann habt Ihr ihn gesehen?«

Der Mann kratzte sich am Kopf. »Wie lang, weiß ich nich. Aber ich hab gesehn, wie er mit 'nem Fremden was getrunken hat. Die beiden ham noch lange inner Ecke beim Feuer gesessen.« Mit dem Daumen zeigte er über die Schulter nach hinten.

»Und Ihr kanntet den anderen Mann nicht?«

»Nee, keine Ahnung. Aber er war schon inner Woche einoder zweimal hier. Dann am Montag und Dienstag. Der Bursche fiel mir auf, weil er nie mit anderen gequatscht hat. Nur da am Abend mit dem Bode. Da hat'r.«

Mehlmann fuhr dem Tagelöhner verärgert dazwischen. »Mach dich nicht so wichtig. Du sollst hier keine Herrschaften belästigen. Du bist doch schon betrunken!« Und zu den anderen sagte er: »Alles Quatsch. Hört nicht auf den!«

Der Tagelöhner war wütend aufgesprungen. »Heh, Melle! Was heißt hier Quatsch! Du hast den doch auch gesehn!«

Der Angesprochene hob abwehrend seine nackten, wabbelnden Arme. »Ach, hör doch auf!«

»Heh! Was hab ich dir getan, dass du mich so anpampst? Du hast doch selbst erzählt, der würde in dem kleinen Zimmer unterm Dach übernachten. Los, sag's schon den Leuten!«

»Lass gut sein! Geh nu' lieber zu deiner Frau und deinen Kindern.«

Jetzt mischte sich Ludolf ein. »Wirt, stimmt das, was der Mann sagt?«

Mehlmann zog ein gequältes Gesicht. Er öffnete den Mund, als wolle er etwas sagen. Schaute erst auf den Tagelöhner, dann auf Ludolf. Ärgerlich antwortete er: »Ihr macht mich ganz irre! Weiß ich doch nicht mehr! Bei mir übernachten so viele. Und so viele trinken hier ihr Bier. Wie oft soll ich Euch noch sagen: Die kann ich mir nich alle merken. Möglich, dass so ein ähnlicher Kerl hier gewohnt hat. Am Mittwochmorgen war er aber wieder verschwunden und ich weiß nicht wohin. Also fragt mich nicht! Seitdem hab ich ihn auch nicht mehr gesehen. So, jetzt reicht's! Außerdem muss ich erst mal was loswerden.«

Damit stand er rasch auf und schob seine massige Gestalt so schnell es ihm möglich war durch den Raum, bis er durch eine hintere Tür verschwand.

Ludolf wandte sich wieder an den Tagelöhner. »Habt Ihr sonst noch etwas gesehen?«

»Nur, dass der Händler plötzlich laut wurde.«

»Gab es Streit?«

»Sah nich so aus. Eher, als wenn ihm siedend heiß was eingefallen wäre. Denn der andere blieb ganz ruhig sitzen. Als wär nix.«

»Und dann?« Ludolf war sehr aufgeregt.

»Lief der Bode schnell hinaus und der Fremde verschwand 'n Moment später auch. Das war's.«

»Habt Ihr von dem Gespräch etwas gehört? Über was sie sprachen, zum Beispiel?«

»Nö. Die saßen da allein inner Ecke.«

»Mist!«, einer der Meister schlug wütend auf den Tisch. Zu wissen, was an dem Abend dort besprochen worden war, hätte ihnen weiterhelfen können. Dann hätten sie vielleicht gewusst, was Bode so verschreckt hatte.

Ludolf bedankte sich bei den Tischnachbarn. »Ihr habt uns sehr geholfen. Gebt uns bitte Bescheid, wenn der Fremde wieder auftaucht.«

Der Tagelöhner nickte. »Mach ich doch gern.«

Einer der beiden Amtsmeister ergänzte: »Zum Dank übernehmen wir für heute Eure Zeche und die Eures Freundes.«

Der Eingeladene jubelte hocherfreut. »Ihr seid ein Prachtbursche! Ein echter Mann! So gefallt Ihr mir. Wir trinken auf Euer Wohl. Auf dass wir Euch noch öfter helfen könn'.«

Damit wandte er sich wieder seinem Kumpan zu. Die beiden begannen, ein Trinklied zu singen – oder besser gesagt: zu grölen.

Der Pharisäer

Dieser Heuchler!« Agnes konnte sich kaum beruhigen. Gabriel von Wiesen spielte sich als Moralapostel auf, betrog aber seine Frau nach Strich und Faden.

»Und uns dummfrech belogen hat er auch«, ergänzte der Hauptmann von Lübbecke bitter. »Den werde ich mir zur Brust nehmen. Der kann was erleben!«, schimpfte er und stürmte auch schon los.

»Wolfram, warte!« Agnes hielt ihn am Arm zurück. »Bitte ohne Gewalt. Wir wissen nur durch den Gesellen davon. Im Moment steht hier Aussage gegen Aussage. Wir müssen vorsichtig sein. Von Wiesen ist immerhin ein angesehener und einflussreicher Mann.«

Wolfram schüttelte ihre Hand mit einer ärgerlichen Bewegung ab. »Das weiß ich auch! Aber ich trau dem Kerl nicht. Der ist mir zu glatt, zu sehr von sich eingenommen.«

Demonstrativ verschränkte er seine Arme vor der Brust und streckte sein Kinn vor.

Agnes versuchte ihn zu beruhigen: »Das kann ja alles stimmen. Aber es ist noch kein Beweis.«

»Ja, ja. Schon gut. Du hast doch ständig was einzuwenden.«

»Sollte ich dir nicht zeigen, wie man mit Menschen umgeht?«

Grimmig stand er vor Agnes und schaute auf sie hinab. Nach kurzem Zögern bestimmte er: »Lass uns jetzt zu dem von Wiesen gehen« und marschierte schon los.

Sie lächelte zufrieden. Es ging also doch! Wolfram gab sich zu gern als hart und unbarmherzig aus und betonte überall seine Stärke. Eben deshalb mimte er jetzt den Beleidigten, aber dennoch: Er reagierte tatsächlich auf ihre Wünsche. Sehr gut! Beschwingten Schrittes folgte sie ihm.

Als die beiden um die Ecke in die Ritterstraße biegen wollten, stießen sie fast mit dem Meister von Wiesen zusammen. Alle schauten sich überrascht an.

»Was verheimlicht Ihr uns?«, begann der Hauptmann sofort. Sein Ton war rüde und scharf.

Der Zunftmeister trat einen Schritt rückwärts und blickte fassungslos den fast einen Kopf größeren Soldaten an. »Wie meint Ihr das?«

»Euer Geselle sagte uns soeben, dass Ihr an dem Abend gar nicht in der Werkstatt wart.«

Gabriel von Wiesen holte tief Luft. Er kämpfte um seine Beherrschung. »Was fällt Euch ein? Was wagt Ihr, mir zu unterstellen? Ich habe Euch gewarnt. Ich werde mich an den Rat wenden. Ich sorge ganz schnell dafür, dass Ihr zum Teufel geschickt werdet.«

»Bis es so weit ist, will ich wissen, wo Ihr an dem Abend wart, als Euer Schwager umgebracht wurde.«

Voller Zorn erwiderte er: »Das geht Euch nichts an.«

»Dann verhafte ich Euch jetzt gleich. Hier auf offener Straße, wo es jeder sehen kann. Eure Nachbarn gucken schon.«

Verlegen schaute sich der Zunftmeister um. Ein paar Frauen waren stehen geblieben und tuschelten miteinander. Ein Mann auf der gegenüberliegenden Straßenseite lehnte sich neugierig aus einem Fenster. Ein anderer tat so, als müsse er seine Jacke abstauben, und beobachtete die Szene aus den Augenwinkeln.

»Das wagt Ihr nicht!«, zischte von Wiesen.

Der Hauptmann grinste hämisch. »Oh, doch!«

Nervös fingerte der Meister an seinem Rock herum. Nachdem er noch einen Blick in die Runde geworfen hatte, antwortete er mit leicht zitternder Stimme: »Na gut. Ich will mal so gnädig sein. Was habt Ihr zu beanstanden?«

»Ihr sagtet uns, Ihr wärt am Todesabend allein in der Werkstatt gewesen. Euer Geselle behauptet genau das Gegenteil. Er wär' allein dagewesen.«

Von Wiesen reckte sich. »Das kann ich mir gut vorstellen. Der Lump ist so faul, dass er noch nie bis in die Nacht gearbeitet hat. Ich war noch nach Gisbert in der Werkstatt. Bis irgendwann um Mitternacht. Denn das Tuch musste am anderen Morgen für den Ratsherrn Giseler fertig sein. Ich habe es selbst dem Ratsherrn überbracht. Fragt ihn doch! Er wird sicher bestätigen, dass ich bei ihm war. Dann erwarte ich auf jeden Fall eine Entschuldigung für Eure Unverschämtheit.«

»Das beweist noch gar nichts!«, mischte sich Agnes ein.

»Wer sonst hätte es über Nacht erstellen können?«

»Euer Geselle.«

»Ach was, junge Frau! Natürlich nur ich selbst!« Dabei klopfte er sich auf seine stolzgeschwellte Brust. »Fragt meine Arbeiter! Sie werden bestätigen, wie schnell und gut ich bin. Ich habe das ja auch von klein auf von meinem Vater und Großvater gelernt. Gisbert schmeiß ich gleich noch raus. Darauf könnt Ihr Euch verlassen. Der bekommt in Minden keine Arbeit mehr. Dafür sorge ich.«

Aber Agnes glaubte dem Meister kein Wort mehr. »Trotz alledem klingt das aber nicht besonders gut für Euch. Eure Unschuld habt Ihr nicht beweisen können. Es steht Aussage gegen Aussage.«

Von Wiesen lachte gekünstelt. »Da übertreibt Ihr aber gewaltig. Das Wort eines Meisters ist bei Weitem mehr wert als das eines dahergelaufenen Gesellen.«

»Bei wem?«

»Das war schon immer so!«, zischte er.

»Aber bei uns nicht. Ohne Zeugen oder Beweise ist Euer Wort nicht mehr wert als das eines Tagelöhners.«

Der Zunftmeister lief rot an. Er fuchtelte wild mit seinen Armen herum. »Jetzt geht Ihr zu weit! Das hättet Ihr nicht wagen sollen. Das sollt Ihr mir büßen!«

Damit drehte er sich wütend um und eilte fluchend davon. Wolfram wollte ihm sofort hinterherstürmen, aber Agnes hielt ihn zurück. Sie musste sich an seinen Arm hängen, um ihm zum Bleiben zu bewegen.

»Lass ihn! Er entkommt uns nicht. Er weiß jetzt, dass wir hinter ihm her sind. Und wenn er Angst hat, macht er Fehler. Wir können warten.«

Der Hauptmann stierte hinter dem Flüchtenden her. Seine Hände waren geballt, als wäre er bereit zu einem Zweikampf. Er atmete schwer und stoßweise.

»Das nächste Mal hau ich den windelweich. Der wird mir nicht wieder drohen.«

Nur schwer konnte Agnes den aufgebrachten Soldaten beruhigen. Aber schließlich entspannte er sich wieder. Erst jetzt bemerkte er, dass die junge Frau noch immer seinen Arm umfasst hielt. Sein grimmiger Gesichtsausdruck verwandelte sich in ein Lächeln.

»So lass ich mir das gefallen. Das könntest du öfters machen.«

Peinlich berührt ließ Agnes seinen Arm los und ging einen Schritt weiter. Sie musste dringend ein wenig Abstand zu Wolfram gewinnen; denn ihr war bewusst geworden, dass das eine zu verfängliche Situation gewesen war. Sie als Nonne durfte sich nicht den Anschein von Anstößigkeit geben. Das, was sie Ludolf immer wieder klarmachen musste, wenn er ihre Nähe suchte, galt auch für den Hauptmann. Keine unangebrachten Vertraulichkeiten! So etwas durfte einer rechtschaffenen Scholasterin nicht passieren. Durch ihr Gelübde war sie nur dem Herrn und dem Papst verantwortlich. Sie hatte nicht nur einen guten Ruf zu verlieren, sie musste im Besonderen an ihren jetzigen Auftrag denken. Auch wenn sich dieser großgewachsene und achtunggebietende Mann ihrem Willen, dem Willen einer Frau, gefügt hatte.

»Gehen wir heute Abend essen?«, fragte Wolfram wieder einmal.

Nervös drehte sie an den Knöpfen ihres Kleides. Ihre Stimme zitterte, als sie antwortete: »Nein.«

»Soll ich dir noch'n bisschen die Stadt zeigen?«

»Danke für dein nettes Angebot. Ich bin müde und fußlahm. Außerdem ist es schon fast Abend. Die Dämmerung beginnt schon. Wir sollten für heute Schluss machen. Morgen früh sehen wir uns wieder im Rathaus.«

»Ach, stell dich nicht so an! Komm doch mit.«

Sie schüttelte den Kopf. »Mach's gut. Bis morgen.«

Zügigen Schrittes ging sie in Richtung Brüderstraße zu dem Haus, das ihnen der Rat zur Verfügung gestellt hatte. Sie drehte sich nicht um, um zu sehen, was Wolfram machte. Hoffentlich folgte er ihr nicht. Sie horchte genau hin, ob sich Schritte von schweren Stiefeln näherten. Aber alles blieb still. Verstand er ihren Standpunkt? Wahrscheinlicher war, dass er zu denen gehörte, die gewohnt waren, dass die Frauen hinter ihnen herliefen statt umgekehrt.

Nachdem sie ihre Unterkunft erreicht hatte, schloss sie schnell die Tür hinter sich. Durch ein Fenster beobachtete sie vorsichtig die Straße. Der Hauptmann war glücklicherweise nirgends zu entdecken. Sie wartete, bis es fast ganz dunkel geworden war und sie sicher war, dass er sich nicht irgendwo hinter einer Hausecke versteckt hatte. Dann nahm sie ihren Umhang, zog die Kapuze über, um ihr Gesicht besser zu verdecken, und eilte das kurze Stück zur Kirche St. Martini hinüber. Sie hatte das dringende Bedürfnis, ihr Herz bei einem Priester zu erleichtern. Sie musste unbedingt zur Beichte.

Die Amtsmeister

Die beiden Handwerksmeister und Ludolf saßen noch länger in der Schänke zusammen. Sie überlegten, was den Händler dazu gebracht hatte, die Schänke so überstürzt zu verlassen.

»Schade, dass keiner was gehört hat«, bemerkte Meister Matthias.

»Genau. Und dass keiner den Fremden kennt«, fügte Meister Wellmer hinzu.

Und wieder hoben die drei Männer ihre Becher und tranken.

Ludolf unterbrach die Grübelei: »Was für ein Mann war Euer verstorbener Freund?«

Die beiden Amtsmeister schauten sich an. Nach ein paar Augenblicken begann einer. »Nun. Er wurde von vielen wegen seiner Ehrlichkeit und seines festen Charakters respektiert. Er blieb selbst in brenzligen Situationen ruhig.«

»Richtig«, ergänzte der zweite. »Wie sagt man so schön: fest wie ein Fels. Er hat sich eigentlich nie durch missgelaunte Menschen oder schlimme Ereignisse erschüttern lassen. Statt wütend zu werden oder in Panik zu verfallen, suchte er die Lösung für den Schlamassel. Ich begreife nicht, warum er sich so plötzlich umgebracht haben sollte. Darum ... Versteht mich bitte nicht falsch. Ich glaub Euch schon, was Ihr da von den Hinweisen im Speicher erzählt habt. Von dem Fellbüschel und dem Ballen. Und was der Bader über die Verletzungen gesagt hat. Aber ... es fällt mir so schwer, das zu glauben. Wir kennen ihn anders.«

»Und was ist mit seiner nörglerischen Frau?«, fragte Ludolf.

Ein Lächeln huschte über die Gesichter der beiden Handwerksmeister. »Die ist 'ne richtige Plage. Andauernd hatte sie an ihm etwas auszusetzen. Ihr gefiel es überhaupt nicht, dass er als Händler mit uns Handwerkern hier zusammensaß. Sie wollte, dass er mehr Kontakt mit den anderen Händlern im Rat hatte. Dass er sich mit denen gut stellt, damit die Tochter standesgemäß unter die Haube kommt.«

Der andere ergänzte: »Und sie wollte, dass er Bürgermeister wird. Damit sie ihre Nase noch höher tragen kann. Sie hat ihm so lange in den Ohren gelegen und gejammert, bis er sich schließlich darauf einließ. Bei der nächsten Bürgermeisterwahl wäre er es geworden.«

Und wieder saßen sie schweigend am Tisch, schauten in ihre Becher und grübelten. Ludolf musste an einen Ausspruch in der Bibel denken, den seine Großmutter ab und zu zitierte: *Besser ist es, auf einer Dachecke zu wohnen als mit einer streitsüchtigen Ehefrau, obwohl in einem gemeinsamen Haus.*[12]

»Hatte Euer Freund eigentlich ein Liebchen?«, fragte Ludolf deshalb. »Ich meine: bei der Frau!«

Die beiden Handwerker lachten.

»Das meinen so einige«, antwortete Meister Matthias. »Ihr habt sicher von seiner Magd gehört, der er ein Kind gemacht haben soll. Alles Unsinn. Die will doch nur absahnen. Johannes war treu. Ganz sicher. Und egal, was seine frömmelnde Frau oder sein dünkelhafter Schwager auch immer von ihm sagen: So was kam für ihn nicht in Frage.«

Ludolf merkte, dass der Wein ihn müde machte. Seine Gedanken schweiften immer wieder ab. Er sollte sich bald wie möglich auf den Weg zu seinem Bett machen. Schön einkuscheln und dann was Nettes träumen. Von Agnes. Nein, lieber nicht. Die biestige Hexe wollte er sich lieber schnell aus dem Kopf schlagen, die würde ihn sonst noch jahrelang hängen lassen. Also würde er besser von Susanna träumen. Der sanften, anmutigen, liebreizenden Susanna. Von ihren langen, blonden Haaren, ihrem süßen Mund.

Der Meister Wellmer schreckte Ludolf aus seinen Träumereien hoch. »Und was wollt Ihr morgen untersuchen?«

»Tja.« Der Angesprochene musste erst seine Gedanken wieder ordnen. »Da ist noch eine Sache, die mir Kopfschmerzen bereitet. Hatte der Händler Bode Schulden, wie einige behaupten? Und wenn ja, wie viel?«

Die beiden Handwerker schauten sich kurz an und hoben verwundert die Augenbrauen.

»Genau wissen wir das nicht«, gab Matthias zu. »Aber ich kann es mir schlecht vorstellen. Johannes war so auf Sicherheit und Redlichkeit bedacht, dass er es wohl kaum riskiert hätte, sich auf das Wohlwollen eines anderen zu verlassen.«

»Wir haben zwar nie viel über unsere Geschäfte geredet«, ergänzte der andere Meister, »aber wenn er Probleme gehabt hätte, hätte er sicherlich mit uns darüber gesprochen. So wie er uns auch von seiner Frau und anderen Dingen erzählt hat.«

»Seine Geschäfte liefen also gut?«

Er zuckte mit den Schultern. »Wie gut, kann ich nicht sagen. Ich bin kein Händler. Aber nach einigen Lieferschwierigkeiten vor ein paar Monaten hatte er sein Lager jetzt wieder voll. Darauf haben wir an seinem letzten Abend noch angestoßen. Da liegen einige Werte in seinem Speicher.«

»Könntet Ihr sagen, wie viel so ein Geschäft wert ist? Ich frage nur so aus Neugierde.«

»Wie gesagt, falls es doch Schulden gibt, werden sie sicherlich nicht so hoch sein, dass sie den Wert auffressen. Aber ich habe wirklich keine Ahnung.«

»Nee. Könnt ich auch nicht sagen«, ergänzte Meister Wellmer. »Man muss die Bücher studieren und eine Inventur machen. Aber der Kontorsgehilfe sollte Euch das sagen können.«

Dem sollte Ludolf morgen noch einmal nachgehen und sich nicht wieder so schnell abwimmeln lassen. Ulrich Rehkopf sollte bloß nicht wieder so tun, als wüsste er von nichts. Der Bursche war genauso eine Bremse bei den Ermittlungen wie seine Herrin. Als wollten die beiden nicht, dass der Tod des Händlers aufgeklärt wurde. Warum? Hatte das einen tieferen Grund? Was hatten sie davon? Steckten sie unter einer Decke?

Am späten Abend trennten sich die drei Männer. Ludolf machte sich leicht angetrunken und sehr müde auf den Weg zu seiner Unterkunft.

Berichterstattung

Mittwoch, 25.5.1385

Agnes und Ludolf begegneten sich kurz nach dem Aufstehen. Sie kam aus dem Hinterhof, und er wollte gerade dorthin, zum Abort. Die beiden blickten sich nur kurz an und gingen nach einem knappen Gruß aneinander vorbei. Bloß kein Wort zu viel, bloß keine überflüssige Reaktion. Eiseskälte herrschte zwischen ihnen. Sie bedienten sich nacheinander an der Verpflegung, die wahrscheinlich von den Zempelburgs im Laufe des letzten Tages gebracht worden war. Jeder verzehrte sein Morgenmahl in der eigenen Kammer. Als sich Agnes gerade das verhasste Kopftuch umband, hörte sie Ludolf schon das Haus verlassen.

Zum Glück war das Wetter heute besser. In der Nacht hatte der feine Regen aufgehört, und die Sonne versuchte jetzt sogar, durch einige Wolkenlücken zu blicken. Aber für Ende Mai war es noch immer zu kalt. Die ersten Bauern klagten schon über Schäden für Gemüse und Getreide. Wenn es nicht bald wärmer wurde, mussten die Menschen im nächsten Winter wieder hungern.

Agnes und Ludolf trafen sich erst im Rathaus beim Bürgermeister wieder. Wolfram von Lübbecke war bereits anwesend, die Ratsherren allerdings nicht. Der Hauptmann gab einen Bericht über das, was Agnes und er am Vortag herausgefunden hatten.

»Heute Morgen habe ich mir dann noch mal den versoffenen Kerl der Magd vorgenommen. Aber trotz Brot und Wasser im dunklen Kerker sagt er nichts. Er will von nichts wissen. Vielleicht ist er in zwei oder drei Tagen so weit. Schließlich schreit er ja jetzt schon ohne Unterlass nach Branntwein.«

»Und was macht Ihr jetzt?«, fragte Gerd von Bucken.

Der Hauptmann reckte sich und brachte sich in Position. »Wir werden untersuchen, was von Wiesen in der Nacht gemacht hat. Falls das zu nichts führt, kümmern wir uns um den Mann der Magd und den Schmied.«

Der Bürgermeister nickte anerkennend. »Gut. Gibt es sonst noch etwas?«

Ludolf schaute kurz in die Runde. »Ja. Ich habe noch etwas. Ich denke eher, es war Selbstmord.«

Damit hatte er auf der Stelle die Aufmerksamkeit aller Anwesenden. Der Bürgermeister stand sprachlos, mit offenem Mund, vor ihm, Wolfram von Lübbecke hingegen guckte so entgeistert, als habe er den Sinn der Worte nicht verstanden. Ha! Wie Ludolf es liebte, Menschen mit einer unerwarteten Bemerkung so aus der Fassung zu bringen. Damit hatte er schon früher seine Lehrer zur Verzweiflung getrieben. Ein schalkhaftes Lächeln erschien in seinem Gesicht, vergnügt wippte er auf den Füßen hin und her.

Agnes platzte los: »Nein! Jetzt kommt das schon wieder!« Demonstrativ drehte sie sich um und schüttelte den Kopf.

»Wie kommt Ihr darauf?«, fragte der Bürgermeister den jungen Mann.

Ludolf erklärte die Hinweise, die er auf dem Speicher und in der Schänke *Widukind* gefunden hatte.

»Merkst du nicht, wie lächerlich du mich machst?« Agnes wirbelte herum. Sie war wütend. Nur weil sie nicht bei ihm geblieben war wie ein kleines, verschüchtertes Mäuschen, sondern mit Wolfram losgezogen war, widersprach Ludolf, wo er nur konnte. Anscheinend gehörte das Bloßstellen des Hauptmanns ja jetzt zu seinen Lieblingsbeschäftigungen.

Der Bürgermeister war alles andere als begeistert. »Herrschaften! Ich darf doch bitten! Könntet Ihr Euch gefälligst in Ruhe einigen! Dies ist nicht der Platz, um Differenzen zu diskutieren. Wir erwarten Hilfe von Euch!«

Agnes stand wie üblich, wenn sie wütend war, mit den Händen in die Hüften gestützt da und funkelte Ludolf böse an. Doch der hatte seine Arme trotzig vor der Brust gekreuzt und betrachtete gelangweilt die Schnitzereien an der Decke.

Gerd von Bucken schaute verärgert. »Was war es nun? Mord oder Selbstmord?«

»Selbstmord«, antwortete Ludolf.

»Und warum hat die Frau des Toten nichts in der Art erwähnt?«, schleuderte Agnes ihm an den Kopf.

»Glaubst du wirklich, dass sie uns diesen Hinweis geben würde? Wie die Ratsherren schon gestern festgestellt haben, ist ein ungeklärter Mord besser als ein schändlicher Selbstmord.«

»Schon gut, schon gut!« Der Bürgermeister fuhr dazwischen. »Ich will nichts mehr davon hören. Macht Eure Arbeit, und morgen früh sehen wir uns wieder.«

Damit verließ er eilends das Zimmer und grummelte Unverständliches vor sich hin. Was für ein Theater!

Die drei blieben zurück und blickten sich betroffen an.

»Ich habe aber nur bis Mittag Zeit«, begann Wolfram. »Mein Schwager hat doch Hochzeit.« Und sich an Agnes wendend fügte er hinzu: »Begleitest du mich nun? Wir könnten ein wenig feiern und es uns gutgehen lassen. Und du kannst deinen Ärger für einen Moment vergessen. Na, wie wär's, meine Liebe?«

Die junge Frau schaute verlegen zur Erde. Sie hatte Ludolfs verblüfftes Gesicht gesehen, als der Hauptmann sie so vertraulich angesprochen hatte. »Danke für das Angebot. Aber eigentlich haben wir keine Zeit dazu, wir haben schließlich einen Auftrag zu erledigen.«

»Ach, was soll's! Hab' dich nicht so. Ein halber Tag mehr oder weniger. Der Milchbart ist auch noch da.« Damit zeigte er mit einer Kopfbewegung auf Ludolf.

Ludolf hatte der Unterhaltung voller Abscheu zugehört. So vertraut waren die beiden also schon. Er wollte lieber nicht wissen, wie sie sich gestern ihre Mäuler über ihn zerrissen hatten. Aber nun war das Maß voll. *Der Milchbart.* Dann sollte Agnes doch mit dem Grobian abhauen. Jetzt wusste er wenigstens, was er von ihren Liebesschwüren zu halten hatte. Damit drehte sich Ludolf um und marschierte ohne ein weiteres Wort davon. Sollten die beiden doch sehen, wie sie alleine zurechtkamen. Er hörte noch, wie Agnes seinen Namen rief. Das »heute Mittag am Rathaus« war eigentlich schon zu leise gewesen. Vielleicht hatte er es gehört, vielleicht auch nicht. Das würde er sich im Laufe des Vormittags überlegen.

Ulrich Rehkopf

Mit einem Bauch voller Wut, einem Kopf voller Verwünschungen und einem Herzen voll Eifersucht machte sich Ludolf auf den Weg zum Kontor des toten Händlers. Agnes war für ihn gestorben. Endgültig. Ihn so in aller Öffentlichkeit anzugreifen, hatte das Maß voll gemacht. Er hatte ihr aufbrausendes Temperament, ihre Selbstüberschätzung und ihre Sprunghaftigkeit endgültig satt. Er hatte lange genug Geduld mit ihr gehabt. Wie gerne hätte er sie geheiratet – im letzten Jahr. Aber zum Glück war ja daraus nichts geworden, denn inzwischen hat sie ihr wahres Gesicht gezeigt. Hexe!

Auf Streit aus stürmte Ludolf ins Kontor. Nach einem kurzen Blick in die Runde schritt er zum hinteren Teil des Raums. Dort stapelte der Kontorsgehilfe gerade einige kleine Kisten.

Ohne Umschweife platzte Ludolf los: »Ist Euch noch etwas eingefallen, was den Bode erschreckt haben könnte?«

Ulrich Rehkopf war völlig überrascht. Betreten schaute er sich um. Aber niemand war in der Nähe, der ihm helfen konnte. Völlig verlegen entschlüpfte ihm nur ein leises »Guten Tag.«

»Also?« Ludolf wurde ungeduldig.

Mit seiner wie üblich matten Stimme antwortete er: »Ich weiß nichts Neues.«

»Na gut. Was anderes: Gestern wolltet oder konntet Ihr mir nicht sagen, wie hoch die Schulden sind. Aber vielleicht wisst Ihr, welchen Wert das Geschäft hat?« Ludolf drehte sich einmal um seine eigene Achse und zeigte auf all die Kisten, Ballen und Säcke. »Der Bestand an Waren, die Verbindlichkeiten und die Forderungen an Kunden und andere Händler – alles zusammen.«

»Ich sagte doch schon, dass ich nicht so tiefe Einblicke habe. Das hat alles der Herr selber gemacht.«

»Aber Ihr könnt doch schätzen?« Der Möllenbecker wurde immer ungeduldiger.

»Wie meint Ihr das?«

Am liebsten würde Ludolf dem Burschen eine knallen für so viel Dämlichkeit. Er rief sich zur Ruhe. Bloß nicht die Fassung verlieren. »Ihr müsst doch sagen können, ob der Laden hier hundert Gulden wert ist oder tausend.«

Nervös kratzte sich Rehkopf am Hals. Seine Stimme zitterte ein wenig. »Ich denke, ich darf das nicht sagen.«

Ludolf rang um Fassung. Warum hatte der liebe Gott den Verstand bloß so ungleich verteilt? »Dann muss ich Euch halt einsperren lassen.«

»Wieso das denn?«

»Weil Ihr die Nachforschungen zum Tod des Händlers behindert!«

Der Kontorsgehilfe trat unsicher von einem Fuß auf den anderen. »Versteht doch bitte!«

»Was soll ich verstehen?«

»Ich bekomme sonst Ärger.«

Ludolf machte eine abwehrende Handbewegung, das Argument zählte für ihn nicht. »Das interessiert mich herzlich wenig. Es geht hier um den Tod des Händlers. Wie viel?«

Ulrich Rehkopf grübelte einen Augenblick. Furchtsam schaute er sich um, ob nicht zufällig jemand in der Nähe war. Er antwortete sehr leise: »Schätzungsweise sechshundert bis siebenhundert Gulden.«

»Mit oder ohne Schulden?«

»So ungefähr wird's passen. Wären die Schulden höher, hätte ich es schon gemerkt.«

»Na, also. Geht doch.« Befriedigt reckte sich Ludolf und ging durch den Raum.

Sechshundert bis siebenhundert Gulden also. Er hatte natürlich überhaupt kein Gefühl dafür, ob das viel oder wenig war. Was bekam man dafür? Er erinnerte sich an den Verkauf eines Hofes bei Möllenbeck für zwanzig Gulden. Dazu gehörten vier Hufen[13] Land. Und ein Meierhof wechselte für fünfzig den Besitzer. Ein Grundstück hier innerhalb der Stadtmauern war bestimmt viel mehr wert – vor allem, wenn noch Gebäude darauf standen, die solider und um einiges komfortabler waren als ein Hof auf dem Land. Hier kam dann noch der Speicher voller wertvoller Waren dazu.

Ludolf wandte sich wieder an den Kontorsgehilfen, der immer noch verschüchtert dastand. »War der Händler Bode eigentlich viel auf Reisen?«

»Ab und zu. Aber selten sehr lang. Eigentlich nie mehr als drei Wochen.«

»Wer hat dann das Geschäft hier geleitet? Seine Frau?«

»Oh, nein! Die Herrin wollte damit nie etwas zu tun haben.« Rehkopf entspannte sich. »Sie hat andere Interessen. Sie geht viel zur Andacht. Ich habe hier allein im Kontor gearbeitet.« Die letzten Worte waren mit Überzeugung und Stolz gesprochen worden.

»Dann konnte sich der Herr auf Euch verlassen?«

»Natürlich. Ich sprang ein, wenn er verhindert war, etwa weil er Besprechungen mit anderen Händlern hatte oder auf Reisen war. Seine Arbeit als Ratsherr kostete ihn auch viel Zeit. Deshalb überließ er mir schon einiges. In den alltäglichen Dingen kannte ich das Geschäft besser als der Händler.«

»Ach ja?«

Zu spät bemerkte der Kontorsgehilfe, dass er Ludolf in die Falle getappt war.

»Trotzdem wisst Ihr nicht, wie hoch die Schulden sind?«

»Ja ... ich meinte doch ... nein ... ich ...« Rehkopf wurde ganz hektisch.

Ludolf trat ganz nah an ihn heran und hielt provozierend seine Hand ans Ohr. »Was meintet Ihr?«

Der Kontorsgehilfe raufte sich vor Verzweiflung die Haare. »Ich meinte, ich kenne nicht die genaue Höhe, sondern nur so ganz grob.«

»Und was ist mit den sechs- bis siebenhundert Gulden?«

»Deswegen sagte ich ja, so ungefähr. Ich weiß es nicht genau. Nur so dazwischen.«

»Und wie viel wäre es ohne Schulden?«

»Vielleicht zweihundert mehr. Bitte! Mehr weiß ich nicht!« Er blickte Ludolf niedergeschlagen an.

Der ging ein paar Schritte durch den Raum, um nachzudenken. »Aber wenn Ihr Euch so gut im Geschäft auskennt, wie Ihr eben behauptet habt, hättet Ihr dem Händler etwas vormachen können.«

»Wie? Was vormachen?«

»Dass die Lage des Geschäfts schlechter ist als in Wirklichkeit.«

Rehkopf antwortete empört: »Jetzt geht Ihr aber zu weit! Das würde mir im Traum nicht einfallen!«

»Was geht hier vor?« Die scharf gesprochenen Worte hallten durch den Raum.

Die beiden Männer drehten sich erschrocken um. Hoch aufgerichtet und mit unnachgiebigem Blick stand die Witwe Bode nur wenige Schritte entfernt. Ihre Hände hatte sie vor dem Bauch gefaltet, als betete sie. Völlig unbemerkt war sie herangekommen. Ludolf fragte sich, wie viel von dem Gespräch sie wohl mitbekommen hatte. Dabei hatte er gerade ihr nicht wieder über den Weg laufen wollen, nicht nach ihrem Wutanfall vom Vortag. Warum hatte er nicht besser aufgepasst!

»Ich verbiete Euch jedes weitere Gespräch in diesem Haus oder mit einem meiner Leute.« Sie sprach nicht besonders laut, aber gebieterisch. »Ich dachte, das hätte ich Euch bereits gestern klar gemacht? Oder braucht Ihr erst eine Schrift an der Wand?«

»Wollt Ihr denn nicht wissen, warum Euer Mann umkam?«

»Ich verbiete solches Gerede hier in meinem Haus! Ich werde mich umgehend beim Rat über Eure Unverschämtheit beschweren. Was Ihr da redet, hat nichts, rein gar nichts mit dem Mord an meinem Mann zu tun.«

»Ich bin vom Rat verpflichtet worden, weil Ihr den Tod Eures Mannes untersuchen lassen wolltet. Dann müsst Ihr Euch auch gefallen lassen, dass wir genau nachforschen. Und dass wir auch unangenehme Fragen stellen.«

»Was Ihr das faselt, hat nichts mit dem Mord zu tun!« Sie reckte den Hals und schaute zur Seite. Ihre Verachtung für den Fremden, der es wagte, sich in ihre Angelegenheiten einzumischen, war unverkennbar.

Ludolf ließ sich diese Zurechtweisung nicht gefallen und ging zum Gegenangriff über: »Dann wisst Ihr mehr, als Ihr bisher zu sagen bereit wart.«

»Wie könnt Ihr es wagen, mich so zu quälen!« Sie schlug unvermittelt die Hände vors Gesicht. Ihre Stimme klang plötzlich ganz heiser. »Habt Ihr kein Schamgefühl? Ich habe meinen geliebten Mann verloren!« Sie schluchzte. »Oh, Herr im Himmel und alle Heiligen, helft mir bitte gegen diesen Satan standzuhalten.«

Ludolf war erschrocken. Jetzt war er wohl über das Ziel hinausgeschossen. Es war nicht das erste Mal, dass er sich durch seine direkte Art Probleme eingehandelt hatte. Andererseits: Irgendwie schien ihm die Veränderung in ihrer Stimmung – von größter Wut und Verachtung zu abgrundtiefer Trauer – doch ein wenig zu plötzlich, um glaubwürdig zu sein. Spielte sie ihm nur etwas vor, um einer Antwort enthoben zu sein und vor ihrem Arbeiter das Gesicht zu wahren? Um herauszufinden, woran er war, musste er sie provozieren, aus der Reserve locken, und verschärfte deshalb seinen Ton. »Dann sagt mir den Grund, warum Ihr nicht darüber reden wollt. Sonst muss ich vermuten, dass Ihr eine Beteiligung am Tod Eures Mannes verheimlicht. Ich lasse dann die Stadtwache holen.«

Das Schluchzen erstarb sofort. Sie nahm ihre Hände vom Gesicht und starrte ihn wutentbrannt an. Ihre Augen waren nicht gerötet, ihre Wangen nicht von Tränen feucht. Ihre Stimme klang plötzlich wieder arrogant wie immer. »Verlasst sofort das Kontor. Wenn Ihr mich vor den Rat schleppen lasst, werdet Ihr für diese Frechheit bestraft. Ich werde nie wieder mit Euch reden. Sagt das dem Bürgermeister, falls Ihr Euch traut.«

Sie drehte sich um und ging erhobenen Hauptes davon. Sie hätte sich nie eine Niederlage anmerken lassen.

»Rehkopf! Ihr kommt mit!«, befahl sie.

Der Angesprochene eilte hinterher. Die Witwe und der Kontorsgehilfe verließen den Raum durch eine rückwärtige Tür und ließen Ludolf allein zurück.

»Also doch, du falsche Schlange.« Befriedigt rieb sich der junge Mann die Hände. Irgendetwas verheimlichte die Witwe. Was sollte diese Heimlichtuerei? Hatte sie etwas mit dem

Tod ihres Mannes zu tun, oder nutzte sie nur die Gunst der Stunde?

Aber dies wäre nun eine gute Gelegenheit, noch einmal mit dem Lagerverwalter Bernhardt zu sprechen. Vielleicht konnte auch er eine Schätzung zum Wert des Geschäftes abgeben. Stimmte das, was der Kontorsgehilfe gesagt hatte? Ludolf traute weder der Bode noch dem Rehkopf. Also stieg er die Treppe zum Speicher hinauf.

Im Badehaus

Munter plaudernd waren Wolfram und Agnes auf dem Weg zum Badehaus des Tobias Dullen. Wo Ludolf nach rechts zum Haus der Bodes abgebogen war, gingen sie geradeaus weiter. Linker Hand rückte die große Stützmauer der Oberstadt jetzt bis an die Straße heran. An dieser Stelle war sie nicht mehr so hoch und imposant wie gegenüber dem Rathaus an der Martinitreppe, nur noch etwa doppelte Mannshöhe. Hier überquerte im Bogen sogar eine kleine Straße den Absatz. Aus einer Schmiede waren Hämmern und das Wiehern der Pferde, die beschlagen wurden, zu hören. Oberhalb der Mauer, auf der ein paar kleine Häuser standen, erhob sich majestätisch St. Marien. Sie thronte auf der Kuppe und war weithin sichtbar. Dann standen die beiden vor dem Marientor, das in Richtung Petershagen führte, und bogen nach rechts ab.

Agnes erzählte wieder voller Begeisterung von ihrer Arbeit im Stift; den kleineren Kindern brachte sie Lesen und Schreiben bei, die Größeren unterrichte sie in Kirchengeschichte sowie ein wenig in Latein und Griechisch.

Mittlerweile waren Agnes und Wolfram beim Badehaus angekommen. Es befand sich zwischen Deichhof und der Stadtmauer und war genau über der Stadtbeke erbaut worden. Es sah aus wie die übrigen Häuser rundherum – Fachwerk mit teilweise verwitterter Lehmfüllung und einem schiefen Dach –, allerdings war es ein wenig größer als die anderen.

Wolfram klopfte an die Tür.

»Hoffentlich ist so früh schon jemand wach.« Dabei lächelte er Agnes anzüglich an.

Erst nach dem dritten Klopfen rührte sich etwas hinter der Tür. Eine Frau, um die fünfundzwanzig Jahre, öffnete ihnen. Das lange, dunkelbraune Haar hing ihr unordentlich um den Kopf, als wäre sie gerade erst aufgestanden. Ihr Gesicht war blass, die Augen hatten dunkle Ränder. Sie trug eine ärmellose Bluse, die sie lediglich mit einer Hand zuhielt. Das Kleid hatte auch schon bessere Zeiten gesehen – beinahe die Hälfte der Knöpfe fehlte, und es hatte mehrere Risse und Löcher.

Die Bademagd machte einen gehorsamen Knicks und bat die Besucher ohne weitere Fragen herein. Agnes und Wolfram wurden offensichtlich für Gäste gehalten.

»Bitte folgt mir, werte Herrschaften. Ich lasse sofort das Feuer anfachen. Bitte entschuldigt, dass das Wasser noch nicht angeheizt ist.« Ihre zarte Stimme zitterte ein wenig.

Der Hauptmann winkte ab. Er verlangte den Besitzer des Hauses zu sprechen. Die junge Frau eilte davon. Einen Moment später hörte man eine laute, ärgerliche Stimme aus den hinteren Räumen.

»Wer will was von mir?«, klang es rau und unfreundlich herüber.

Ein etwa vierzigjähriger Mann mit nacktem Oberkörper und kahlgeschorenem Kopf kam herein. Während er sich näherte, knöpfte er gerade noch seine Hosen zu. Agnes schaute peinlich berührt zur Seite. Manche Leute schienen einfach kein Schamgefühl zu besitzen.

»Was is', junge Frau? Noch nie 'nen Mann beim Anziehn gesehn?« Er lachte schallend.

Agnes antwortete lieber nicht darauf.

»Was kann ich für Euch tun, Hauptmann?«, wandte er sich an Wolfram. »Welchen Grund habt Ihr, mich zu stören? Uta hat mich gerade so gut verwöhnt.« Dabei deutete er auf die

Bademagd, die ihnen die Tür geöffnet hatte und nun schüchtern im Hintergrund stand.

»Wir müssen wissen, ob der Zunftmeister von Wiesen vor einer Woche hier war. Am Dienstagabend und in der Nacht auf Mittwoch?«, fragte Wolfram.

»Oh, mein Lieber!« Tobias Dullen klatschte mit den Händen auf seinen nackten Bauch. »Ihr wisst doch, dass das nicht so leicht ist. Ich helfe ja gern, aber ...« Dabei verzog er sein Gesicht, als hätte er schlimmes Zahnweh. »Ich muss an meine Kunden denken.«

»Das geht mich einen feuchten Kehricht an.«

»Ihr müsst das so sehen: Meine Kunden suchen hier Entspannung und Ruhe. Sie mögen ein gutes Bad und möchten nicht gestört werden. Das bezieht sich auch auf die Zeit danach. Wenn ich das nicht respektiere, bin ich ruiniert. Mein Ruf ist mein größter Besitz.«

»Ach, stellt Euch nicht so an! Jeder weiß doch, warum Eure Kunden kommen.«

Der Mann grinste breit und näherte sich dem Hauptmann auf wenige Schritte. »Ihr wisst doch am besten, dass ein abgespannter Mann ab und zu Ablenkung braucht. Dann wollt Ihr doch auch nicht gestört werden?«

Wolfram schoss die Röte ins Gesicht. »Dies ist eine offizielle Untersuchung! Ihr seid verpflichtet zu helfen!«

»Da mögt Ihr recht haben. Aber es ist so lange her. So viele waren inzwischen zu Besuch hier. Ich kann mich wirklich nicht mehr erinnern.« Er setzte sein unschuldigstes Lächeln auf.

»Das ist eine Lüge!«

Dullen grinste frech. »Möglich. Aber wie wollt Ihr das beweisen?«

»Ich werde Euch zwingen! Ich werde Euch einsperren!«

»Vergesst dabei aber nicht, dass ich einige bekannte Persönlichkeiten aus dem Domkapitel und dem Stadtrat zu meinen Kunden zähle. Denen wird es gar nicht gefallen, wenn sie hier vor verschlossenen Türen stehen. Der Drang, weswegen die hier sind, ist stärker als Kerkermauern.«

Wolfram von Lübbecke knirschte mit den Zähnen. Er wusste nur zu gut, dass Dullens Einschätzung zutraf. Hinter vorgehaltener Hand wurden die Herrschaften genannt, die hier ein- und ausgingen. Deren Unterstützung durfte er als Hauptmann der Stadtwache nicht aufs Spiel setzen.

Der Besitzer des Badehauses schaute auf Agnes und blinzelte zu ihr hinüber. Dann wandte er sich wieder an Wolfram: »Wie ich sehe, habt Ihr im Moment ja kein Bedürfnis, Euch hier zu entspannen.«

Wolfram ballte die Fäuste, sagte aber nichts.

»Noch Fragen? Ich habe jedenfalls noch etwas zu tun. Man führt Euch hinaus.« Damit drehte er sich um, ohne eine Antwort abzuwarten, und gab der Bademagd einen Wink. »Schwing die Hacken! Und dann kommste sofort wieder zu mir.« Zufrieden schlenderte er wieder nach hinten.

Wolfram marschierte erbost zur Tür. Er brummte leise Verfluchungen vor sich hin.

Die Bademagd huschte an ihnen vorbei zur Tür und öffnete. Gerade als Agnes durch die Tür gehen wollte, hielt Uta sie am Ärmel fest und legte den Zeigefinger über ihre Lippen. Die Scholasterin blieb überrascht stehen. Sie schaute sich schnell um, aber Tobias Dullen war zum Glück nicht mehr zu sehen. Doch ehe sie eine Frage stellen konnte, wurde ihr ein kleiner Pergamentzettel in die Hand gedrückt. Und schon schloss sich die Tür des Badehauses hinter ihr.

Der Hauptmann bemerkte erst nach einigen Schritten, dass Agnes nicht mehr hinter ihm war. Verwundert blieb er stehen und sah sich um. Sie stand noch vor dem Badehaus und betrachtete irgendetwas in der Hand.

»Was ist los?«, rief er ihr zu.

Schnellen Schrittes kam sie näher und reichte ihm den Zettel, auf dem mit Holzkohle drei Worte gekritzelt waren. Er drehte ihn unentschlossen in der Hand hin und her.

»Und was soll ich damit?«

»Das hat mir die Frau aus dem Badehaus gegeben. Ich versteh das nicht ganz. Kannst du damit etwas anfangen?«

Wolfram schaute sich verlegen um. »Was da steht, musst du mir schon sagen.«

Agnes zog verblüfft die Augenbrauen hoch. Doch dann fiel es ihr wieder ein. »Warum hast du nie lesen gelernt?«

»Ich habe früh arbeiten müssen. Für so was hatte ich nie Zeit.«

Agnes schüttelte missbilligend den Kopf. Als Hauptmann sollte er wenigstens etwas lesen und schreiben können. Aber sie ging immer wieder von falschen Voraussetzungen aus. Nicht jede Familie konnte sich eine Schule leisten und das Glück haben, ihr Kind in einem Stift unterbringen zu können.

»Hier steht: *Ingrid* und *hinter Bierfass*. Wer ist Ingrid? Und was bedeutet dieses *hinter Bierfass*?«

»*Zum Großen Bierfass*. Das ist eine zwielichtige Schänke in der Fischerstadt mit billigen Frauen. Dahinter gibt's ein Haus, in dem die Weiber hausen.«

»Ich vermute mal, wir sollen also mit einer Ingrid sprechen, die dort wohnt. Du kennst die Schänke?«

Wolfram räusperte sich. »Nun ... ja ... Als Stadtwache müssen wir doch wissen, wo es Ärger geben könnte.«

Sie nickte. »Was meinte der Tobias Dullen eigentlich mit der Bemerkung, dass du wüsstest, dass ein abgespannter Mann manchmal Ablenkung braucht?«

»Nicht so wichtig. Wir müssen weiter.« Damit wollte er weitergehen, aber Agnes hielt ihn fest.

»Wolfram, das hatten wir doch schon gestern. Einem Freund kann man vertrauen.«

Er strich sich durch den Bart und schaute gedankenverloren die Straße entlang. Seine Stiefelspitze trommelte nervös auf den Boden. Agnes wartete geduldig und blickte erwartungsvoll zu ihm hoch.

Schließlich begann er: »Vor einiger Zeit bin ich aufs Tiefste enttäuscht worden. Da war ich mal da bei Dullen. Aber es hat mir nicht gefallen.«

»Ich dachte, du bist nicht verheiratet?«

Wolfram zögerte und spielte verlegen am Griff seines Schwertes. »Das kann man nicht so sagen. Ich habe viel zu jung geheiratet. Aber sie war nichts wert. Eine Schlampe, eine Dirne. Sie hat mich vor Langem verlassen. Ich habe mich nach Liebe gesehnt und bin ins Badehaus gegangen. Aber das war nicht echt. Es war eine Sünde. Und jetzt darf ich erst wieder heiraten, wenn ich höre, dass meine Frau tot ist. Vielleicht ist sie ja schon abgekratzt. Wer weiß das schon? Vielleicht werde ich nie wieder in Glück mit einer Frau leben können.«

So ein Geständnis hätte Agnes niemals von diesem großen und starken Mann erwartet. Sie sah ihm an, wie schwer es ihm gefallen sein musste, das zu sagen. Diese Offenheit beeindruckte sie. Sie verspürte den dringenden Wunsch, ihm zu helfen. »Ich rede mit dem Bischof«, schlug sie vor. »Gleich heute Mittag. Er weiß bestimmt einen Ausweg.«

»Nein, bitte nicht. Versprich mir, dass du nie darüber reden wirst. Ich muss das selber tun. Das ist meine eigene Last. Wenn ich die richtige Frau gefunden habe, werde ich mich an den Bischof wenden.«

Agnes nickte. »Gut. Tu das.«

Beim Lagerverwalter

Ludolf musste den Lagerverwalter nicht lange suchen. Er fand ihn beim Tor des großen Speicherturms. Bernhardt lud zusammen mit zwei anderen Arbeitern einen Karren ab. Die drei Männer ächzten beim Herunterwuchten der Fässer. Ludolf wartete im Schatten des Hauses, bis die schwere Arbeit erledigt war. Er wollte nicht mehr als nötig stören, besonders nicht, wenn derjenige ihm bisher so gute Dienste wie Bernhardt geleistet hatte.

Als die Männer fertig waren, trat Ludolf vor. »Bernhardt, habt Ihr noch einmal Zeit für mich?«

Der Angesprochene drehte sich herum. »Sofort! Gleich bin ich bei Euch.« Er gab noch ein paar Anweisungen an die anderen Arbeiter und kam dann zu Ludolf. »Was kann ich für Euch tun?«

»Könntet Ihr etwas hier herüberkommen? Ich hatte eben einen kleinen Disput mit der Witwe Bode. Sie soll nicht merken, dass ich mich noch hier herumtreibe.«

Der Lagerverwalter lächelte verschmitzt. »Da seid Ihr nicht der Erste, der heute sein Fett abbekommt. Ich habe mir auch schon 'n Anranzer eingefangen. Kommt mit!«

Die beiden Männer schlichen zu einem Holzverschlag, hinter dem sie vom Haus aus nicht mehr gesehen werden konnten.

»Habt Ihr ihr gegenüber etwas von dem Ballen erwähnt?«, wollte Bernhardt sofort wissen.

Ludolf schüttelte den Kopf. »Wozu? Wenn überhaupt, werde ich das höchstens dem Rat gegenüber erwähnen.«

Er atmete erleichtert auf. »Danke.«

Ludolf nickte zustimmend und kam sofort zum Thema. »Wie schätzt Ihr den Ulrich Rehkopf ein?«

Der Lagerverwalter schaute kurz um sich. »Der? Das ist eine ganz hinterhältige Sau. Anmaßend und beleidigend. Als wär' er der Herr höchst persönlich. Wär' am liebsten wohl selber Händler. Wie gestern. Kommt in den Speicher und schnüffelt überall herum, um was zu finden, was ihm nicht gefällt. Standen 'n paar Ballen schief. Ja und? Aber der Lump wirft die Ballen um und verlangt, dass wir se sofort wieder ordentlich aufstapeln sollen. Dabei war'n wa gerade beim Abladen. Der Fuhrwerker war sauer, weil er wieder loswollte, wir, weil wa doppelte Arbeit hatten. So ein blöder Affe!« Bei den letzten Worten war er immer lauter geworden.

»War der schon immer so? Oder spielt er sich erst seit dem Tod des Händlers so auf?«

»Komisch war er schon immer. Aber seit ein paar Tagen is' er noch schlimmer. Richtig unerträglich.«

»Hatte denn der Händler Bode nichts zu Rehkopfs Verhalten gesagt?«

Bernhardt kratzte sich am Kopf. »Puh ... Schon ... Aber nich so richtig. Nur so nach der Art: Mach das bloß nicht wieder. Und das war's dann auch.«

»Gab es dafür einen Grund?«

»So war der Herr halt. Er glaubte an das Gute in den Menschen.«

Ludolf überlegte einen Moment. Hatte das überhaupt eine Bedeutung? Ein anmaßender Kontorsgehilfe, der sich recht viel herausnahm, aber vom Herrn nur sacht angefasst wurde. Vielleicht war Bode wirklich von Natur aus so nachsichtig. Aber eigentlich wollte Ludolf ja etwas ganz anderes wissen. »Könntet Ihr mir sagen, welchen Wert das Geschäft hier hat?«

Bernhardt verdrehte die Augen und klatschte in die Hände. »Mit so was kommt Ihr zu mir?«

»Ihr habt doch einen guten Überblick über die Waren hier.«

»Schon. Aber das könnte der Rehkopf bestimmt besser sagen. Der muss doch bloß die Zahlen in den Büchern durchgehen und hat die schnell zusammen.«

»Das dachte ich auch. Aber entweder er will nicht so richtig oder er kann nicht. Er hält sich jedenfalls ziemlich bedeckt.«

»Ja klar! Der faule Hund! Der hat bloß keine Lust, eine Handbewegung zu viel zu machen. Er könnte ja was Falsches sagen. Und tut dann immer so, als würde ihm keiner was sagen woll'n.«

Ludolf lachte. »Das habt Ihr gut getroffen. Aber wie hoch schätzt Ihr den Wert hier?«

Bernhardt kratzte sich wieder am Kopf. In Gedanken schien er die einzelnen Lagerböden durchzugehen. Er sprach leise vor sich hin, zählte ab und zu an seinen Fingern mit, wiegte seinen Kopf. Schließlich hielt er inne, überlegte noch einmal kurz und sagte dann vorsichtig: »Tausendfünfhundert Gulden. So ganz grob. Wenn man das mit 'ner Liste durchgehen würde, könnte man's sicher besser sagen.«

Ludolf war überrascht und zog die Augenbrauen hoch. »Seid Ihr Euch sicher?«

»Jau. So ziemlich. Warum?«

»Ulrich Rehkopf schätzte auf höchstens siebenhundert. Und ohne die Schulden auf neunhundert.«

»Was?« Der Lagerverwalter sackte förmlich in sich zusammen. »Das verstehe ich nicht. So schlecht können unsere Sachen doch nicht sein. Oder?« Er schüttelte den Kopf.

»Gibt es eigentlich viele offene Rechnungen?«

Bernhard wiegte seinen Kopf hin und her. »Kaum. Der Herr Bode war immer darauf bedacht, schnell zu bezahlen. Deshalb hatte er auch viele gute Verbindungen. Ich war immer der Meinung, dass die Zahl der Leute, die ihm noch was schulden, höher ist.«

Warum gab es hier so große Unterschiede in der Bewertung des Geschäfts? Ludolf traute dem Lagerverwalter eher über den Weg als dem Kontorsgehilfen. Hatte sich Rehkopf so sehr verschätzt? Warum versuchte er dauernd, sich auf seine Unwissenheit zu berufen? Für ihn war es doch, wie Bernhardt ja nun auch bestätigt hatte, ein Leichtes, anhand der Bücher den genauen Wert zu bestimmen. Irgendwas war da faul.

»Könntet Ihr Euch vorstellen, dass Rehkopf irgendeine Mauschelei vorhatte?«

»Da fragt Ihr aber was!« Er lachte. »Zutraun würd ich's ihm, aber ich wüsste nich was.«

»Keine Meinung?«

Der Lagerverwalter verzog sein Gesicht und grübelte. »Na, so'n Gedanken hab ich da schon. Der Lump hat da was unterschlagen und damit's nich auffällt, macht er alles billiger.«

»Wenn hier etwas abhanden kommt, wäre es Euch doch aufgefallen?«

Bernhard überlegte einen Moment »Ja, schon. Ich hab das Lager ja im Blick. Aber wenn er nur in den Büchern da was rumschmiert?«

»Bei mehreren hundert Gulden hätte wenigstens der Händler was merken müssen«, wandte Ludolf ein.

»Stimmt schon.« Und wieder kratzte er sich am Kopf. »Ne. Dann weiß ich nix mehr.«

»Trotzdem habt Ihr mir sehr weitergeholfen. Wenn ich Euch einen Gefallen tun soll, sagt Bescheid.«

Bernhard lachte los. »Geht klar. Dann schickt mir doch mal Rehkopfs Schwester vorbei.«

Ludolf schaute ein wenig überrascht. »Wieso das denn?«

»Oha!« Dabei rieb sich der Lagerverwalter die Hände. »Das ist ein kesses Frauenzimmer. Mit der möchte ich auch gern mal los. Die hat alles, was sich ein Mann so wünscht. Wenn Ihr versteht, was ich meine.« Dabei zwinkerte er vielsagend und zeichnete mit den Händen eine üppige Figur in die Luft.

»Habt Ihr sie denn schon mal angesprochen?«

»Ach was! Die steht doch nur auf was mit Geld. Alle paar Wochen hängt se 'nem anderen am Arm. In den vier Wochen vor dem Tod des Herrn war se fast täglich hier, um ihr'n Bruder dies oder das zu bringen. Und tat immer so nett und höflich zum Händler. Sie suchte wohl wieder einen Neuen.«

Ludolf war überrascht. Seine Freunde, die Handwerksmeister, hatten ihm eine Liebelei doch gar nicht zugetraut. Und auch Bernhardt hatte eine Liebschaft Bodes gestern noch verneint.

»Und wie reagierte Bode?«, hakte der Möllenbecker nach.

»Der ließ sie einfach stehen, wie 'ne dumme Gans. Hätte seine Frau was andres gesehen, hätt's wieder mal Zank gegeben.« Bernhardt lachte vergnügt.

Ludolf bedankte sich noch einmal für die wichtigen Informationen und bat den Lagerverwalter, anderen gegenüber nichts von dem Gespräch zu erwähnen.

»Gibt es noch einen weiteren Weg hier vom Grundstück herunter?«, fragte Ludolf zum Schluss. »Ich möchte weder von Rehkopf noch von der Witwe gesehen werden.«

»Sicher. Ich führ Euch zu einer kleinen Pforte an der rückseitigen Mauer. Da könnt Ihr durch, ohne dass es einer merkt.«

Hinter dem Bierfass

Wolfram und Agnes gingen vom Badehaus kommend an der Stadtmauer entlang in Richtung Weser. Ihr Weg führte sie parallel zur Straße der Bäcker am Johannisstift entlang. Dann gelangten sie in den wohl ältesten Teil Mindens, die Fischerstadt. Diese Siedlung gab es schon, als Karl der Große vor über fünfhundert Jahren hier in Minden auf seinen Kriegszügen gegen die Sachsen mehrmals Halt gemacht hatte. Erst durch die Gründung der Bischofsresidenz[14] wuchs das neue, größere Stadtviertel zum jetzigen Zentrum heran. Wo nun der Dom stand, hatte es wohl früher eine Befestigung der Sachsen gegeben, deren Herzog Wittekind sich dem König Karl letztendlich unterwerfen musste. So hatten sich die Christen gegenüber den Heiden auch an der Weser durchgesetzt. Doch die neue Religion war nur ein Deckmantel für blutrünstige Eroberungen und brutale Machtausweitung gewesen. Denn was hatte das Führen des Schwertes mit christlicher Nächstenliebe zu tun?

Sehr viele kleine, ältere Fachwerkhäuser standen hier in der Fischerstadt. Ganz am Ende des Stadtteils, nahe dem Brühltor, stand ein einstöckiges, verwahrlostes Gebäude mit einem durchhängenden Dach. Über der Tür hing ein kleines, halbverwittertes Fässchen. Das war also die Schänke *Zum großen Bierfass*. Welch eine Ironie!

»Und in einem Haus dahinter finden wir dann wohl die Ingrid«, stellte Agnes fest. »Suchen wir sie.«

Wolfram nickte. Er schaute sich um, blieb aber unschlüssig stehen. Ihm war es offensichtlich unangenehm, hier zu sein.

»Ist etwas?«

»Nein, nein. Lass mich am besten voran.«

Sie nahmen den schmalen Gang zwischen Schänke und einem anderen Haus. Sie kamen in einen Hinterhof, dessen unangenehmer Gestank nach Abort und Verwesung einem den Atem raubte. Mehrere Abfallhaufen gruppierten sich an den Häuserwänden, daneben lagen einige leere Fässer. Agnes wollte lieber nicht wissen, was sich hinter den kleinen Büschen sonst noch versteckte. Einige Bewohner schienen sich wohl öfter dahinter zu hocken.

Kaum war Wolfram im Hof erschienen, wurde er schon mit einem heiseren Hallo begrüßt. An der Rückwand der Schänke, gleich neben einer offenstehenden Tür, saßen drei Frauen auf Kisten zusammen. Ihr Alter konnte man kaum schätzen – jedenfalls hatten sie ihre Jugend schon längst hinter sich gelassen. Sie machten einen verwahrlosten Eindruck, waren dreckig und trugen abgerissene Kleidung.

»Hey, Hauptmann, 'ne neue Flamme?«

Wolfram von Lübbecke schnauzte sie an, dass sie ihn gefälligst in Ruhe lassen sollten.

Eine Dirne mit einem blauen Auge, das sich grünlich und gelblich zu verfärben begonnen hatte, kam lässig auf ihn zu und öffnete ihr Kleid. »Na, wie wär's, Großer?«

Agnes schaute verschämt zur Seite. Sie fühlte sich hier völlig fehl am Platze. So behütet, wie sie aufgewachsen war, kannte sie seit Jahren nur die dicken, sicheren Mauern des Klosters in Möllenbeck. Im Grunde waren die Stiftsdamen keine Nonnen, sondern meist kinderlose Witwen oder Frauen, für die sich kein passender Heiratskandidat gefunden hatte. Und auch wenn einige der Damen wussten, wie sie sich die Ablenkung beschaffen konnten, die ihnen mangels Heirat entging – es ging doch alles viel diskreter zu als hier.

»Heute nur mit einer? Dabei kannst du doch uns alle haben.« Die drei lachten anstößig.

Der Hauptmann wirbelte herum und hob seine Hand, um der Frau ein zweites Veilchen zu verpassen. Aber im letzten Augenblick hielt er inne und blickte hastig zu Agnes hinüber.

Die Prostituierte war bei Wolframs Handbewegung nur kurz zusammengezuckt. Ihre Stimme hatte nun jeglichen verführerischen Ton verloren. Verächtlich kam es jetzt: »Tu's doch, du Schwein! Sonst haste dich auch nich zurückgehalten!«

Wolfram bemerkte Agnes' Verwunderung und zog es vor, darauf nicht zu antworten. Stattdessen fragte er: »Wir suchen eine Ingrid. Wohnt die hier?«

Die Dirne drehte sich wieder um und schlenderte lässig zu ihren beiden Kolleginnen zurück. »Du kannst mich mal.«

Wütend marschierte der Hauptmann auf das Haus zu, in dem die Frauen zusammen mit anderen Schicksalsgefährtinnen wohnen mussten. Grimmig stieß er mit dem Fuß die Tür auf. Agnes blieb ihm auf den Fersen. Allein hätte sie diesen Ort niemals besucht. Dieses Elend, dieser Dreck und diese Verkommenheit machten ihr Angst. Als Nonne hätte sie sich natürlich in erster Linie Gedanken darüber machen sollen, wie man diesen bemitleidenswerten Frauen helfen und sie aus ihrem Elend befreien konnte, doch saßen ihr Schreck und Ekel zu tief in den Gliedern.

Im Haus lag eine Frau am Fuß der Treppe und summte leise vor sich hin. Ihren glasigen Augen und ihren unbeholfenen Bewegungen nach zu urteilen war sie sturzbetrunken.

Wolfram sprach sie an: »Wohnt hier eine Ingrid?«

Die Frau glotzte zu ihm hoch und nickte.

»Wo?«

»Swei Treppen hoch. Tür linksch. Da isse.«

Er wollte an ihr vorbeigehen, aber die Frau hielt ihn am Stiefel zurück. »Nimm doch mich! Nur swei Fennich.«

»Lass mich in Ruhe, du versoffenes Luder.« Er schüttelte die Hand ab und stieg die Treppe hoch.

»Für dich nur ein Fennich. Ich brauch das Geld. Sonst kriech ich wieder Ärger. Bitte.« Sie fing an zu weinen.

Agnes griff in ihre Tasche und drückte der Frau wortlos zwei Pfennige in die Hand. Diese war völlig überrascht, dass ihr jemand Geld ohne jegliche Gegenleistung gab. Ein kaum hörbarer Dank kam über ihre Lippen.

Inzwischen war Wolfram von Lübbecke schon oben und klopfte an die Tür. Agnes hastete die Treppe hoch. Als sie außer Atem angekommen war, klopfte Wolfram nochmals, diesmal fester. Aber nichts rührte sich. So drückte er einfach die riegellose Tür auf.

In dem kleinen Zimmer lagen eine Frau und zwei kleine Kinder auf ein paar alten Säcken, die wohl ihre Schlafstätte waren. Sonst gab es hier nur zwei kleine Kisten, die als Sitzgelegenheit dienten. Das Fenster war mit einem alten Tuch zugehängt und erhellte den Raum nur notdürftig.

Die schlanke, großgewachsene Frau, die Agnes auf Mitte zwanzig schätzte, sprang erschrocken auf, als der Wachsoldat polternd hereinkam. Mit zitternden Händen ordnete sie ihr Kleid, in dem sie geschlafen hatte. Kaum anzunehmen, dass sie noch andere Kleidung besaß.

»Was wollt Ihr?« Ihr Blick war angsterfüllt.

»Du kennst Gabriel von Wiesen?«

Sie schüttelte den Kopf. Mit einer hastigen Bewegung strich sie ihr blond gelocktes Haar aus dem Gesicht.

»Du bist doch Ingrid! Oder?«

Sie schwieg. Nervös kaute sie an ihren Fingernägeln. Hilfesuchend blickte sie immer wieder von einem Besucher zum anderen, sagte aber nichts.

Der Hauptmann wurde ungeduldig. »Was is' nun? Wir wissen, wie du dein Geld verdienst. Sonst wärst du bestimmt nicht in dieser Absteige gelandet.«

Inzwischen waren die beiden Kinder, eins etwa zwei, das andere ungefähr vier Jahre alt, wach geworden und hatten sich ängstlich unter den Säcken verkrochen. Man hörte sie weinen. Die Frau schaute auf ihre Kleinen herunter, traute sich aber nicht, sich um sie zu kümmern. Sie war durch den Auftritt des Hauptmanns sichtlich eingeschüchtert. Leise, mit zitternder Stimme, antwortete sie: »Nein, nein. Ich wohne nur vorübergehend hier. Bis mein Mann wieder zurück ist.«

»Wir suchen eine Ingrid. Du musst das sein!«

Wolfram war immer lauter geworden und die Frau immer weiter zurückgewichen. Mittlerweile drückte sie sich gegen die Wand. Ihre Arme hatte sie vor der Brust gekreuzt, als erwarte sie jeden Augenblick Schläge. Agnes musste zugeben, dass die junge Frau trotz dieses Elends einen erstaunlich anmutigen Eindruck machte – nicht so wie die drei abgetakelten Buhlerinnen unten im Hof. Sie hatte ein hübsches Gesicht und große, klare Augen. Wie konnte so jemand so weit abrutschen? Was war dieser Frau zugestoßen?

»Eine Ingrid wohnte früher hier. Ich heiße Anneke.«

Wolfram fuhr wieder dazwischen. »Du lügst doch! Soll ich dich erst in den Kerker stecken?«

Sie begann zu weinen.

»Ich warne dich!«

»Moment.« Agnes stellte sich zwischen Wolfram und die Frau.

Er wollte die Nonne einfach zur Seite schieben, aber sie funkelte ihn so wütend an, dass er unvermittelt innehielt. Er ließ seine Hand sinken, die schon auf ihrem Oberarm lag. »Schon gut, schon gut! Dann mach' du weiter.« Wolfram hob resigniert die Hände und ging zur Tür.

Agnes drehte sich zu der verschüchterten Frau um. »Könnt Ihr uns denn sagen, wo sich Ingrid jetzt aufhält?«

Sie schüttelte nur den Kopf.

»Seit wann ist sie fort?«

Sie zuckte mit den Schultern.

Agnes wusste nicht, ob sie der armen Frau glauben sollte oder nicht. War sie wirklich nicht die Gesuchte? Aber warum sollte sie lügen? Sie atmete tief durch. »Dann müssen wir halt woanders weitersuchen.« Dann griff sie in ihre Tasche und gab der Frau einen Schilling. »Kauft Euren Kindern und Euch etwas zu essen.«

Damit drehte sie sich um und bedeutete Wolfram mit einer Handbewegung zu gehen. Widerwillig trottete er die Treppen hinunter, stieg über die Betrunkene, die inzwischen eingeschlafen war, und marschierte über den Hof. Die drei Dirnen waren glücklicherweise verschwunden.

Missgelaunt und mit verschränkten Armen wartete er auf der Straße, bis Agnes ihn erreicht hatte. »Was willst du nun machen?« Er war eindeutig gereizt. »So erreichen wir nie etwas!«

»Bist du dir sicher?«

»Voll und ganz.«

»Aber wenn dir etwas an meiner Mithilfe gelegen ist, machen wir es auf meine Art. Wenn man alle Leute nur anschreit und ihnen droht, werden sie nur noch verstockter. Mit Rücksichtnahme kommt man oft eher zum Ziel.«

»Ja, ja! Die Litanei kenne ich schon. Das brauchste mir nicht schon wieder zu erklären.«

»Gut. Dann lass uns zurück zum Badehaus gehen. Wir sollten besser mit der Frau sprechen, die uns den Zettel zugesteckt hat.«

Schweigend machten sich die beiden wieder auf dem gleichen Weg zurück.

Beim Bürgermeister

Wer konnte Auskunft darüber geben, welchen Wert das Geschäft des Händlers nun wirklich hatte? Wer wusste die genaue Höhe der möglichen Schulden? Die Witwe blockierte die Ermittlungen, aus welchen Gründen auch immer. Der Kontorsgehilfe weigerte sich, obwohl er es eigentlich wissen musste. Der Lagerverwalter kannte zwar den Warenbestand sehr gut, aber ihm fehlte die Gesamteinschätzung. Was nun?

Ludolf ging gezwungenermaßen wieder zum Rathaus. Die Ratsherren hatten ihm am Tag zuvor nicht viel zu den Schulden sagen können, aber unter Umständen konnten sie etwas mehr über den Wert sagen.

Er musste nicht lange warten, schon nach einigen Augenblicken wurde er in den Ratssaal geführt. Der Bürgermeister Gerd von Bucken, der Ratsherr Albert von Leteln und einer, dessen Namen er schon wieder vergessen hatte, saßen zusammen und diskutierten. Als sie Ludolf erblickten, fragten sie, womit sie ihm helfen konnten.

»Ihr hohen Herren, ich muss wissen, wie es um das Geschäft des Händlers Bode bestellt war. Ich bekomme so unterschiedliche Auskünfte über den Wert, dass ich nicht mehr weiß, was ich glauben soll.«

»Habt Ihr denn nicht den ... äh ... Schreiberling im Kontor gefragt?« Von Letelns nasales Quäken war unverwechselbar.

Ludolf erzählte von Ulrich Rehkopfs mangelndem Willen zur Zusammenarbeit und erklärte, dass er ihm nicht traute.

»Wir haben zwar natürlich keinen Einblick in seine ... äh ... Bücher. Aber wenn man sich mal anschaut, was Bode ... äh ... geleistet hat, sind für mich so'n paar hundert Gulden auch zu wenig. Sein Lager ist bestimmt größer und voller als das von manch anderem ... äh ... Ratsherrn.«

»Also, ich schätze auf mindestens eintausend, wenn nicht sogar auf zweitausend Gulden«, meldete sich der Bürgermeister zu Wort.

Die anderen beiden Ratsherren nickten zustimmend.

»Genauer findet Ihr es nur in den Büchern. Aber vielleicht solltet Ihr besser zum vorherigen Gehilfen von Bode gehen, zu Hans Thomsen. Der lebt nun von dem kleinen Vermögen, das er sich durch Arbeit zusammengespart hat. Er soll bis zum Schluss noch immer guten Kontakt zu seinem ehemaligen Herren gehabt haben. Wenn Ihr ihn besucht, richtet ihm einen Gruß von mir aus.«

»Das mache ich gern. Und wo finde ich den Hans Thomsen?«

»In der Brüderstraße. Das ist die Straße gleich bei Eurer Unterkunft. Er wohnt bei seiner Tochter und seinem Schwiegersohn. Ziemlich zum Ende hin, auf der rechten Seite. Fragt einfach nach der Familie Schüttauf.«

»Danke für Eure Hilfe.« Ludolf wollte sich gerade verabschieden, als ihm noch ein Gedanke kam. »Was geschieht jetzt mit dem Geschäft des Händlers? Die Witwe wird es doch wahrscheinlich nicht fortführen.«

Die Ratsherren schauten sich fragend an und zuckten mit den Schultern.

»Das ... äh ... wissen wir nicht. Wie schon gesagt, es stellt einen so ordentlichen ... äh ... Wert dar, dass keiner von uns das allein in seiner Gesamtheit übernehmen könnte. Es wird ... äh ... voraussichtlich einen öffentlichen Verkauf geben, wo jeder Händler ihm passende Partien gegen Höchstgebot erwerben kann. Das muss aber noch mit der ... äh ... Witwe abgeklärt werden.«

Ludolf bedankte sich und verneigte sich leicht zum Abschied, doch da meldete sich der dritte Ratsherr, der bisher geschwiegen hatte, zu Wort. »Entschuldigt bitte meine aufdringliche Neugier. Aber stört es Euch nicht, wenn Eure Frau mit dem Hauptmann von Lübbecke unterwegs ist?«

Ludolf schaute verlegen in die Runde. Er suchte nach den richtigen Worten. »Wir ... wir sind nicht verheiratet. Wir kennen uns seit der Kindheit. Ich hätte sie gerne geheiratet, aber sie möchte ihr Gelübde als Nonne nicht lösen.«

Der Ratsherr nickte bedächtig »Ach, da schau her! Sie ist Nonne? Das wusste ich noch gar nicht. Eine Nonne hat der Hauptmann noch nicht in seiner Sammlung. Oder irre ich mich da?«

Die beiden anderen Ratsherren schmunzelten, sagten aber nichts.

»Dann kann sich Eure Nonne ja in ein paar Monaten über einen dicken Bauch freuen. Der Hauptmann hat halt Erfahrung darin, wie man mit Gelübden umgeht.«

Ludolf wurde immer nervöser. »Wie meint Ihr das?«

»Er bricht gerne Ehegelübde. Nicht nur seins zum wiederholten Mal, sondern auch das seiner Gespielinnen. Ich wüsste zu gern, wie viele Bastarde er in dieser Stadt schon gezeugt hat. Aber das bleibt bestimmt ein Geheimnis. Denn welche Frau beichtet so etwas schon ihrem Mann?«

Die drei Händler lachten laut über den derben Scherz. Ludolf konnte später nicht mehr sagen, wie er das Rathaus verlassen hatte. Er brauchte dringend frische Luft.

Die Bademagd

Wolfram und Agnes passierten gerade das Johannisstift und waren fast am Badehaus angelangt, als sie Uta sahen, die ihnen entgegenkam. Die Bademagd hatte sie zum Glück noch nicht gesehen. Wolfram schob Agnes schnell in einen kleinen Gang zwischen zwei Häusern.

»He! Was soll das?«

»Leise!«, zischte er zurück.

Als Uta die Hausecke erreicht hatte, stellte sich Wolfram ihr in den Weg. »Wir haben noch miteinander zur reden!«

Die Bademagd blieb erschrocken stehen und schaute sich ängstlich um. Fahrig strich sie sich eine Strähne ihrer dunklen Haare aus dem Gesicht. »Ich habe es eilig. Ich muss weiter.« Wieder blickte sie vorsichtig zum Badehaus.

»Kommt hier um die Ecke!«, forderte Agnes sie auf. »Hier kann Dullen nicht sehen, wenn Ihr mit uns redet.«

Uta nickte und kam herüber. »Bitte versteht. Ich werde erwartet. Ich kann nicht lange mit Euch sprechen.« Ihre gehetzten Augen baten flehentlich um Hilfe.

»Was habt Ihr mit dem Zettel gemeint?«

»Hoffentlich sieht mich keiner! Sonst bekomme ich Ärger.« Sie zitterte am ganzen Körper.

»Wir werden bestimmt nichts verraten«, versicherte Agnes. »Was ist mit Ingrid?«

Die Bademagd schaute sich noch einmal vorsichtig um. »Sie wohnt im Nachbarzimmer hinter der Schänke.«

»Wir waren dort. Aber in dem Zimmer, das uns gezeigt worden war, trafen wir nur eine Anneke.«

»Blondes Haar und groß?«

Agnes bejahte.

Uta lächelte. »Ingrid ist sehr vorsichtig. Weil Ihr fremd seid, hat sie Euch einen falschen Namen gesagt. Mal nennt sie sich Anneke, mal Mette. Sie nimmt Freier nur, wenn sie unbedingt muss. Und vor allen Dingen nie vor ihren Kindern.«

Die Möllenbeckerin nickte verständnisvoll. »Arbeitet sie auch im Badehaus?«

»Ja. Wer noch jung genug ist und ansehnlich dazu, darf dort arbeiten. Dorthin kommen hauptsächlich die älteren und reicheren Männer. Von denen wird man seltener schlecht behandelt. Die anderen Frauen müssen auf die Straße oder im Hinterzimmer der Schänke auf Kundschaft warten.«

Agnes atmete tief durch. Welch ein Elend! »Kennt Ihr Gabriel von Wiesen?«

»Ja, er kommt oft abends ins Badehaus – ein knauseriger Kerl. Er will immer nur Ingrid. Er kam übrigens auch an dem Abend, nach dem Ihr vorhin fragtet.«

»Warum könnt Ihr Euch so genau an den Tag erinnern?«

»Ich hatte keinen Kunden mehr und durfte schon nach Hause. Ingrid musste sich aber noch um den Wiesen kümmern. Und irgendwann kurz vor Mitternacht kamen die beiden. Ingrid brachte ihre Kinder noch zu mir rüber. Das macht mir nichts aus, ich mag die Kleinen. Und die müssen nicht mitbekommen, was ihre Mutter tut.«

»Wann ist von Wiesen wieder gegangen?«

»Irgendwann am Morgen hat Ingrid ihre Kinder wieder bei mir abgeholt. Da muss'r wohl gerade weg gewesen sein.«

Wolfram trat außer sich vor Zorn gegen einen Stein, der im hohen Bogen über die Straße bis an die Stadtmauer flog. Er fluchte und schimpfte aufs Übelste.

Uta war ganz erschrocken. »Habe ich etwas Falsches gesagt?«

»Nein, nein. Es ist nicht Eure Schuld«, versuchte Agnes, sie zu beruhigen, war aber selbst verärgert. Schließlich war damit gerade der einzige Verdächtige, den sie bisher hatten, entlastet worden. So ein Heuchler und Hurenbock wurde durch eine Buhlerin vor dem Galgen gerettet. Das musste man sich einmal vorstellen! Durch eine Dirne! Verkehrte Welt!

Agnes musste sich zusammenreißen. »Seid Ihr sicher, dass der von Wiesen erst am Morgen wieder ging?«

Die Bademagd zuckte mit den Schultern. »Ich weiß es nicht genau, ich nehme es nur an. Früher hat Ingrid ihre Kinder immer gleich geholt.«

»Was heißt früher?«

»Na ja«, die Bademagd stockte ein wenig. »Ich weiß nicht, ob ich das sagen sollte.«

»Nun mach schon endlich!«, forderte Wolfram sie ungeduldig auf. »Jetzt kannste auch den Rest erzählen.«

»Ingrid redet seit zwei Wochen davon, dass sie bald wegkann. Ihr Bruder bekäme viel Geld, sagt sie. Er würde sie dann freikaufen. Sie ist seitdem wie ausgewechselt, so aufgekratzt. Ich habe Angst, sie könnte enttäuscht werden.«

Agnes ist erstaunt: »Freikaufen? Ist sie eine Leibeigene?«

Uta schaute verwirrt, als wäre sie nach einer Selbstverständlichkeit gefragt worden. »Sie muss ihre Schulden abarbeiten – genauso wie ich. Aber falls dich kein Freier freikauft, hast du nie die Möglichkeit, hier herauszukommen. Denn wenn du wieder schwanger wirst, will dich keiner mehr haben. Also bringst du nix ein, und deine Schulden werden noch höher.«

Agnes mochte sich gar nicht ausmalen, was diese jungen Frauen erleiden mussten. »Wem ist Ingrid denn verschuldet?«

»Das weiß ich nicht. Fragt sie besser selbst.«

»Dann besuchen wir sie halt noch einmal.«

Uta machte ein verzweifeltes Gesicht. »Besser Ihr sprecht mit ihr woanders. Im Badehaus oder hinterm *Bierfass* ist es zu gefährlich. Die Wände dort haben zu viele Ohren.«

»Ah!« Agnes wurde jetzt so manches klarer. »Wo könnten wir denn sonst mit ihr sprechen?«

»Wartet doch hier. Ab Mittag muss sie wieder im Badehaus arbeiten. Sie sollte bald hier langkommen.« Uta schaute wieder nervös um sich. »Ich muss weiter. Im *Bierfass* soll ich gleich für Gäste auftragen. Sonst bekomm ich noch Ärger.«

Agnes legte ihr sacht die Hand auf den Arm. »Natürlich wollen wir nicht, dass Ihr Probleme bekommt, nur weil Ihr mit uns sprecht. Nur eins vielleicht noch: Wem seid Ihr verschuldet?«

Sie zögerte ein wenig und schaute verlegen zur Erde. »Ich wurde kurze Zeit nach der Hochzeit schon zur Witwe. Ich hatte kein Geld, keine Familie mehr und ein grad geborenes Kind. Damit wir nicht verhungerten, habe ich mir Geld geliehen. Das konnte ich natürlich nicht zurückzahlen. Deshalb hat mich der Gläubiger an Dullen verkauft. Ich habe mich geweigert, das zu tun, was die Gäste wollten. Aber nachdem Dullen mich dreimal verprügelt und mir schließlich den Arm gebrochen hatte, habe ich nachgegeben.«

»Was ist mit Eurem Kind?«

»Es starb vor fünf Jahren am Fieber.« Die Bademagd begann, leise zu weinen. Tränen rannen ihr über die Wangen.

Agnes atmete tief durch. Sie war erschüttert über solch traurige Schicksale. In was für einer behüteten Welt sie doch leben durfte, hinter ihren Klostermauern. Bedrückt sagte sie: »Nun gut. Ihr solltet jetzt besser los.«

Uta nickte. »Bitte verratet mich nicht. Sonst gibt's wieder Prügel.«

»Versprochen.«

Mit einem leisen Dank verabschiedete sie sich und eilte davon.

Niedergeschlagen und selbst den Tränen nahe schaute Agnes hinter der armen Frau her. »Die Frau tut mir leid. Wie können Menschen nur so grausam sein? Andere zu so einem Leben zwingen? Ohne Hoffnung auf Erlösung. Wie kann man ihnen bloß helfen?«

Eigentlich hatte sie die Fragen sich selbst gestellt und nicht Wolfram. Doch der antwortete ihr lässig: »Am besten gar nicht. Es gibt sowieso zu viele davon. Du hast doch gehört: Sie ist selber schuld. Warum leiht sie sich auch Geld?«

Entrüstet drehte sich Agnes zu ihm um. »Selber schuld? An Schicksalsschlägen? Hast du ihr überhaupt zugehört?«

Er machte eine wegwerfende Handbewegung. »Das waren doch nur dumme Ausreden.«

»Wenn sie es aber sagt?«, entgegnete sie ärgerlich.

»Ach, Mädchen!«

Agnes wurde noch lauter. »Nenn mich nicht Mädchen! Ich bin kein dummes, kleines Kind!« Wild entschlossen, ihre Position zu verteidigen, stand sie vor dem Hauptmann und stemmte ihre Fäuste in die Seiten. Ihre Augen blitzten gefährlich.

Aber Wolfram ließ sich nicht beeindrucken. Ungeniert plauderte er weiter: »Als Wache habe ich schon so viele erlebt, die alles tun, um Mitleid zu erregen. Die erzählen einem die traurigsten Geschichten, damit sich einer ihrer erbarmt. Die Schlampen sind doch nur auf schnelles Geld aus und wollen auch noch ihr Vergnügen dabei haben. Aber wenn se alt und verbraucht sind und keiner se mehr will, dann machen se einen auf traurig und bejammernswert. Das kannste mir glauben: Ich hab schon viel echtes, aber auch viel selbst verschuldetes Leid gesehen.«

Agnes bezweifelte das zutiefst. Die Frau hatte nicht so ausgesehen, als würde sie lügen. Was war mit Wolfram los, dass er so abfällig über diese Frauen sprach? Kannte er denn kein Mitleid? Männer! Die sollte man alle in einen Sack stecken und draufhauen. Egal ob Wolfram oder Ludolf, man träfe immer den Richtigen.

»Du hast ein ganz schön schiefes Bild von uns Frauen.« Sie klang zornig und streitlustig. »Du solltest ein wenig rücksichtsvoller werden, wenn dir etwas an unserer Freundschaft liegt. Sonst ist ganz schnell wieder Schluss.«

Diese Bemerkung schreckte von Lübbecke auf. Verlegen räusperte er sich und hantierte ungeschickt an seinem Schwert herum. »Tja ... ich meinte ...«

»Was meinst du?« Sie war zum Kampf bereit.

Er kratzte sich an seinem Bart und schaute sich vorsichtig um. Leiser antwortete er: »Bitte verzeih mir, wenn ich so 'ne Sachen nicht gleich auf die Reihe kriege. Ich war halt zu lange allein. Ich muss das erst wieder lernen. Ich brauch deine Hilfe dazu. Bitte.«

Der ehemalige Kontorsgehilfe

Also hatte Ludolf den Hauptmann doch richtig eingeschätzt. Der reinste Weiberheld! Und dem hatte sich Agnes regelrecht an den Hals geworfen. Sie wollte doch sonst immer so klug und einfühlsam sein. Kannte sich doch in allem so viel besser aus als alle anderen. Aber nun hatte sie die Konsequenzen selbst zu tragen. Sie hatte ja nicht auf seine Warnungen hören wollen, musste ja unbedingt ihren eigenen Kopf durchsetzen. Sie konnte ihm gestohlen bleiben! Ein beschmutztes Tuch würde er dankend ablehnen.

Ludolf stand in der Brüderstraße und suchte das Haus, in dem der ehemalige Kontorsgehilfe des Händlers Bode wohnte. Eines der letzten auf der rechten Seite sollte es sein. Er fragte ein paar Kinder, die in der Straße spielten. Sie zeigten ihm die Tür der Familie Schüttauf.

Kurz nach seinem Klopfen öffnete eine füllige Frau mittleren Alters. Sie trug ein kleines Kind auf dem Arm, das ihr das Kleid vollspuckte, und ein zweites klammerte sich daumenlutschend an ihren Rockzipfel. Offensichtlich war sie über die Störung ungehalten, denn statt einer Begrüßung kam nur: »Was wollt Ihr?«

Ludolf erklärte, dass er im Auftrag des Rats komme und mit Hans Thomsen sprechen wolle.

»Ja, ja, ist in Ordnung. Die Stiege hier rauf. Da oben sitzt mein Vater in seinem Sessel. Seit dem Tod von Bode kommt er nich mehr runter. Vielleicht könnt Ihr ihn ja aufscheuchen.«

Ohne ein weiteres Wort machte sie den Eingang frei und verschwand mit ihren Kindern durch eine weitere Tür. Ludolf stieg die kleine, steile Treppe hoch. Für einen älteren

Menschen mit Gicht oder Rheuma in den Knochen war dieser Weg eine Qual. Aber auch die Tochter hatte bei ihrer Körperfülle hier sicher ihre Probleme. Wie bekam der Mann seine Mahlzeiten, wenn er nach dem Tod des Händlers nicht mehr herunterkam?

Als Ludolf oben angekommen war, stand er schon mitten in einer kleinen Stube. Mitten im Raum war ein Ofen, seitlich am Fenster ein Tisch mit einem Stuhl und einem Sessel. Dort saß ein etwa siebzigjähriger, weißhaariger Mann mit geschlossenen Augen. Sein Kopf war zur Seite gerutscht und lag jetzt unbequem an der Lehne. Ludolf musste sehr genau hinhören, bis er die leisen Atemzüge bemerkte. Beinahe hatte er geglaubt, einen Toten vor sich zu haben. Verhungert, weil ihm seine Tochter kein Essen bringen konnte.

Ludolf räusperte sich, um den alten Mann vorsichtig zu wecken. Nach einem zweiten, lauteren Versuch öffnete Hans Thomsen schließlich die Augen.

»Ja, bitte?« Seine Stimme klang verschlafen und matt.

Ludolf entschuldigte sich für die Störung und erklärte kurz, wer er war und in wessen Auftrag er kam.

»Das ist gut, junger Freund«, sagte der Alte und bat Ludolf, sich zu setzen. »Hoffentlich bekommt Ihr bald heraus, wer ihn umgebracht hat.«

»Ihr denkt, es war Mord?«

»Natürlich! Was denn sonst? So ein gefestigter Mann begeht keinen Selbstmord. Er nahm immer Rücksicht auf andere. Niemals hat er jemandem geschadet. Wie kann so jemand solche Gewissensbisse haben, dass er sich das Leben nimmt?«

»Aber im Speicher fand ich Hinweise, dass er sich selbst getötet hat.«

»Dann wurden die Hinweise gefälscht!« Der ehemalige Kontorsgehilfe war bei den letzten Worten ärgerlich geworden. »Das ist meine Meinung. Etwas anderes kommt für mich nicht in Frage!«

Ludolf wollte den Mann nicht beleidigen, schließlich erhoffte er sich von ihm seine Mithilfe. Aber wie konnte er ihn vom Gegenteil überzeugen?

Dann begann Thomsen in leisem Ton zu erzählen. Er klang sehr nachdenklich und wehmütig. Der Händler war zwei Tage vor seinem Tod noch bei ihm gewesen. Sie hatten lange miteinander gesprochen. Der ältere Mann war noch immer an den Geschäften interessiert. Ab und zu hatte er deshalb auch in Kontor und Lager vorbeigeschaut. Der Handel der Familie Bode war sein Leben. Er kannte noch den Großvater des jetzt verstorbenen Händlers. Anno 1321 hatte Thomsen als Lehrling im Kontor begonnen. Damals war er neun Jahre alt gewesen. Die Händler hatten seinen treuen Dienst geschätzt und ihm deshalb eine Rente hinterlassen, damit er auch im Alter versorgt war.

Nach einer Zeit des Schweigens fragte der alte Kontorsgehilfe: »Und Ihr denkt wirklich, es war Selbstmord?«

Ludolf nickte.

»Und Ihr irrt Euch auch nicht?«

»Ich bin davon überzeugt.«

Der alte Mann schwieg daraufhin. Gedankenverloren schaute er zum Fenster.

Ludolf wusste nicht, wie er fortfahren sollte. Er wollte Thomsen nicht unnötig erschrecken oder aufregen. Vorsichtig fragte er: »Was ist, wenn der Händler Bode durch List und Trug in den Selbstmord getrieben wurde?«

Der ehemalige Kontorsgehilfe wandte sich seinem Besuch wieder zu. »Tja. Dann ist es eigentlich doch Mord. Wenn auch von eigener Hand ausgeführt.«

»Da habt Ihr vollkommen recht.«

Zufrieden lehnte sich Hans Thomsen in seinem Sessel zurück und schloss die Augen.

Ludolf kam nun zu seinem eigentlichen Anliegen. »Habt Ihr eine Vorstellung davon, wie viel das Geschäft des Händlers wert ist?«

Thomsen richtete sich wieder auf. »Warum? Soll es denn verkauft werden?«

»Das weiß ich nicht. Gibt es Probleme?«

»Wie meint Ihr das?«

»Offene Rechnungen, verprellte Partner.«

»Niemals!« Seine Entrüstung war unverkennbar. »So war Bode nicht. Er hat seine Verträge immer pünktlich erfüllt. Wurden Waren geliefert, wurden sie auch bezahlt. Schulden waren ihm verhasst.«

»Aber das Lager in Bremen brannte doch ab. Dadurch gab es bestimmt Verzögerungen bei den Lieferungen.«

»Ach was!« Thomsen winkte ab. »Der Schaden durch den Verlust betrug nur einige Goldstücke. Aber das wurde zügig ausgeglichen und die Verträge wurden erfüllt.«

»Wurde dadurch vielleicht das Geld knapp?«

»Bestimmt nicht! Bode war von Grund auf solide. Er ging keine unnötigen Risiken ein.«

»Wie hoch ist der Wert des Geschäfts nun?«

Der alte Mann legte die Stirn in Falten, dachte einen Augenblick nach. »Schwer zu sagen. Ich kenne nicht die Menge im Speicher. Vor sechs Jahren, als ich dort aufhörte, waren die Lagerbestände fast eintausenddreihundert Gulden wert. Das weiß ich noch genau. Zum Abschluss habe ich noch eine umfassende Inventur gemacht und dann die Verwaltung an den Neuen abgegeben. Nach dem, was der Händler mir immer noch berichtete, ist diese Menge bestimmt nicht geringer geworden. Eher mehr. Dazu dann noch das Haus und der

Speicher an sich. Und der Wert der Geschäftsbeziehungen lässt sich kaum in Gulden und Heller bemessen. Bei einem Verkauf sollten die ja auch zu Buche schlagen.«

Bernhardts Schätzung stimmte also fast genau mit der von Thomsen überein. Warum hatte Rehkopf so weit danebengelegen?

»Wer kann mir nach Eurer Meinung den genauen Wert nennen?«, hakte Ludolf nach. »Die Witwe?«

Ein müdes Lächeln erschien im Gesicht des Hans Thomsen. »Anna Bode? Niemals. Die lebt schon seit jeher in ihrer eigenen Welt. Die ist schon auf dem halben Weg in den Himmel. Sie hat kein Interesse an so etwas Irdischem wie dem Geschäft. Aber mein Nachfolger, dieser Rehkopf, muss es doch wissen.«

»Das ist ja das Eigenartige. Der hat um einiges weniger geschätzt.«

»Wie bitte? Das glaube ich jetzt nicht.« Der alte Mann war sichtlich erregt. »Sollte es tatsächlich so schlecht aussehen? Außer ...« Er stockte.

Ludolf wartete geduldig.

»Genau! Außer ... jemand will das Geschäft zu einem geringeren Preis übernehmen. Und Rehkopf rechnet es für ihn schlecht. Diesem windigen Burschen trau ich das zu.«

»Wer könnte der Käufer sein?«

Thomsen lächelte vor sich hin. »Ein ehrbarer Händler der Gilde, der genug Besitz hat, würde mit den anderen Händlern offen sprechen und ein ehrliches Angebot abgeben. Sicherlich auch eines unter Preis. Aber nicht zu viel, denn sonst könnten die anderen ihn noch überbieten und den Preis kaputt machen. Außerdem wäre er ab dem Zeitpunkt eine *persona non grata*[15]. Er könnte seinen Laden hier dicht machen.«

»Und wenn es kein Händler ist?«

»Hm.« Thomsen überlegte wieder. »Tja, wäre möglich. Ein reicher Handwerker verkauft seine Werkstatt, leiht sich vielleicht noch ein bisschen was und wird dann Händler. Das wäre sicherlich ein Aufstieg für ihn. Aber wie gesagt, das geht nur, wenn der Rehkopf bei dieser Schurkerei hilft.«

Das leuchtete Ludolf ein. »Ich glaube, ich sollte den Kontorsgehilfen im Auge behalten.«

»Tut das bitte. Und berichtet mir dann. Ich will wissen, warum der Herr sterben musste.«

Das versprach der Möllenbecker sofort. »Wo wohnt Ulrich Rehkopf eigentlich?«

»In der Hahlerstraße. Im schäbigsten Haus der ganzen Straße. Gegenüber einem Fassmacher. Das Haus werdet Ihr sofort erkennen. Dort haust er mit seiner liederlichen Schwester.«

Ludolf verabschiedete sich herzlich von dem alten Kontorsgehilfen. Dieses Gespräch hatte ihn in der Überzeugung gestärkt, dass hier ein abgekartetes Spiel lief. Aber durch wen? Wenn man das doch nur aus Ulrich Rehkopf herausbekommen könnte!

Verkauft

Agnes hatte sich an die Hauswand gelehnt und ließ sich die wenigen Strahlen der Mittagssonne, die durch die Wolken brachen, ins Gesicht scheinen. Sie wartete zusammen mit Wolfram auf die Bademagd Ingrid, die hier entlangkommen sollte. Damit die beiden nicht zu früh gesehen wurden, standen sie noch immer in dem kleinen Gang zwischen den Häusern an der Stadtmauer.

Agnes war immer noch verärgert wegen Wolframs Verhalten. Sie konnte nicht begreifen, wie jemand einmal so grob und gefühllos war und dann wieder Nachhilfe wegen seiner Umgangsformen erbat. Sie wusste nicht so recht, was sie davon halten sollte. Konnte ein Mensch durch Enttäuschungen, wie Wolfram sie erlebt hatte, so ruppig werden? So gefühlskalt? Weil seine Frau ihn so gemein hintergangen und dann schmählich verlassen hatte, war er nun ein gebranntes Kind – unfähig, wieder ganz normal mit Frauen umzugehen. Für ihn waren sie alle schlecht. Aber wie hatte Agnes es geschafft, dass er auf sie hörte? Sie wusste es selbst nicht.

Und wie auf Kommando stand Wolfram vor ihr und wollte seine Hände auf ihre Taille legen.

»Lass das bitte!« Ihr Ton war gereizt. Mit einer energischen Bewegung schob sie seine Hände fort. »Das gehört sich nicht.«

Er grinste lüstern. »Hier hinter der Mauer kann doch keiner was sehen.«

»Gerade deswegen nicht.« Mit einer schnellen Bewegung sprang sie zur Seite. Weit genug, dass er sie nicht mehr erreichen konnte.

»Ich dachte, wir seien Freunde.« Jetzt klang Wolfram gereizt.

Was fiel den Kerlen bloß immer ein, an ihr herumgrabbeln zu müssen. »Gerade deswegen nicht. Ich bin Nonne und bleibe bei meinem Entschluss, nur dem Herrn zu dienen. Das habe ich aber schon einmal erklärt. Wenn dir etwas an der Freundschaft liegt, wenn ich dir auch weiterhin helfen soll, dann nimm Rücksicht darauf.«

Missmutig stellte sich der Hauptmann wieder an die Hausecke, um die Straße zu beobachten. Er murmelte unverständliches Zeug vor sich hin und trat gegen irgendwelche Steine, die in Reichweite seiner Stiefel lagen.

Agnes konnte sich nur zu genau vorstellen, um was es ging. Kaum reichte man einem Mann den kleinen Finger, wollte er die ganze Hand, bot man ihm die Freundschaft an, wollte er eine Liebschaft. Wolfram ging einfach zu weit in seinen Erwartungen an sie. Leider ähnelte er Ludolf darin sehr. Der wusste auch nicht, wo die Grenzen waren.

»Da ist sie!«, flüsterte Wolfram kurze Zeit später. Diese schlanke, große Frau war unverwechselbar. Sie hatte ein Tuch umgebunden, sodass ihr blondes Haar größtenteils bedeckt war und sie nicht auf den ersten Blick als Liebesdienerin zu erkennen war.

Als Ingrid bis zur Höhe des kleinen Gangs gekommen war, sprang Wolfram vor, ergriff ihren Oberarm und zog sie um die Hausecke. Vor Schreck brachte sie kein Wort heraus. Sie stand steif und starr vor dem Soldaten und hielt den Atem an.

»So, jetzt hab ich dich! Wir wissen, dass du die Ingrid bist!«

Die Bademagd atmete tief durch, als sie ihre Gegenüber erkannt hatte. Schnell hatte sie sich wieder gefangen und versuchte nun, sich von dem Soldaten zu lösen. »Lasst mich los!

Ich hab nix getan!« Sie zog und drückte mit aller Kraft, aber er hielt sie mit eisernem Griff fest.

»Hör endlich auf! Du weißt, was dir sonst droht!« Und schon hatte er wieder seine Linke zum Schlag erhoben. Doch noch rechtzeitig bemerkte er Agnes' warnenden Blick. Langsam ließ er die Hand sinken. »Wenn du versuchst wegzulaufen, sperr ich dich ein! Ist das klar?«

Die Bademagd nickte verängstigt und Wolfram ließ sie los.

Agnes drängte sich zwischen die beiden. Sie wollte dem Hauptmann keinesfalls die Befragung überlassen. Wer konnte schon ahnen, wie er reagierte, wenn er nicht die passenden Antworten erhielt. »Wolfram, lässt du mich das machen?«

Das war weniger eine Frage gewesen als eine Aufforderung. Er verstand zum Glück sofort. »Ja, ja, mach man.« Ein wenig schmollend ging er paar Schritte zur Seite und blieb in Hörweite stehen.

Agnes wandte sich an Ingrid: »Vor einer Woche war der Zunftmeister Gabriel von Wiesen Euer Kunde. Am Dienstagabend. Stimmt das?«

Die junge Frau schaute sich ängstlich um, voller Angst, dass jemand von diesem Gespräch etwas mitbekam. Nach der Beschreibung von Uta schien der Besitzer des Badehauses jemand zu sein, der nur zu gut wusste, wie man andere unterdrückt und zur Arbeit zwingt. Ingrid kaute nervös an ihren Fingernägeln.

»Ja«, erklang es schließlich sehr leise. Mit zitternden Händen schob sie eine Locke, die während des Handgemenges unter dem Tuch hervorgerutscht war, wieder zurück.

»Wie lange war er da?«

»Mitternacht ging ich nach Hause. Da wurde im Badehaus Schluss gemacht.«

»Aber er kam dann doch noch in Eure Kammer unten in der Fischerstadt?«

Ingrid schaute sich nervös um. »Wir dürfen Kunden nicht außerhalb des Badehauses empfangen. Das hat der Herr Dullen verboten.«

»Das ist keine Antwort auf meine Frage.«

»Wer nebenbei noch Kunden hat, bekommt Ärger.«

Agnes versuchte sie zu beruhigen. »Wir werden dem Besitzer des Badehauses bestimmt nichts verraten.«

Verlegen zupfte Ingrid an ihrem Blusenärmel. »Wirklich nicht?«

»Versprochen.«

»Gut.« Sie schniefte kurz und holte dann tief Luft. »Gabriel kam nach Schluss noch zu mir. Er blieb bis in die Morgenstunden. Kurz vor der Dämmerung ging er wieder.«

Agnes schaute zu Wolfram hinüber. Zur Bestätigung nickte er nur kurz. Nun war endgültig sicher, dass von Wiesen nicht der Mörder von Bode sein konnte. Damit hatte sich der Verdacht nun wirklich in Wohlgefallen aufgelöst. Der Hauptmann der Stadtwache drehte sich um und marschierte grimmig hinüber zur Stadtmauer, schlug einmal voller Wut gegen die Steine und schlurfte wieder zurück.

Die Nonne musste auch erst einmal tief Luft holen, um ihre Enttäuschung zu verdauen. Sie blickte auf die gehetzt um sich schauende Ingrid. Was hatte diese Frau nicht schon alles erleiden müssen! Wie lange noch? Doch da fiel Agnes ein, was die andere Bademagd vorhin gesagt hatte. »Und Euer Bruder will Euch freikaufen?«

Ingrid zuckte zusammen. »Woher wisst Ihr das?« Sie klang plötzlich sehr heiser.

»Wir wissen es halt. Woher ist gleichgültig. Was könnt Ihr uns noch dazu sagen?«

Die Bademagd nagte schon wieder an einem Fingernagel. Nach den Stummeln zu urteilen, tat sie das öfter. »Ich weiß nix Genaues. Nur, dass ich bald frei sein werde. Mein Bruder Wilken kam vor zwei Wochen und sagte, dass er eine Möglichkeit gefunden habe, mich freizukaufen. Vor einer Woche am Montag erzählte er, dass er sich mit meinem Besitzer geeinigt hätte. Seitdem warte ich auf meine Freiheit.«

»Was werdet Ihr dann tun? Geht Ihr zu Eurem Bruder?«

Jetzt huschte sogar ein kleines Lächeln über ihr Gesicht. »Ich werde einen Bauern aus der Nähe von Bückeburg heiraten, einen Witwer. Thomas heißt er. Er ist schon etwas älter, aber ein lieber, netter Mensch. Ich kenne ihn durch seine Besuche hier im Badehaus. Er weiß um meine Situation und will mich trotzdem, auch meine Kinder. Und in Bückeburg werde ich dann keine Dirne mehr sein, sondern eine Witwe, die wieder heiratet.« Ihre Augen strahlten vor Glück.

»Das freut mich für Euch. Wie kamt Ihr denn in diese schlimme Lage?«

Ingrid schaute peinlich berührt zur Erde. Sehr leise begann sie, zu erzählen. »Als fünfzehnjähriges Mädchen schickten mich meine Eltern von Bückeburg nach Minden, damit ich als Magd arbeitete. Doch dann wurde ich krank. Die Pflege und die Arzneien konnten weder ich noch meine Familie bezahlen. Aber mein Bruder kam und fand jemanden, der die Rechnung übernahm. Aber als Gegenleistung sollte ich ein Jahr lang im Badehaus helfen. Mein Bruder wusste damals noch nicht, was das Badehaus war. Ich merkte es jedoch allzu schnell. Ich wurde so lange geschlagen, bis ich schließlich nachgab. Als das Jahr rum war, sagte mir der Herr Dullen, ich hätte nicht gut genug gearbeitet und müsste noch eins bleiben. Und das immer wieder, Jahr für Jahr. So bin ich seit sechs Jahren im Badehaus. Aber nun hoffe ich jeden Tag, dass dieser der letzte ist.«

Agnes war erschüttert. Wie leicht doch jemand ganz unschuldig in diese unsagbar tragische Situation kommen konnte. Von wegen *selbst schuld,* wie Wolfarm das gesagt hatte. Gegen eine schlimme Krankheit konnte man nichts tun. Unvorhergesehenes konnte jeden treffen. Besonders schlimm an Ingrids Geschichte war aber, dass die Herrschaften ihrer Magd nicht geholfen hatten. Wo blieb da die Nächstenliebe? Woher die beiden Kinder kamen, konnte sich Agnes nun auch vorstellen. Wahrscheinlich konnte Ingrid noch nicht einmal sagen, welcher der verschiedenen Kunden der Vater war.

»Wem seid Ihr denn verschuldet?«, fragte Agnes weiter.

»Das weiß ich nicht, das durfte Wilken nicht sagen. Das gehört zu der Abmachung von vor sechs Jahren.«

»Und welche Rolle spielt Dullen dabei?«

»Er ist der Verwalter des unbekannten Besitzers. Er passt auf, dass wir genug verdienen.«

»Wie viel hat Euer Bruder für Euch noch zu zahlen?«

Sie zuckte mit den Schultern. »Ursprünglich war die Schuld fünfundachtzig Schilling.«

»Gut, wenn Euer Bruder das zusammengespart hat.«

»Nein, nein.« Die Bademagd hob abwehrend die Hände. »Wilken wird kein Geld zahlen, sondern muss etwas für den Gläubiger erledigen.«

»Und was?«

Ingrid zögerte einen Moment. Ihr Gesicht nahm wieder einen ängstlichen Ausdruck an. »Er sagte nur, dass er so was ...« Sie stockte. »Dass er so was sonst nie tun würde. Er tut es nur für mich. Aber er weigerte sich, mir etwas zu verraten. Hoffentlich versündigt er sich nicht. Dann möchte ich lieber nicht freikommen.«

Agnes nickte zustimmend. Ein großmütiger Entschluss, aber die Alternative erschien ihr auch nicht erstrebenswerter. »Hat Euer Bruder diese Sache schon erledigt?«

»Ich denke schon. Deshalb erwarte ich ihn jeden Tag, damit er mich hier herausholt.«

»Das wünsche ich Euch.«

»Braucht Ihr mich noch?« Sie blickte Agnes und Wolfram fragend an. »Ich muss jetzt dringend los. Ich will mir auf die letzten Tage im Badehaus nicht noch Prügel einhandeln.«

Der Hauptmann schüttelte den Kopf.

Agnes sagte: »Geht schnell. Ich bete für Euch, dass es Euer letzter Tag bei Dullen ist.«

»Danke.« Sofort hetzte sie los, blieb dann aber plötzlich stehen und drehte sich noch einmal um. »Danke auch für den Schilling. Endlich konnten sich meine beiden Engel wieder so richtig satt essen.«

»Das habe ich doch gern getan.«

Und schon war Ingrid davongeeilt.

Agnes war zufrieden mit sich selbst und lächelte selig. Der Schilling war gut eingesetzt gewesen. Ach, könnte sie doch weiteren Frauen helfen. Hätte sie doch die Macht, diese Hilfsbedürftigen aus ihrer Abhängigkeit zu befreien. Wie viel Geld wäre wohl nötig, um alle Bademägde bei Dullen freizukaufen? Aber was würde dann aus ihnen werden? Die meisten von ihnen waren wahrscheinlich durch Unglücksschläge und Armut in diese Abhängigkeit geraten. Ohne Familie, dafür mit unehelichen Kindern, waren sie doch nicht in der Lage, für sich selbst zu sorgen. Sie standen am Rand der Gesellschaft und würden dort auch bleiben. Wer käme ihnen dann zu Hilfe? Es schien aussichtslos.

Wolfram unterbrach ihre Grübeleien: »Also ist die Sache mit Wiesen eine Sackgasse.« Er fluchte wieder.

Agnes versuchte sich zu sammeln und ihre Konzentration wieder auf den eigentlichen Auftrag zu lenken. »Außer er hat es irgendwie geschafft, Bode so zu ängstigen, dass er sich selbst umbrachte. So wie Ludolf das vermutet.«

»Quatsch!« Wolfarm wurde ganz verdrießlich. »Dann war es doch der Mann der Magd. Wir müssen noch mal mit ihm reden. Aber jetzt nicht mehr.« Damit klatschte er in die Hände und schaute sich kurz auf der Straße um. »Das müssen wir auf morgen verschieben. Bald ist die Trauung vom Vetter Klaudius in St. Simeons. Lass uns jetzt losgehen, damit wir noch'n vernünftigen Platz inner Kirche bekommen.«

Agnes drehte fahrig an den Knöpfen ihres Kleides. Sie war hin- und hergerissen. Wie gerne würde sie die Hochzeitszeremonie besuchen, nette Gesellschaft haben, tanzen, sich freuen und gut speisen. Aber sie fand es einfach nicht passend. Sie gehörte weder zur Familie noch war sie mit einem der Brautleute befreundet. Und mitzukommen, nur weil sie mit Wolfram zusammenarbeitete, war für sie kein ausreichender Grund. Sie blickte ihn bittend an. »Lieber nicht. Zur Feier am Abend komme ich möglicherweise mit. Aber das möchte ich mir noch überlegen.«

»Ich habe mich so auf dich gefreut. Ich habe gern nette Begleitung.«

»Ich auch. Aber das ist eine Familienfeier, und ich gehöre nicht zur Familie.«

»Ach!« Wolfram verdrehte die Augen und zog ein missmutiges Gesicht. »Und wenn ich dich nun einlade?«

Agnes schüttelte den Kopf.

Er zog ein mürrisches Gesicht und brummte leise: »Dann eben nich.« Er winkte ihr nur noch knapp zu und marschierte dann davon.

Agnes seufzte. Er hatte es immer noch nicht verstanden. Wie oft musste man einem Kerl denn erklären, dass man kein Interesse an ihm hatte? Verstanden Männer denn kein einfaches Nein?

Streit

Ludolf hatte mittags in ihrer Unterkunft etwas gegessen. Die Zempelburgs versorgten ihre Gäste reichlich und äußerst schmackhaft – da konnte man wirklich nicht klagen. Jetzt ging er langsam die Martinitreppe hinunter. Vor dem Rathaus sah er Agnes stehen – diesmal allein, ohne Begleitung. Als er näherkam, hörte er sie ein Lied summen. Sie schien ja richtig guter Laune zu sein. Hatte sie etwa eine Spur gefunden? Oder war es wegen dieses Wolframs? Gestern war sie schon den ganzen Tag mit ihm unterwegs gewesen und auch heute Vormittag. Was war an diesem abgehalfterten Wachsoldaten so interessant? Der Kerl war dumm wie Bohnenstroh und glich sein Unvermögen durch Gewalt und Drohungen aus. Er hatte in den bisherigen Ermittlungen doch auf ganzer Länge versagt. Ein Hornochse hätte es kaum schlechter machen können. Dicke Muskeln, kleiner Verstand.

Jetzt hatte Agnes den herankommenden Ludolf bemerkt. Sofort hielt sie inne. Ihre Miene war plötzlich wie versteinert.

»Na?« Ludolf legte all seine Abscheu in seine Stimme. »Was macht dein tumber Landsknecht?«

Agnes riss sich zusammen. Sie hatte gewusst, dass er wieder so anfangen würde. Sie versuchte, ganz belanglos zu klingen. »Er ist Hauptmann, falls du es noch nicht bemerkt hast. Und dumm ist er auch nicht. Du kennst ihn halt nicht.«

»Du denn?«

»Sicherlich. Er mag zwar ungehobelt sein, aber wer so viel Unglück erlebt hat wie er, wird eben verbittert. Er erscheint dann für all jene, denen es an Verständnis und Einfühlungsvermögen mangelt, vielleicht als grob.«

Ätzend entgegnete er: »Sicherlich hat er schon Schlimmes erlebt. Immer wenn ihm eine seiner Geliebten gestehen musste, dass sie schwanger von ihm ist.«

Agnes stand mit offenem Mund da und brachte kein Wort hervor. Unbeholfen nestelte sie an ihrer Kleidung herum. Sie hasste es, wenn Ludolf es mal wieder geschafft hatte, sie sprachlos zu machen. Mit dem nichtsnutzigen Besserwisser konnte man einfach nicht vernünftig reden. Ständig musste er alles schlechtreden. Zu ihrem Ärger merkte sie, dass ihr Tränen in die Augen schossen.

»Du ... du ... du bist hässlich in deiner Eifersucht. Das ... das sind alles Geschichten, die ihm Neider angedichtet haben.« Wütend stampfte sie mit dem Fuß auf den Boden.

»Hat er das gesagt? Oder jemand anderes?«

Agnes' Stimme überschlug sich fast. »Er hat es mir versichert, und ich glaube ihm.«

Inzwischen waren einige Passanten stehen geblieben. Endlich passierte mal etwas! Ein paar Mägde tuschelten und kicherten hinter vorgehaltener Hand über das lautstark streitende Paar. Andere Leute schüttelten nur entrüstet den Kopf und gingen vorüber.

Aber Ludolf war es im Augenblick egal, was sie für ein Bild abgaben. »Er will dich doch nur haben. Und du bist zu dusselig, um das zu bemerken.«

Plötzlich schlug Agnes zu. Sie gab Ludolf eine schallende Ohrfeige. Entsetzt starrten sie einander an. Er war überrascht von ihrer heftigen Reaktion und sie, dass sie die Kontrolle über sich verloren hatte.

»Das ... das ... wollte ich nicht.« Ihre Stimme zitterte.

Ludolf rieb sich über die prickelnde und rot angelaufene Wange. »Ich bin selbst schuld.«

»Ich habe die Beherrschung verloren.« Sie klang erschrocken.

»Und ich habe dich schon wieder provoziert.«

Verschämt schauten sich die beiden Streithähne um. Die Leute hatten ihren Spaß gehabt und gingen nun wieder ihrer Wege.

»Und was machen wir nun?« Agnes schaute betreten auf ihre Fußspitzen.

Ludolf verzog sein schmerzendes Gesicht. Nach kurzer Überlegung kam er zu dem Schluss: »Wir erledigen unseren Auftrag.«

Sie nickte.

Damit waren die Fronten geklärt und der vorläufige Waffenstillstand vereinbart. Die beiden tauschten aus, wohin sie ihre Ermittlungen gebracht hatten und welchen Verdacht sie hatten. Nachdem sie einige Zeit vor dem Rathaus gestanden und sehr sachlich, aber ziemlich distanziert, miteinander gesprochen hatten, schlug Agnes vor, noch einmal mit der ehemaligen Magd Lyse zu sprechen. Ludolf erklärte sich bereit, mitzukommen. Danach wollten sie dann diejenigen besuchen, die er noch auf seiner Liste hatte.

Schweigsam gingen sie in Richtung Hellingstraße.

Die Magd Lyse

Agnes führte Ludolf über den kleinen Hinterhof in das Haus, in dem die Familie Hus unterm Dach wohnte. Sie stiegen die schmalen Treppen hoch. Oben angekommen wollte Agnes klopfen. Sie hob die Hand, zögerte dann aber einen kurzen Augenblick und ließ sie wieder langsam sinken. Ihr war plötzlich schwindelig geworden. Ihr Herz raste wie wild, hämmerte in ihren Schläfen, sie bekam kaum noch Luft.

»Was ist?« Ludolf sah, wie Agnes mit einem Schlag blass geworden war.

Mit wenigen Worten erklärte sie ihm leise, was am Vortag bei Lyse vorgefallen war. Ludolf sagte lieber nichts dazu, aber er fühlte sich in seiner Meinung über Wolfram nur bestätigt. Stattdessen legte er ihr beruhigend die Hand auf die Schulter. Agnes verwehrte ihm diese Zutraulichkeit in diesem Augenblick nicht. Sie brauchte jetzt und hier die Hilfe eines anderen Menschen, jemanden, der sie unterstützen würde. Allein schaffte sie diesen Gang nicht.

Schließlich klopfte Agnes doch. Nach einem Moment hörte man ein lautes Gähnen, dann ein Schlurfen, ehe schließlich die Tür geöffnet wurde. Die Magd Lyse stand im Türrahmen. So wie gestern waren ihre Haare ein wildes Durcheinander und ihr Kleid noch ebenso verschmutzt und abgerissen.

Sie sprach laut und schneidend: »Ihr? Was wollt Ihr denn schon wieder? Mein' Mann habt Ihr doch im Kerker. Wollt Ihr mir noch 'ne Abreibung verpassen?«

»Nein. Bestimmt nicht.« Agnes entschuldigte sich für die Grobheit des Hauptmanns, die sie ebenso verurteilte wie Lyse.

Die Magd schaute Agnes durchdringend an. Sagte Agnes die Wahrheit? Offensichtlich fiel ihre Prüfung positiv aus, denn sie sagte. »Ja, ja. Ich kenn das. Wenn mein Mann betrunken ist, wird er auch immer leicht wütend. Dazu kommt, dass er deswegen keine Arbeit kriegt.«

Agnes war erleichtert. »Wie geht es Eurem Arm?«

»Geht wieder.« Die Frau schüttelte zur Demonstration ihren Arm. »Sonst nur'n dicken, blauen Fleck. Ich hab schon Schlimmeres erlebt. Mei'm Kerl rutscht auch dauernd die Hand aus.« Sie winkte den Besuchern. »Kommt rein. Es muss nich jeder Gaffer mitbekomm'n, was Ihr von mir wollt.«

Ludolf und Agnes betraten den Raum. Er sah noch genauso verwühlt und dreckig aus wie gestern. Der Gestank nach Erbrochenem war heute nicht mehr so schlimm, jemand musste saubergemacht haben – jedenfalls teilweise. Aber die übrigen Gerüche im Raum waren auch nicht viel besser.

Agnes fragte: »Würdet Ihr uns trotz dessen, was gestern passierte, noch ein paar Fragen beantworten?«

Lyse Hus kratzte sich erst am Bauch, dann unterm linken Arm. Hoffentlich fangen wir uns keine Läuse, Wanzen und Flöhe ein, schoss es Ludolf durch den Kopf. Er schaute sich vorsichtig um, um nicht zufällig in Kontakt mit den verseuchten Schlafstätten der Leute zu kommen.

»Geht schon klar. Mein Alter is' ja zum Glück wech.«

»Könnt Ihr Euch denken, warum wir kommen?«

Die ehemalige Magd blickte die Besucher einen Augenblick an und nickte schließlich. »Jau. Ihr denkt, mein Konrad hat den Händler Bode auf'm Gewissen.«

»Es gibt inzwischen Zweifel, dass es Mord war. Wir müssen das nun überprüfen. Traut Ihr Eurem Mann eigentlich einen Mord zu?«

Wieder überlegte die Frau. Sie atmete tief durch und gestand dann: »Ja. Besonders, wenn er wieder gebechert hat. Er gibt Bode alle Schuld für unser Elend.«

»Hat er denn damit recht?«

»Na ... wie soll ich's sagen ...« Sie druckste herum und kratzte sich wieder – diesmal an ihrem Gesäß. »Wenn Ihr mich nicht verpetzt. Ich meine ... bei meinem Alten.«

»Ganz bestimmt nicht«, versicherte Agnes.

»Mein Hannes ... der ist von 'nem andern Mann. Nicht von meinem.«

Agnes war ganz erstaunt. »Und? Ihr habt doch schon immer gesagt, es wäre vom Händler Bode.«

Verlegen trat sie von einem Fuß auf den anderen. »Nich vom Händler, sondern von 'nem ganz anderen, mein ich. Damit mein Mann mich nich wegjagt, hab' ich gesagt, es wär von Bode. Der hätt' mich dazu gezwungen.«

Den beiden ging nun ein Licht auf. Agnes antwortete: »Ach, daher ist Euer Mann so wütend auf den Händler.«

Lyse lächelte verlegen und kaute an einer Haarsträhne, die sie mit ihren schmutzigen Fingern zusammengezwirbelt hatte. »Muss ich nu' innen Kerker?«

Agnes überlegte kurz und schüttelte dann den Kopf. »Nein. Ich denke nicht.«

Lyse war sichtlich erleichtert.

Ludolf meldete sich nun zu Wort. »Ihr wurdet entlassen, als Ihr sagtet, dass Kind wäre vom Händler Bode?«

»Ja. Das war ja das Blöde an der Sache. Mein Mann hat's geschluckt, aber die Bode hat mich rausgeworfen. Das hab' ich mir gleich denken könn'n.«

»Glaubte sie Euch, dass das Kind von ihrem Mann war?«

Lyse Hus blickte ganz erstaunt. »Warum denn nich?«

»Vielleicht, weil sie wusste, dass ihr Mann so was nie getan hätte.«

Die Frau machte eine wegwerfende Bewegung. »Pah! Was weiß ich?«

»Was sagte der Händler zu der Anschuldigung?«

»Oha! Der war stinkich!« Dabei lachte Lyse aus vollem Hals. »Der hat alles abgestritten und mich angemault! Und dann gab's wieder Zoff zwischen ihm und ihr.«

»Fandet Ihr das nicht dem Händler gegenüber gemein?«

»Was ging mich das noch an? 'n Augenblick später stand ich zwar auf der Straße, aber mein Mann hatte wenigstens kein' Grund mehr, mich zu verdreschen.« Dabei grinste sie vergnügt vor sich hin. »'ne andere Arbeit suchen war mir da lieber.«

Ludolf schüttelte verständnislos den Kopf. Da ruinierten Menschen den Familienfrieden anderer, nur um nicht die Verantwortung für die eigenen Fehler übernehmen zu müssen. So etwas Dummfreches war ihm noch nicht untergekommen. Dachten die Leute denn nicht über die Konsequenzen nach, die ihr egoistisches Handeln für andere hatte? Anscheinend nicht. Er war wütend.

Agnes war bei diesem Gespräch eine Idee gekommen. »Würdet Ihr der Frau Bode den Mord an ihrem Mann zutrauen?«

Lyse grübelte einen Moment nach und verzog dabei das Gesicht, als hätte sie gerade einen Schluck Essig getrunken. »Also wisst Ihr ... ganz ehrlich ...« Sie kratzte sich im Nacken. »Die Bode is' ja so übertrieben gläubig. Tut immer nur auf anständig. Die is' so anständig, dass se nach ihrem Kind nix mehr von ihrem Mann wissen wollte. Ich hab' die beiden gehört, als se sich deswegen stritten. Er wollte sich bei ihr so'n bisschen ankuscheln.« Sie zwinkerte. »Ihr wisst, was ich meine. Ne? Se meinte, sie hätt ihren biblischen Auftrag mit dem Balg erfüllt, und alles andere sei bloß Sünde. Die spinnt doch! Wer so bescheuert denkt, bringt auch Menschen um. Vielleicht hatte'r wieder bei ihr landen wollen – jung genug is' die Bode ja noch – und da hat se ihn umme Ecke gebracht.«

Oder um die Ecke bringen lassen, ergänzte Agnes in Gedanken. Plötzlich wurde ihr einiges klar. Eine ganz ungeheuerliche Idee drängte sich ihr auf. Wenn die Witwe hinter dem Mord steckte, dann erklärte das, warum sie ihre Nachforschungen so behinderte. Warum sie auch Ludolf jede Unterstützung verweigert hatte. Also sollte man auch die Witwe dringend im Auge behalten. Selbst wenn es nicht so ein an den Haaren herbeigezogener Grund war, wie ihn die ehemalige Magd beschrieben hatte, so passte aber ihr Verhalten zu jemandem, der etwas zu verbergen hatte. Vielleicht ergab sich bei den weiteren Nachforschungen noch das wahre Motiv.

Inzwischen hatte sich Ludolf wieder ein wenig beruhigt. Er sagte zu der Magd: »Kennt Ihr jemanden, der uns noch ein bisschen mehr über die Witwe Bode erzählen könnte?«

»Na ja ...« Sie kratzte sich wieder. Plötzlich hielt sie in der Bewegung inne, pulte am Arm herum und hielt sich etwas vors Gesicht. »So, du Biest!« Damit zerquetschte sie einen der Quälgeister zwischen Zeigefinger und Daumen. Dann wandte sie sich wieder Ludolf zu: »Da fällt mir bloß deren Tochter Brigitta ein.«

»Hm. Wie alt ist sie denn? Kann man mit ihr denn schon über solch heikle Themen sprechen?«

»Die is' so um die ...« Lyse nahm zum Rechnen ihre Finger zu Hilfe. »Sie muss so siebzehn sein.«

»Wie kommen wir denn an sie heran? Ich habe die Tochter bisher noch nicht gesehen und die Witwe will bestimmt nicht, dass wir mit ihr sprechen.«

»Och, das is' ganz leicht. Die is' um diese Zeit meistens in St. Johannis Baptist am Markt. Die könnt Ihr gar nicht übersehen. Die is' groß und schlaksig und hat 'ne große Nase. Die erkennt Ihr sofort.«

Die Besucher bedankten sich bei Lyse für die Hilfe. Agnes entschuldigte sich nochmals für den Auftritt des Hauptmanns. Die Magd winkte ab. Sie schien nicht besonders nachtragend zu sein. Dann beeilten sich die beiden Möllenbecker, dem Dreck und dem Gestank zu entfliehen. Sie wollten mit der Tochter des Händlers sprechen.

Die Tochter des Händlers

Agnes und Ludolf betraten die Marktkirche St. Johannis Baptist. Sie stand fast genau gegenüber dem Rathaus am anderen Ende des Marktplatzes und schmiegte sich bescheiden zwischen die anderen Häuser. St. Johannis Baptist war ein recht kleiner Bau, fast eine Kapelle – St. Marien, St. Martini und natürlich der Dom waren erheblich größer, denn zu ihnen gehörten eigenständige Gemeinden. Dieses Gotteshaus dagegen diente besonders den Händlern als eigene kleine Anbetungsstätte – wieder eine der Demonstrationen des Rats, um sich von der Macht des Bischofs zu distanzieren. So war zum Beispiel das Rathaus bis in den Hauptzugang zum Dom hineingebaut worden; schaute der Bischof aus dem Westportal und durch das Tor der Domburg, versperrte das Rathaus seinen Blick fast vollständig.

Die jungen Leute guckten sich um, aber ein großes, schlankes Mädchen war nicht zu finden.

»Warten wir doch«, schlug Agnes vor.

Sie stellten sich in eine Seitennische, sodass sie so wenig wie möglich auffielen, aber den Eingang noch beobachten konnten. Sie schwiegen sich an, als wären sie einander völlig fremd. Keiner wagte es, den anderen auch nur anzublicken. Sie hatten sich nichts zu sagen. Der einzige Grund, warum sie noch miteinander verkehrten, war die gemeinsame Mission, bei der keiner dem anderen den Schauplatz so einfach überlassen wollte. Im Falle eines Erfolgs wollten natürlich beide ihren Anteil an der Suche gewürdigt sehen. Ein jeder hing nun seinen eigenen Gedanken nach. Während sich Ludolf gelangweilt die Deckenmalereien anschaute und ein paar Schritte hin und her ging, war Agnes' Blick ins Leere gerichtet. Sie hatte eine Haarsträhne unter ihrem Kopftuch hervorgeholt und zwirbelte sie gedankenverloren zwischen den Fingern.

Fast hätten die beiden die junge Frau übersehen, die gerade hereinkam. Sie war wirklich hochgewachsen, möglicherweise sogar ein Stückchen größer als Ludolf, dabei im Gesicht sehr hager, sodass ihre stattliche Nase überdeutlich hervorstach. Das Alter stimmte auch. Sie war sehr edel gekleidet und trug einen dünnen Schleier vor dem Gesicht. Mit langen Schritten und gesenktem Kopf ging sie in Richtung des Altars.

»Entschuldigt bitte.« Agnes versuchte unauffällig, sie aufzuhalten. »Seid Ihr Brigitta Bode?«

Die junge Frau blieb abrupt stehen und schaute hoch. Ihre Augen flitzten zwischen den beiden Fremden hin und her, die sich ihr in den Weg gestellt hatten. Sie richtete sich auf und legte ihren Kopf in den Nacken, sodass sie noch größer erschien.

»Wer seid Ihr?« Ihre nasale Stimme klang schnippisch und fordernd. Dies war unverkennbar die Tochter von Anna Bode.

Agnes stellte Ludolf und sich vor und erklärte, welchen Auftrag sie hatten.

»Da solltet Ihr lieber mit meiner Mutter sprechen. Ich weiß nichts.« Damit wollte sie weitergehen, aber Agnes legte ihr vorsichtig die Hand auf den Arm. »Wollt Ihr nicht wissen, was mit Eurem Vater geschah?«

Brigitta schüttelte ärgerlich die Hand ab, sagte »Ich möchte jetzt nicht darüber sprechen« und ließ die beiden einfach stehen.

Noch ehe Agnes etwas sagen konnte, meldete sich Ludolf zu Wort: »Habt Ihr Angst, dass wir etwas Unangenehmes finden könnten?«

Er hatte mit Absicht lauter als nötig gesprochen. Seine Worte hallten in dem hohen Raum wider. Die wenigen Besucher blickten empört herüber, um zu sehen, welcher Frevler da ihre Andacht störte. Die junge Frau blieb tatsächlich stehen, denn man schaute auch auf sie. Sie machte einen entschuldigenden Knicks in Richtung zweier älterer Frauen, die sie wohl kannte, und kam dann zurück. Ihre Hände hatte sie jetzt oberhalb des Bauches gefaltet. Ludolf lächelte in sich hinein. Genauso hatte gestern ihre Mutter vor ihm gestanden.

Brigitta sprach nun leise, aber es klang eher wie das Zischen einer Schlange: »Das ist eine rein private Angelegenheit. Mein Vater ist tot. Das ist zwar ein großes Unglück für uns alle, aber wir wollen nun in Ruhe gelassen werden. Deshalb möchte ich Euch höflichst bitten, zu gehen. Ihr stört die Gebete der Menschen, die hier Gott suchen.«

»Ein Mord ist nie privat«, antwortete Agnes.

»Und wenn es Selbstmord war?«, erwiderte das Mädchen sofort.

Die junge Nonne staunte nicht schlecht über die Frage. »Ist das Eure Meinung? Dann denkt Ihr aber anders darüber als Eure Mutter.«

Wieder warf das Mädchen den Kopf in den Nacken und antwortete dünkelhaft: »Na, wenn schon!«

»Wie kommt es, dass Ihr anderer Meinung seid?«

»Darf ich das nicht? Ich bin ein eigenständiger Mensch. Der Herrgott hat mir einen eigenen Verstand gegeben. Warum sollte ich gezwungen sein, die Ansichten anderer zu teilen? Warum darf ich nicht meine eigenen Schlüsse ziehen? Meine Mutter denkt halt auf ihre Art.«

Agnes zog die Augenbrauen zusammen. Sie wusste beim besten Willen nicht, was sie von diesem jungen Ding halten sollte. »Wie meint Ihr das?«

»Ihr habt doch schon mit ihr gesprochen? Dann solltet Ihr das gemerkt haben.«

»Sagt doch offen, was Ihr meint.«

Die Händlerstocher blickte missbilligend auf die Nonne herab. Schließlich antwortete sie: »Sie ist sehr strenggläubig. Anstand und Ehre sind ihr Lebensinhalt. Wäre sie ein Mann geworden, hätte sie sich zum nächstbesten Kreuzzug gemeldet.«

Ludolf mischte sich in das Gespräch ein: »Ihr wisst ja, übermäßig strenger Glaube kann sehr gefährlich sein. Sind Ehre und Ansehen in Gefahr, ist man in der Wahl der Verteidigung nicht mehr zimperlich. Da wird wegen des Verstoßes gegen eins der Zehn Gebote ein anderes leicht gebrochen. Ja, da mag jemand sogar einen anderen töten oder in den Tod treiben, nur damit man selbst sauber und rein dasteht.«

Die Händlerstochter schnaubte hörbar. Die bisher züchtig gefalteten Hände verkrampften sich, sodass die Fingerknöchel weiß hervortraten.

»Ihr beschuldigt also meine Mutter?« Ihre Stimme hatte noch an Schärfe gewonnen.

»Hatte Eure Mutter denn einen Grund?«

»Keinen«, zischte sie. Dabei knirschten ihre Zähne hörbar.

»Was ist mit dem Gerücht, dass Euer Vater ein uneheliches Kind von der Magd haben soll?«

»Nichts als Verleumdung.«

»Aber wie wir hörten, haben sich Eure Eltern deswegen gestritten.«

Brigitta öffnete den Mund, um eine passende Antwort zu geben, doch dann hielt sie inne. Sie schaute nachdenklich zur Seite und sagte nichts. Für Ludolf und Agnes war ihr Gesichtsausdruck wegen des Schleiers kaum zu erkennen.

Nach einigen Augenblicken fragte Agnes: »Gab es einen Anlass zum Streit?«

Die Händlerstochter suchte nach den richtigen Worten. »Für meine Mutter war jede Frau, die mit meinem Vater sprach, eine denkbare Ehebrecherin. Und falls sie dazu noch jünger war, sogar eine wahrscheinliche Geliebte. Sie traute weder meinem Vater noch anderen Frauen.«

»Hatte Euer Vater denn eine Geliebte?«

Sie schwieg einen Moment. Nervös knackte sie mit ihren Fingergliedern. »Ich ... ich bin mir nicht sicher. Ich denke ... ich hätte es gemerkt. Aber es hätte mich auch nicht gewundert. Mutter hat halt ihre eigene Einstellung zum Leben. Spaß und Freude sind für sie teuflisch, animalisch, sündig.«

»Warum seid Ihr Euch nicht sicher?«

Brigitta knackte wieder mit ihren Knöcheln. »Die Schwester unseres Kontorgehilfen Rehkopf – ihren Namen kenne ich leider nicht – die schwirrte in letzter Zeit andauernd um Vater herum. Richtig aufreizend war sie. Geradezu unanständig. Aber ich habe nicht bemerkt, dass er ihre Nähe suchte. Er war genauso höflich und freundlich zu ihr wie auch zu unseren Kunden.«

Plötzlich musste sie leise lachen. Sofort glitt ihre Hand unter ihren Schleier und sie bedeckte verschämt ihren Mund. Lachen war an diesem Ort und so kurz nach dem Tod des Vaters bestimmt nicht angebracht. Sie entschuldigte sich für das ungebührliche Verhalten.

»An was habt Ihr soeben gedacht?«, wollte Agnes nun aber wissen.

»Wieso sich diese ordinäre Person gerade meinen Vater ausgesucht haben soll, wo doch alle wissen, wie meine Mutter reagiert. Es ist zwar nur so eine Spinnerei von mir, aber ich denke, der Rehkopf hat seine Schwester dazu angestiftet.«

»Wieso denkt Ihr das?«

»Weil die Person immer dann kam, wenn Mutter außer Haus war. Und wenn sie eintraf, tuschelte sie erst mit ihrem Bruder, der ihr dann zeigte, wo sich Vater aufhielt. Ich fand das eigenartig.«

Die drei schauten sich fragend an. Das konnte alles Mögliche bedeuten und auch wieder nichts.

Brigitta unterbrach die Stille: »Das war es dann wohl. Darf ich jetzt für meinen Vater beten, wie ich das eigentlich vorhatte?«

Agnes war ein wenig verdattert. »Ja, ja, natürlich. Vielleicht eins noch: Wie sieht Eure Zukunft aus? Hat sich durch den Tod Eures Vaters etwas geändert?«

Das junge Mädchen seufzte kurz. »Oh, ja. Meine Mutter will mir nun ganz schnell einen Ehemann suchen. Da wahrscheinlich nicht mehr viel Geld vorhanden ist, wird die Mitgift bescheiden ausfallen. Damit wird für mich nur noch ein armer Schlucker übrigbleiben. Höchstens der Sohn eines Handwerkermeisters oder, wenn es ganz schlimm kommt, ein alternder Witwer. Schon allein der Gedanke daran ist schauderhaft. Aber bestimmt nicht der Sohn eines Händlers. Eine Katastrophe. Mein Leben ist dahin.«

Ludolf warf erstaunt ein: »Wieso sagtet ihr, dass nicht mehr viel Geld übrig ist? Die Lager sind doch voll.«

Sie zuckte mit den Schultern. »Schon, aber keiner weiß, ob das überhaupt noch etwas wert ist.«

»Hat das denn schon einer geschätzt?«

Sie antwortete gleichgültig: »Was in den Büchern halt steht. Außerdem hat sich gestern ein anderer Händler alles angesehen. Leider fiel das Ergebnis nicht besonders gut aus.«

»Welcher Händler war es denn?«

»Ich habe ihn nicht gesehen und Mutter hat mir nur das Ergebnis gesagt. Darf ich jetzt gehen?«

Agnes und Ludolf bedankten sich bei der Händlerstochter für die Hilfe und verabschiedeten sich. Brigitta wandte sich um und ging mit langen Schritten in Richtung Altar. Kurz davor machte sie einen Knicks in Richtung einer Madonnenfigur und bekreuzigte sich. Langsam kniete sie nieder und begann zu beten.

Noch einmal im Kontor

Agnes und Ludolf kamen überein, noch einmal mit dem Kontorsgehilfen Rehkopf zu sprechen, auch auf die Gefahr hin, dass ihnen die Witwe begegnete und sie kurzerhand vor die Tür setzte. Eine andere Wahl hatten sie nicht. Sie mussten herausfinden, warum er das Geschäft des Händlers so schlecht bewertete und welche Rolle seine Schwester spielte. Sie mussten den Burschen in die Enge treiben, damit er endlich mit der Wahrheit herausrückte.

Vorsichtig umherschauend betraten die beiden das Kontor. Anna Bode war zum Glück nirgends zu sehen. Hoffentlich blieb das auch so.

Der Kontorsgehilfe stand mit dem Rücken zur Tür vor einem Tresen und hielt Listen in der Hand. Er hatte die Besucher noch nicht bemerkt. Erst als eine Fußbodendiele knarrte, drehte er sich erschrocken um. »Was wollt Ihr schon wieder hier? Die Herrin hat Euch doch gesagt, dass sie nicht mehr mit Euch reden möchte.« Sein Ton war barsch.

»Wir wollten eigentlich zu Euch, mein Lieber«, meinte Ludolf lapidar. »Wir wollten uns nur kurz erkundigen, wie es Eurer Schwester geht.«

»Äh, was? Meiner Schwester?« Ulrich Rehkopf war völlig verdattert. »Der geht's gut. Warum?«

Agnes und Ludolf stellten sich links und rechts neben den Kontorsgehilfen an den Tresen, sodass dieser immer nur einen anblicken konnte. Dementsprechend drehte er seinen Kopf nervös hin und her und wartete auf eine Antwort.

Schließlich begann die junge Frau: »Ihr habt gelogen, was die Liebschaften des Händlers Bode betrifft.«

»Das ... ich meine ... äh ...« Rehkopf fuchtelte aufgeregt mit den Händen herum, als wüsste er nicht, wohin mit ihnen. »Wo soll ich gelogen haben?«

Ludolf war an der Reihe: »Ihr sagtet mir, dass er keine hätte.«

»Das war ...« Ihm versagte fast die Stimme. »Das müsst Ihr falsch verstanden haben. Ich habe gemeint, dass ich's nicht weiß.«

»Ihr wisst also nicht, dass Eure Schwester hinter dem Händler her war?«

Er wurde immer flatteriger. »Das ... das ist was Persönliches. Da misch ich mich nicht ein.«

»Ob der Rat der Stadt das auch so sieht?«

Ulrich Rehkopf ging einige Schritte vor und drehte sich um. So sah er seine beiden Gegner endlich gleichzeitig. Sein Blick war gehetzt, seine Stimme zitterte, als stünde er vor einer hochpeinlichen Befragung. Nervös strich er sich immer wieder mit beiden Händen durch die Haare. »Woher wisst Ihr das?«, wollte er wissen.

Agnes antwortete: »Das geht Euch nichts an. Wir wissen gar nicht, wo Ihr uns sonst noch angelogen habt.«

Rehkopf räusperte sich. »Ich hab nicht gelogen!«

»Welche Vergünstigung bekommt Ihr wegen Eurer Schwester?«

»Keine! Das ist ihre eigene Entscheidung.«

»Ihr habt ihr doch geholfen.«

Der Kontorsgehilfe schaute verzweifelt um sich, aber es war niemand da, der ihm beistehen konnte, weder die Witwe noch ein Kunde, der unbedingt bedient werden musste.

»Ich hab Hiltrud lediglich nicht abgeraten«, erklang es flehentlich.

»Warum?«

»Ich mochte den Herrn. Ich ... ich wollte ihm was Gutes tun. Wegen seiner zickigen Frau.«

Agnes war nun in voller Fahrt. Sie hatte am Vormittag so viel Wut angesammelt, dass sie sich jetzt dringend Luft machen musste. »Und? War der Händler Euch dankbar?«

»Äh ... nein.« Der Mann wurde immer verzweifelter.

»Aber Ihr hattet ja nun die Möglichkeit, den Händler unter Druck zu setzen.«

»Ich habe ihn nicht erpresst!« Es klang fast, als würde Rehkopf jeden Augenblick zu weinen anfangen.

»Und wenn sich plötzlich ein Kind ankündigen würde?«

»Ein Kind? Hiltrud kennt sich in so was aus. Sie weiß, wie man das verhindert.«

»Ihr seid also nichts anderes als ein Zuhälter.« Agnes musste an die Bademägde denken, die durch die Männer ins Elend getrieben worden waren.

»Nein, nein! Ich verlange doch kein Geld.« Verzweifelt wandte sich der Kontorsgehilfe um und ging nervös auf und ab.

»Rehkopf!« Ludolf folgte ihm.

»Bitte. Ich hab noch so viel zu tun. Ich bekomme wieder Ärger mit der Herrin, wenn sie Euch hier sieht.«

»Ihr seid jetzt hier der Einzige, der sich mit dem Geschäft auskennt. Nicht wahr?«

Der Kontorsgehilfe war durch den abrupten Themenwechsel völlig überrascht und nickte nur.

»Wer kontrolliert jetzt Warenein- und -ausgänge?«

»Na, ich.«

»Ihr seid also der Einzige, der weiß, wie viel alles hier wert ist?«

Sein ängstlicher Blick wanderte wieder zwischen Ludolf und Agnes hin und her. Er suchte verzweifelt nach der Falle.

»Wie ich schon sagte, nur so ungefähr. Das muss erst noch alles genau kontrolliert werden. Es können sich noch immer Gläubiger melden. Woher soll ich die Forderungen kennen?«

»Wem fällt es auf, wenn etwas fehlt?«

»Mir natürlich.«

»Und wem, wenn etwas abgezweigt wird?«

Rehkopfs Verzweiflung schlug in Empörung um: »Das ist eine Verleumdung! Dann soll das doch kontrolliert werden! Ich sage jetzt nichts mehr. Ich werde mit der Herrin über Eure ungeheuerlichen Anschuldigungen reden. Ihr werdet schon sehn, was Ihr davon habt.«

Ludolf ärgerte sich. Der Bursche ließ sich doch nicht so leicht in die Enge treiben, wie er gehofft hatte. Aber er musste ihm deutlich zeigen, dass sie ihm ganz dicht auf den Fersen waren.

»Wir wissen inzwischen, dass Ihr den Wert des Geschäfts viel zu niedrig angegeben habt. Warum?«

Rehkopf gestikulierte wild mit den Armen herum. »Wer sollte das wissen, wenn ... wenn nicht ich? Wer etwas anderes behauptet, ist nur neidisch auf meinen Posten hier.«

»Für wen macht Ihr das hier preiswerter?«

Abwehrend hob der Kontorsgehilfe die Hände. Er blieb vor Agnes stehen und sagte zu ihr: »Unverschämtheit! Ich bin kein Betrüger! Ich war dem Händler immer treu ergeben.«

Anstatt nachzugeben blieb die junge Frau hartnäckig: »Warum so niedrig?«

Verzweifelt fuhr sich Rehkopf wieder durch die Haare. »Siebenhundert Gulden ist der richtige und angemessene Wert. Und ich werd jetzt nichts mehr sagen.«

»Ihr wisst, dass wir Euch von der Stadtwache abholen lassen können?«

Ärgerlich höhnte er: »Dann versucht es doch!« Er wurde immer lauter. »Ich gehe zur Herrin! Da könnt Ihr Eure Anschuldigungen wiederholen!«

Ulrich Rehkopf drehte sich um und stürmte durch eine Tür im hinteren Teil des Kontors davon.

»Na gut! Wie du willst.« Agnes wollte hinterhereilen, aber Ludolf hielt sie am Handgelenk fest. »Warte bitte. Das bringt nichts. Wir müssen erst wissen, wer dahintersteckt.«

Agnes war in Rage. Sie wollte unbedingt ein Ergebnis erzwingen. Die arrogante Witwe musste zur Rede gestellt werden! Erbost schüttelte sie seine Hand ab. »Lass mich! Ich kann selber für mich entscheiden!«

»Das weiß ich.«

Ihre wütenden Augen schossen tödliche Blicke auf ihn ab. Was erlaubte sich der Nichtsnutz? Sie einfach zu maßregeln! Wieder einmal! Er war doch nicht ihr Vater! Aber andererseits – für heute hatte sie schon genug Ärger gehabt. Da wollte sie nicht auch noch mit der aufgebrachten Witwe zusammenstoßen. Langsam beruhigte sich Agnes wieder. Sie atmete tief durch und ordnete ihr verrutschtes Kopftuch. Schließlich wandte sie sich ab und ging in Richtung der Tür.

Verdrießlich murmelte sie vor sich hin. »Was hat der Rehkopf vor? Rechnete er mit einem Kind von Bode? Oder ist seine Schwester schon schwanger? Was hat er davon, dass der Wert so niedrig ist? Will er das Geschäft selber übernehmen?«

Ludolf folgte ihr wortlos nach draußen. Dem hatte er nichts mehr hinzuzufügen.

Hiltrud Rehkopf

Und hier wohnen die?«

Ludolf beteuerte: »Thomsen meinte, es sei das schäbigste Haus in der Hahlerstraße, gegenüber dem Fassmacher.«

Agnes nickte zustimmend. »Wirklich das schäbigste Haus. *Durch große Faulheit senkt sich das Gebälk, und durch das Hängenlassen der Hände wird das Haus undicht.*[16]«

»Genau. Oder wie es auch heißt: *Ich ging am Feld des Faulen und am Weingarten vorüber. Er brachte überall Unkraut hervor. Nesseln bedeckten seine ganze Oberfläche, und seine Steinmauer war niedergerissen.*[17]«

Ludolf und Agnes lachten leise vor sich hin. Hoffentlich merkte das drinnen niemand. Das Haus war wirklich uralt und schäbig, einige Fensterläden fehlten, andere hingen schief in den Haken. Das Fachwerk war an verschiedenen Stellen morsch, und ein paar Balken waren schon fast weggefault. Der Lehm bröckelte, sodass das Stroh teilweise bloßlag. Um dieses Haus hatte sich schon lange keiner mehr gekümmert.

»Das sieht ja fast schlimmer aus als die Bruchbude, in der wir zwei letztes Jahr hausen mussten«, erinnerte sich Ludolf schmunzelnd.

»Wir haben es überlebt.« Agnes blinzelte wehmütig zu ihm hinüber. Damals, bei ihrer ersten gemeinsamen Mission, mussten sie sich eine abbruchreife Hütte teilen. Dort, in dieser schäbigen Hütte, war langsam aus Abneigung Liebe geworden. Dass sie seinen Antrag ablehnen musste, hatte ihr genauso wehgetan wie ihm.

Ludolf klopfte an die Tür. Diese klapperte gefährlich in den rostigen Scharnieren. Wenn jemand fester zuschlug, fiele sie bestimmt heraus. Damit hielt man keine Diebe fern. Aber wer vermutete in dieser Ruine auch schon Reichtümer?

Es rührte sich nichts. Er klopfte abermals. Schließlich ging Agnes zu einem Fenster und griff nach innen. Sie schob den gammeligen Sack zur Seite, aber sie konnte im Dunkeln nichts erkennen.

»Ist da jemand?«, rief sie hinein.

Von irgendwoher kam eine Antwort. Man hörte Geschirr klappern und dann wurde die Eingangstür aufgerissen. Eine sehr junge Frau mit wallendem, blondem Haar stand im Rahmen. Sie hatte ein hübsches Gesicht und strahlend blaue Augen. Unter ihrem reich bestickten Kleid zeichnete sich eine reizende Figur ab. Schmale Taille, wohlgeformte Hüften und ein prallgefülltes Oberteil. Der Gegensatz zwischen Haus und Bewohnerin konnte nicht größer sein.

Sie blickte kurz auf Ludolf, ihr nettes Lächeln verschwand und sie murrte ohne einen Gruß: »Mein Bruder ist im Kontor Bode.« Schon drehte sie sich um und wollte die Tür wieder schließen. Aber Ludolf stellte seinen Fuß in den Rahmen.

»Heh, du Blödian! Was soll das?« Ihr hübsches Gesicht sah plötzlich gar nicht mehr nett aus.

»Falls Ihr Hiltrud seid, wollen wir zu Euch«, antwortete der junge Mann.

»Ach ja?« Abschätzig betrachtete sie die Besucher. »Was hab' ich mit Euch zu schaffen?«

»Wir untersuchen den Tod des Händlers Bode. Falls Ihr nicht hier mit uns sprechen wollt, können wir Euch auch von der Wache ins Rathaus bringen lassen. Am besten gebunden wie eine Diebin.«

Sie war ein wenig verstört, sie zögerte. »Das werdet Ihr nicht wagen.«

Agnes schritt an Ludolf vorbei und drängte Hiltrud zur Seite. »Doch.« Und schon waren sie im Haus.

Die überrumpelte Frau knallte wütend die Tür hinter ihnen zu. »Beeilt Euch! Ich muss gleich weg.«

Nachdem sich die Augen an das Halbdunkel gewöhnt hatten, erkannte man, dass das Haus von innen keinen besseren Eindruck machte als von außen. Es herrschte ein heilloses Durcheinander, und es roch unangenehm nach Verfaultem. Im Hintergrund erkannte man ein verwühltes Bett. Diverse Becher und Teller standen auf dem Tisch, dazwischen lag schimmeliges Brot und etwas, das einmal ein Stück Käse gewesen war. Ein edel aussehendes Kleid hing über einem Stuhl, ein anderes war achtlos in die Ecke geworfen worden. Und überall der Dreck und Staub von Monaten. Zu allem Überfluss erkannte man dazwischen auch noch die Hinterlassenschaften von Mäusen.

Ludolf kam sofort auf ihr Anliegen zu sprechen: »Ihr wart die Geliebte des Händlers Bode?«

»Das geht keinen was an. Das ist meine Sache.«

»Wenn Ihr Mitschuld an seinem Tod habt, doch.«

»Ich trage keinerlei Schuld. Er hat sich selbst erhängt. Also, was wollt Ihr?«

»Was wisst Ihr über Bode und seinen Tod?«

Sie hob ihre Schultern. »Nix.«

»Wenn Ihr Euch weiter so bockig benehmt, werden wir Euch doch zum Verhör mitnehmen müssen. Die Stadtwache wird weniger rücksichtsvoll sein.«

Hiltrud lachte laut los. »Im Gegenteil! Wolfram war bisher immer sehr nett zu mir.« Dabei zwinkerte sie anzüglich.

Agnes war bei der Nennung des Namens zusammengezuckt. Wie war das denn gemeint? Sie wollte gerade etwas sagen, biss sich aber noch rechtzeitig auf die Lippen. Dies war nicht der richtige Zeitpunkt.

Ludolf wiederholte seine ursprüngliche Frage: »Ihr wart Bodes Geliebte?«

So belanglos wie möglich antwortete sie: »Er hatte ein Auge auf mich geworfen.«

»Wie habt Ihr ihn denn kennengelernt?«

»Mein Bruder Ulrich, der arbeitet da im Kontor, hat mich ihm vorgestellt.«

»Hatte er einen besonderen Grund dazu.«

»Och ...«, sie stockte einen Moment und setzte ein unschuldiges Lächeln auf, »Ulrich meinte, ich sollte sein' Herrn ein wenig verwöhnen. Der braucht mal 'ne Abwechslung, hat er gesagt. Ihr müsst wissen, der Bode hat so'ne griesgrämige Frau, die ihn auf Ration gesetzt hat. Als seine Frau bei Verwandten war, kam ich wie zufällig vorbei. Aber der Bode war irgendwie komisch.« Zur Bestätigung schüttelte sie sich. »Er wollte andauernd nur quatschen. Nur immer blabla. Die ganze Zeit. Mann, war das langweilig! Ulrich weiß gar nich, wie viel Überwindung mich das gekostet hat. Selbst beim dritten Besuch hab' ich den nich ins Bett bekommen. Da war für mich Schluss. Ich bin doch nicht blöd!« Sie tippte sich an die Stirn. »So lange ließ sich bisher noch keiner bitten. Die meisten muss man gar nicht mal bitten.«

Plötzlich schritt Hiltrud langsam auf Ludolf zu und leckte sich über die Lippen. Lässig raffte sie ihr Kleid bis zum Knie hoch. »Und wie lange muss ich dich bitten, Süßer?«

Er lächelte freundlich, ohne auf ihre nackten Beine zu achten. »Ich bevorzuge ein frisches, sauberes Hemd und keines, das schon von zehn anderen getragen wurde.«

Agnes musste sich den Mund zuhalten, um nicht laut loszukichern. Hiltrud dagegen ließ beleidigt ihr Kleid fallen und wandte sich ab. Sie ging zu ihrem Bett und setzte sich darauf.

Ludolf fuhr fort: »Welchen Nutzen hatte es für Euren Bruder, wenn er Euch mit dem Händler verkuppelte?«

Mürrisch antwortete Hiltrud: »Es sollte ihm seinen Posten sichern.«

»Musste er denn Angst darum haben?«

»Neidhammel hatten ihn bei Bode angeschwärzt.«

»Womit denn?«

»Keine Ahnung. Is' auch nich mein Problem.« Gelangweilt schob sie den gammeligen Vorhang am Fenster zur Seite und schaute hinaus.

Jetzt mischte sich Agnes ins Gespräch ein: »Habt Ihr auf ein Kind von Bode gehofft?«

Hiltrud fuhr auf: »Wieso das denn? Was soll ich mit so 'nem Balg anfangen?«

»Ein Erbteil von Bodes Besitz oder Geld, damit Ihr darüber schweigt.«

Hiltrud drehte sich wieder herum. »He, Schwesterherz. Du tust ja gerade so, als ob ich nicht wüsste, wie man Kinder verhindert oder schnell wieder loswird. Ich bin doch nicht so blöd, mir ein Kind andrehen zu lassen.« Dabei tippte sie sich wieder mit dem Zeigefinger an die Schläfe. »Ich bin noch zu jung, um mir davon die Figur versauen zu lassen. Ich will meinen Spaß haben. Das ist mein gutes Recht.«

»Ihr habt den Händler also nur umgarnt, damit Eurem Bruder der Posten gesichert ist?«

»Ist das nicht schon genug?«

»Oder gab es noch einen anderen Grund?«

»Weiß ich doch nicht! Kümmert mich auch nicht. Hauptsache, ich hab meinen Spaß dabei. Heiraten werd ich erst, wenn der Richtige da ist. Reich muss er sein. Wenn er dann noch gut aussieht, wär nicht schlecht. Vielleicht ...« Plötzlich bekam sie einen verträumten Blick und legte ihren Kopf auf die Seite. »Vielleicht ist das schon bald der Fall. Sehr bald.« In Gedanken strich sie sich durch ihr Haar.

Aber Agnes unterbrach ihre Träumereien: »Was hat Euer Bruder mit dem Geschäft des Händlers vor?«

Hiltrud schreckte hoch und antwortete unwillig: »Wie oft soll ich's noch wiederholen? Ich weiß nix davon. Er soll mir genug Geld für Schuhe und Kleidung überlassen. Mehr will ich gar nicht wissen.«

»Dazu noch die Geschenke der netten Herren«, warf Ludolf ein.

»Genau.«

»Ihr klingt wie eine Dirne«, resümierte Agnes bissig.

Hiltrud sprang wütend auf und giftete die Nonne an: »Bist wohl neidisch, dass du nur so einen kümmerlichen abbekommen hast!«, und zeigte mit ausgestrecktem Finger auf Ludolf.

»Der ist jedenfalls mehr wert als alle Eure Freier zusammen«, konterte Agnes souverän.

Ludolf war wie vom Donner gerührt. Solch eine Antwort hatte er in Anbetracht ihrer Streitigkeiten nicht erwartet.

Hiltrud jedoch entgegnete bloß: »Ich muss jetzt los. Ich werde nämlich erwartet. Es kann sein, dass ich mich heute noch verlobe. Dazu muss ich mich natürlich noch entsprechend kleiden. Oder willst du zuschauen?«

»Nein, danke«, antwortete Agnes und drehte sich um, um hinauszugehen.

Hiltrud wandte sich lachend Ludolf zu: »Willst du mir nicht beim Ausziehen helfen?«

»Darauf komme ich frühestens zurück, wenn Ihr die einzige Frau auf Erden seid.« Er grinste breit und war fort, ehe die verblüffte Buhlerin eine unanständige Antwort geben konnte.

Trennung

Agnes stand auf der Straße vor dem heruntergekommenen Haus, als Ludolf neben sie trat. Aus dem Haus hörte man noch das schmutzige Lachen und die unflätigen Verhöhnungen von Hiltrud Rehkopf.

»Wolltest du ihr nicht helfen?« Agnes schaute die Straße entlang. Sie klang wieder sehr abweisend.

»Ich helfe bestimmt nicht einer, an der sich alle möglichen bedienen.«

»Dann hättest du endlich das bekommen, was bei mir nicht zu haben ist.«

Ludolf schaute Agnes fassungslos an und schüttelte den Kopf. Vorhin schien sie entspannt und freundlich, jetzt aber war sie wieder ungenießbar, geradezu gehässig. »Warum redest du so? Du weißt doch genau, dass ich nicht so bin.«

»Du kannst mir viel erzählen.«

Ludolf konnte kaum glauben, was er da hörte. »Warum hast du dann auf mich gewartet?«

»Habe ich nicht. Ich wollte gerade los.« Damit setzte sie sich in Bewegung.

Ludolf folgte ihr gereizt. »Und du? Woher weiß ich, dass da nichts mit diesem bescheuerten Soldaten ist?«

»Ha!« Agnes blieb stehen und blitzte ihn gefährlich an. »Bei mir ist das etwas ganz anderes! Ich bin immerhin eine Nonne mit einem heiligen Gelübde.«

»Ach ja?« In ihm brodelte es jetzt gewaltig. So etwas konnte und durfte er sich nicht gefallen lassen. »Du willst mich doch nur schlechtreden, damit du dein eigenes Gewissen beruhigen kannst. Du wirfst mir doch nur das vor, was du auch selbst tun würdest! Oder schon längst getan hast!«

»Du ... du ...« Was erlaubte er sich? Ihr so etwas zu unterstellen! Eine Frechheit! Sie hob ihre Hand, um ihm eine Ohrfeige zu versetzen, doch dann fehlte ihr der Mut. Ihre Hände zitterten und sie merkte, wie ihr schwindelig wurde. Unter Aufbietung all ihrer Kräfte schleuderte sie ihm ein »Verdammter Spinner!« entgegen. Die Tränen rannen ihr über die Wangen. Sie fühlte jetzt ganz deutlich, wie viel Kraft die Anstrengung und Anspannung der beiden letzten Tage gekostet hatten. Sie musste dringend zur Ruhe kommen. »Ich hasse dich!«, zischte sie noch und eilte davon. Augenblicke später war sie nach rechts in die Kampstraße abgebogen und in Richtung der gemeinsamen Unterkunft verschwunden.

Ludolf stand vor Bestürzung wie erstarrt. Wie war es denn jetzt schon wieder so weit gekommen? Seitdem Agnes mit diesem Hohlkopf unterwegs war, war sie noch launischer als sonst. Was hatte der ihr bloß für Flausen in den Kopf gesetzt? Ludolf musste immer wieder an den Ratsherrn denken, der vor dem Ruf des Hauptmanns gewarnt hatte. Warum hörte sie nicht auf Ludolfs Warnungen? Sie hielt seine Sorge um ihre Ehre und ihr Wohlergehen für Eifersucht. Lachhaft!

Es tat ihm so leid, dass Agnes wegen dieses dummen Streits angefangen hatte zu weinen. Das hatte er nicht gewollt. Er hätte sich lieber nicht auf dieses Wortgefecht einlassen sollen. Andererseits wusste auch Agnes, wie ihre Streitereien meistens endeten.

Schnellen Schrittes folgte er der Straße bis zur nächsten Ecke und dann die Kampstraße entlang. Hier musste sie irgendwo sein. Als er ihre Unterkunft an der Ecke Brüderstraße fast erreicht hatte, sah er sie. Sie stand wartend vor dem Haus, während dieser Einfaltspinsel von Hauptmann gerade auf sie zukam. Ludolf wurde langsamer, war aber nur noch wenige Schritte entfernt.

Mit einem gequälten Lächeln begrüßte sie Wolfram. »Was führt dich denn hierher? Bist du nicht auf der Hochzeit?«

»Ich hab mich kurz verdrückt. Ich wollt dich fragen, ob du nicht doch Lust hast mitzukommen?«

In diesem Augenblick bemerkten die beiden Ludolf. Agnes erstarrte, als sie ihn sah. Aber nur für einen kurzen Augenblick. Schnell drehte sie sich wieder zum Hauptmann herum. Ihr Lächeln war verkrampft, aufgesetzt. »Natürlich, ich komme gerne mit«, antwortete sie zuckersüß.

Ludolf klang heiser. Seine Stimme zitterte: »Sei vorsichtig.«

Ganz langsam drehte sie ihren Kopf in seine Richtung. Höhnisch entgegnete sie: »Lass mich bitte mit deiner krankhaften Eifersucht in Ruhe. Was ich tue, geht dich überhaupt nichts an.«

Demonstrativ hakte sie sich bei Wolfram ein, der sich ihrer Spöttelei anschloss: »Werd am besten erst mal erwachsen, Kleiner.«

»Ich kann allein auf mich aufpassen«, setzte Agnes nach.

Dann schritten die beiden davon. Ludolf hörte sie tuscheln und kichern.

Wütend und enttäuscht ging er ins Haus und warf sich auf sein Bett. Sah sie denn nicht, was der Kerl von ihr wollte? Wie blind muss man sein, um das nicht zu bemerken? Am liebsten hätte er ihn verprügelt. Und Agnes gleich mit. Vielleicht würde sie dann endlich wieder zur Vernunft kommen. Gut zureden half ja nicht mehr!

Ludolf schlug voller Zorn mit der Faust gegen die Wand. Das Einzige, was er davon hatte, waren ein stechender Schmerz im Handgelenk und abbröckelnder Putz. Er schimpfte laut vor sich hin. Dann sprang er auf und schrie gegen die Wand, als wäre Agnes in ihrem Zimmer nebenan: »Was du kannst, kann ich auch. Ich wollte mich sowieso mit Susanna treffen. Die ist jedenfalls nicht so biestig wie du. Die ist viel netter, vernünftiger und sanftmütiger. Wir werden ja sehen, wer den schöneren Abend haben wird.«

Hochzeitsfeier

Lachend und nun wieder bester Laune ging Agnes neben Wolfram durch die Stadt. Sie freute sich immer noch über Ludolfs dummes Gesicht, als sie ihn einfach stehen ließen. Er hatte wie ein kleiner Junge ausgesehen, den man auf frischer Tat beim Kirschenklauen erwischt hatte. Sein verschämtes »Sei vorsichtig« war doch der blanke Hohn gewesen. Er sollte lieber darüber nachdenken, wie seine ständigen Vorwürfe sie berührten, ja geradezu verletzten. Sie war schließlich erwachsen und keine kleine Göre, auf die man ständig aufpassen musste.

Außer Sichtweite von Ludolf hatte Agnes Wolframs Arm losgelassen, was ihm nicht sonderlich gefallen hatte, aber sie beobachtete ihn genau. Sein Lachen war herzlich und offen. Und er konnte sie mit kleinen Episoden unterhalten, die er im Laufe der Jahre als Wachsoldat erlebt hatte. Er erzählte von dummen Dieben, Betrügern, die selbst hereingelegt wurden, und kuriosen Streitereien zwischen Nachbarn. Seine tiefe Stimme passte ausgezeichnet zu seiner stattlichen Erscheinung.

Ein paar Straßen weiter trafen die beiden auf einige Leute, die vor einem Haus standen und sich angeregt unterhielten. Es war die Hochzeitsgesellschaft, die sich zum großen Abendessen in Vetter Klaudius' Haus versammelte. Eine bunte Schar unterschiedlichster Menschen: Mann und Frau, jung und alt, die einen festlich gekleidet, die anderen eher einfach. Einige hatten Humpen in der Hand und gönnten sich ein frisches Bier oder einen gewürzten Wein.

Agnes hielt nun betont Abstand zu Wolfram. Sie wollte keinen unnötigen Anlass für Gerede geben. Es sollte klar sein, dass sie nur eine gute Bekannte war, die freundlicherweise mitkommen durfte. Als ein paar Gäste den Hauptmann erblickten, stürmten sie auf ihn zu und empfingen ihn mit großem Hallo. Agnes wurde zwar auch begrüßt, aber kaum beachtet.

Nach einiger Zeit winkte Wolfram Agnes zu sich. »Lass uns reingehen. Ich brauch jetzt 'n Bier.« Er wollte sie an die Hand nehmen, aber sie verwehrte es ihm.

»Geh voran! Ich komme schon hinterher«, forderte sie ihn auf.

Etwas beleidigt ging er ins Haus und sie folgte ihm. Sie begrüßte im Vorbeigehen die anderen Gäste, doch nur wenige erwiderten ihren Gruß mit einem Lächeln. Verwundert stellte sie fest, dass die meisten nichts sagten, sondern nur böse guckten. Einige drehten sich sogar demonstrativ von ihr fort. Andere schüttelten missbilligend den Kopf.

Im Innenhof des Hauses stand ein Bierfass, aus dem jemand einen Becher nach dem anderen mit dem süffigen Getränk füllte. Wolfram von Lübbecke drückte Agnes ein Trinkgefäß in die Hand und nahm dann selbst eines, das er in einem Zug leerte. Schon hatte er sich den zweiten Becher genommen. Nachdem er ihn ebenso schnell geleert hatte, hatte er schon den dritten in der Hand.

Aber Agnes war nicht nach Trinken zumute. Sie fühlte sich unwohl, weil so viele der Anwesenden sie misstrauisch anstarrten. Dabei war sie doch nur mitgekommen, um Ludolf eins auszuwischen.

»Was ist los? Mach nicht so'n Gesicht. Wir wollten doch hier unsern Spaß haben.« Wolfram blickte erstaunt auf sie hinunter.

»Ich weiß nicht so recht. Ich habe das Gefühl, ich bin nicht willkommen. Die Leute ... Sie schauen mich so ablehnend an.«

»Ach was!« Wolfram machte eine wegwerfende Handbewegung. »Das ist nur am Anfang der Fall. Nachher, wenn alle was gegessen und getrunken haben, werden die schon freundlicher. Außerdem kennen die dich noch nich. Fremde werden immer komisch angeguckt. Mach dir nix draus!«

Und schon war der Hauptmann von Lübbecke wieder in einem lauten Gespräch mit zwei anderen Männern, die er gut zu kennen schien. Agnes schaute sich vorsichtig um, aber niemand schien sie wirklich zu beachten. Und der Mut, einfach andere anzusprechen oder sich ihnen zuzugesellen, hatte sie verlassen. Unter anderen Umständen wäre das das kleinste Problem gewesen. Sie hatte noch nie Schwierigkeiten gehabt, mit Fremden ein Gespräch zu beginnen. Aber heute ... Sie bereute es, mitgegangen zu sein.

Langsam schlüpfte sie zwischen den Menschentrauben hindurch. Alle, die sie anschaute, blickten sofort zur Seite oder drehten sich weg. Agnes lehnte sich ein wenig abseits gegen eine Hauswand und beobachtete enttäuscht den Trubel.

Susanna

Mit klopfendem Herzen schritt Ludolf zum Haus des Baders Kolraven hinüber. Von der Brüderstraße aus war es nur ein Katzensprung: um St. Martini herum, und schon war man da. Plötzlich hörte er, wie jemand seinen Namen rief. Er schaute hoch. Aus einem Fenster des ersten Stocks winkte Susanna. Sie strahlte vor Freude.

»Ich bin gleich da!«, rief sie ihm zu. Und schon war sie wieder verschwunden.

Ludolf betrat das Haus. Da die Dämmerung schon begonnen hatte, konnte er im Halbdunkel anfangs kaum etwas erkennen. Plötzlich wurde eine Tür aufgerissen und Susanna eilte leichtfüßig herbei. Ihr Zopf hüpfte um ihre Schultern. Ohne ein Wort fiel sie ihm um den Hals. Sofort legte Ludolf seine Arme um ihren schlanken, zarten Körper und drückte sie vorsichtig an sich. So umschlungen vergaßen sie für ein paar endlose Augenblicke die Zeit. Schließlich fanden sich ihre Lippen zu einem langen, innigen Kuss.

Plötzlich öffnete sich eine Tür und der Bader kam mit einer Öllampe herein. Sofort ließen die jungen Leute voneinander ab und blickten verlegen auf den Boden.

»Na, was habt Ihr heute Abend noch vor?«, fragte Franz Kolraven.

Susanna antwortete unsicher. »Ich möchte Ludolf die Stadt zeigen. Noch ein wenig spazieren gehen. Es ist ein so schöner Abend.«

Der Bader lächelte verständnisvoll. »Das verstehe ich schon. Aber bis Mitternacht bist du wieder zurück, Susanna.«

»Ja, Vater.« Sie nickte eifrig.

»Und Ihr, junger Mann, benehmt Euch ordentlich. Ich will meine Tochter heil und wohlbehalten wiederbekommen.«

Ludolf verneigte sich leicht. »Natürlich.«

»Vergesst es aber nicht. Ich wünsch Euch einen schönen Abend.« Er drehte sich um und verließ den Raum wieder.

Ludolf wollte Susanna wieder umarmen, aber sie hielt ihn auf Abstand. »Bitte nicht hier. Mein Vater hat schon genug gesehen. Außerdem ist der Abend noch lang.« Sie nahm ihn an die Hand und zog ihn nach draußen. Ihrem hinreißenden Lächeln konnte er nicht widerstehen und ließ sich willig abführen.

Sie gingen von St. Martini die Treppe hinunter und schauten über die Dächer der unter ihnen liegenden Häuser auf den Marktplatz. Der letzte Händler schob seinen Karren weg, und eine Handvoll älterer Frauen wühlte in den kleinen Haufen achtlos weggeworfenen Gemüses, das zu alt war, um es noch verkaufen zu können. Wie überall gab es auch hier Menschen, die nicht genug Geld besaßen, um sich das Lebensnotwenige für den Tag zu leisten. Wenn man zu alt zum Arbeiten war und keine Kinder da waren, die sich um die Eltern kümmern konnten oder wollten, blieb der Abfall der anderen Leute die einzige Quelle, noch etwas zum Essen zu bekommen.

Ludolf machte Susanna darauf aufmerksam. Sie erklärte ihm, dass es das Heilig-Geist-Hospital nun schon seit weit über hundert Jahren gab[18]. Erst befand es sich am Marktplatz, bis es dann vor das Simeonstor verlegt wurde[19]. Dort wurden nicht nur Kranke, sondern auch arme und alte Menschen aufgenommen. Die Hospitalbewohner durften den Rest ihres Lebens dort bleiben, mussten sich jedoch auf eigene Kosten versorgen. Leider konnte nur eine bestimmte Anzahl von Bedürftigen dort aufgenommen werden. Zur Unterstützung wurden zwar von verschiedenen wohlhabenden Mindenern Stiftungen gegründet, die Almosen an die

Armen verteilten, aber wie man sah, reichte es nicht immer für alle aus.

Als Susanna und Ludolf fast am Rathaus angekommen waren, blieb die Baderstochter plötzlich wie angewurzelt stehen.

»Was ist?«, fragte Ludolf.

»Ich kenne die zwei.« Sie zeigte auf ein Paar, das ein Stück vor ihnen auf dem Marktplatz stand und miteinander stritt.

Ludolf erkannte die Frau sofort. Die Gestalt und die blonden Haare waren unverkennbar. »Hiltrud Rehkopf, die Schwester des Kontorsgehilfen beim Händler Bode.« Als sich der Mann ärgerlich zur Seite drehte, erinnerte sich Ludolf an seine erste Unterredung mit dem Rat: »Und der Ratsherr Schäfermann. Was machen die denn hier?«

Susanna kicherte leise. »Komm!« Sie zog Ludolf hinüber zum Bogengang des Rathauses. »Das will ich mir anhören.« Sie versteckten sich im Schatten der großen Sandsteinpfeiler und lauschten.

»Und warum nich?« Hiltruds Stimme war schrill und laut.

»Liebchen! Ich wiederhole mich ungern, aber es geht wirklich nicht. Ich muss mein Geschäft ausbauen.« Der Händler versuchte ruhig zu sprechen, jedoch war sein herrischer Unterton unverkennbar. »Außerdem ist es nötig, dass ich so schnell wie möglich Bürgermeister werde. Nur so bekomme ich das entsprechende Ansehen bei den Händlern in den großen Hansestädten.«

»Ich dachte immer, du liebst mich.« Schmollend drehte sich Hiltrud zur Seite.

Schäfermann blickte zum Himmel hoch, als würde er ein Stoßgebet sprechen wollen. Aber wahrscheinlich war es eher die Verfluchung eines zickigen Weibsbildes als die Bitte um göttliche Hilfe, denn er erhob dabei die Fäuste, nicht die gefalteten Hände. Schließlich ergriff er die Frau bei den Schultern und drehte sie zu sich herum. Schmeichelnd sagte er: »Das tue ich doch auch! Mehr als je zuvor. Du bist meine erste und größte Liebe. Eine andere werde ich niemals wieder so lieben können.«

Ludolf fühlte, wie sich Susannas Fingernägel in seinen Arm bohrten. Fast hätte er sie angefahren, aber dann sah er ihr versteinertes Gesicht.

Inzwischen antwortete Hiltrud: »Ja, aber diese andere ... diese ... dieses hässliche Etwas willste heiraten. Und was wird aus mir?«

»Ich muss sie leider heiraten. Du bleibst meine Allerliebste. Ich würde nie eine andere haben wollen. Die Heirat ist nur ein Geschäft. Mehr nicht. Mich soll der Schlag treffen, falls ich auch nur ein einziges Mal in Erwähnung ziehen sollte, diese Person anzufassen.« Dabei erhob er seine Linke zum Schwur und legte seine Rechte aufs Herz.

Doch die enttäuschte Geliebte war noch nicht zufrieden. »Aber ich möchte mich auch verloben! Ich möchte auch heiraten!«

Schäfermann überlegte einen Moment, dann antwortete er: »Ich habe eine großartige Idee. Folgendes: Verlobt haben wir uns doch eigentlich schon. So oft, wie wir in den letzten Tagen zusammen waren. Und wenn ich in zwei Wochen nach Köln reise, nehme ich dich mit. Dann feiern wir unsere ganz heimliche Hochzeit. Das wissen nur wir zwei. Und alle anderen können uns dann gernhaben.«

Hiltrud strahlte: »Oh, ja. Das is' ja wunderbar.« Sie umarmte den Händler und küsste ihn innig. Fast schien, als wollten die beiden die ganze Nacht dort stehen. Aber zum Glück lösten sie sich schließlich voneinander und gingen ihres Weges.

Neue Gäste

Endlich sah Agnes auch das Brautpaar. Der Mann mit dem großen Hut und dem samtroten Mantel musste Wolframs Vetter Klaudius sein. Und neben ihm stand die Braut im festlichen schwarzen Kleid mit geschmückter Hochzeitshaube. Sie strahlte vor Glück. Immer wieder reckte sie sich zu ihrem Mann hoch und gab ihm einen Kuss auf die Wange.

Plötzlich klopfte Agnes' Herz so stark, dass sie zusammenschreckte. Ihr Mund war trocken, und sie konnte kaum noch schlucken. Sie atmete tief durch, als ihr klar wurde, warum sie so nervös geworden war. Sie war neidisch! Neidisch auf das Brautpaar. Voller Wehmut wurde ihr bewusst, dass sie das niemals haben würde: einen Mann, den sie liebte, Kinder. In ihrem Alter waren die Frauen schon längst verheiratet und hatten ein, zwei oder oft sogar mehrere Kinder. Hätte sie nicht den geistlichen Stand gewählt, wäre sie auch schon im heiligen Stand der Ehe. Oder hätte sie vor einem Jahr zugesagt, wäre sie jetzt mit Ludolf ... Den Gedanken verwarf sie lieber ganz schnell wieder. *Hätte, hätte.*

Sie bemerkte nun eine Unruhe im Durchgang zwischen der Straße und dem Innenhof. Sie stellte sich auf die Zehenspitzen, um etwas erkennen zu können. Ein Pärchen wurde herzlich begrüßt. Sie konnte die beiden in der dichtgedrängten Gruppe der Gäste erst nicht erkennen, immer wieder war ein anderer Kopf im Wege. Doch dann sah sie, wer es war: der junge Händler Röttger Schäfermann mit der flatterhaften Hiltrud Rehkopf.

»Ach, das war also deine Verabredung«, murmelte Agnes vor sich hin. »Bei Bode konntest du nicht landen und jetzt hast du dich an einen anderen Händler herangemacht. Ganz schön fleißig. Und mit dem willst du dich heute noch verloben? Respekt. Und welche Rolle spielt dein Bruder bei der Sache? Was springt für den dabei heraus?«

In diesem Augenblick kam Wolfram mit einem Bierhumpen auf Agnes zu. Er sang laut und falsch. Es war unüberhörbar, dass er sich schon so manches Bierchen gegönnt hatte. »Agnes, komm jetzt! Gleich gibt's Essen.«

»Warte bitte. Kennst du die beiden?« Sie zeigte auf die Neuankömmlinge.

»Na, klar. Wer denn nich? Wieso?« Mit einem leicht trüben Blick schaute er auf Agnes herab.

»Inzwischen habe ich erfahren, dass sie etwas mit dem verstorbenen Händler Bode hatte.«

Wolfram lachte anzüglich. »Die Hiltrud hat schon mit so einigen was gehabt. Im Moment is'se Schäfermanns Liebchen. Sie is' ja auch verdammt hübsch. Dazu noch blutjung und lüstern.« Er grinste und nahm wieder einen Zug aus seinem Humpen.

»Wird Schäfermann sie bald heiraten?«

Der Hauptmann verschluckte sich fast an seinem Bier. »Häh? Wo lebst du denn? Die is' aus 'ner einfachen Familie. Ganz weit unten. Sie und ihr Bruder sind doch bloß arme Schlucker. Das is' nix zum Heiraten für 'nen Händler. Wie gemunkelt wird, soll Schäfermann aber die Tochter eines Händlers bekommen. Keiner weiß, wer das is'. Aber so viele Händlerstöchter gibt's hier in Minden nich. Wahrscheinlich eine von außerhalb. Bin mal gespannt, wer das sein soll.«

Agnes war erstaunt. »Und dann kommt er mit der Hiltrud hierher?«

Wolfram riss Augen und Mund übertrieben weit auf, als wäre das die dümmste Frage, die er je gehört hatte. »Das weiß seine Zukünftige doch nich. Er is' schließlich zum Feiern hier. Zum Spaß haben. Du bist deswegen doch auch mit mir hier.«

»Aber du bist weder verheiratet noch mit einer anderen verlobt.«

In diesem Augenblick wurde zum Essen gerufen, und alle Gäste strebten zum Haupthaus.

Spaziergang

Susanna, was ist los?« Ludolf hatte die Hände der schwankenden, jungen Frau ergriffen.

Statt einer Antwort umarmte sie Ludolf und legte ihren Kopf auf seine Schulter.

Zärtlich strich er ihr über das Haar. »Du warst eben so erschrocken. Haben dich die beiden an etwas erinnert?«

»Ja«, erklang es leise.

Ludolf wartete einen Moment, dann fragte er: »Ist es wegen Hiltrud Rehkopf?«

»Nein. Wegen Schäfermann.«

»Du kennst ihn?«

Sie seufzte laut. »Leider.«

Ludolf drückte Susanna sanft an sich. Er wollte sie nicht zwingen, etwas zu erzählen, was ihr unangenehm war. Solch einen schönen Abend machte man nicht dadurch kaputt, dass alte Wunden unnötigerweise aufgerissen wurden. Er wollte lieber warten. Irgendwann wäre sie schon so weit, dass sie es ihm sagen würde.

Langsam ließ Susannas Anspannung nach. Sie atmete tief durch und hob dann ihren Kopf. »Versprichst du mir, dass du nichts meinem Vater sagst?«

»Alles, was du willst.«

Sie nickte. »Lass uns bitte weitergehen.«

Sie ergriff seine Hand, und sie gingen still an den nun verlassenen Scharren der Fleischer vorbei, dann nach rechts durch die Straße der Bäcker, am Haus Bode und der Schänke *Widukind* vorbei. Die Auslagen der Händler waren leer und die Stände verlassen. In einigen Werkstätten brannte zwar noch Licht, aber das waren eher die Ausnahmen. Dagegen schimmerte es hell durch die mit Sacktuch oder Pergament verschlossenen Fenster der Stockwerke darüber. Minden legte sich langsam schlafen.

Schließlich begann Susanna: »Vor ungefähr zwei Jahren lernte ich Röttger Schäfermann kennen, als ich seinem Vater, der damals noch lebte, Tinten lieferte. Er hat mich heftig umworben. Es hat mir selbstverständlich gefallen. Welcher ledigen, jungen Frau würde so etwas nicht gefallen? Er ist sehr höflich, hat allerbeste Umgangsformen, ist gewandt und gut aussehend.«

Sie gingen wieder einige Schritte schweigend nebeneinander her. Ludolf überließ Susanna den richtigen Augenblick zum Fortfahren.

»Ich merkte jedoch schnell, dass er nur auf Ablenkung aus war.« Sie lachte leise auf. »Ha! Zum Glück merkte ich es noch früh genug. Fast wäre ich schwach geworden. Ganz offen erklärte er mir, dass nur eine Vermählung mit einer Händlerstochter für ihn in Frage komme. Aber als Konkubine wollte er mich unbedingt haben. Er versprach mir ein eigenes Haus und ein sorgenfreies Leben. Aber was würde geschehen, wenn er eine andere fände? In fünf oder zehn Jahren wäre ich ihm vielleicht zu alt und er suchte sich eine Neue. Und ich kann sehen, wie ich mit seinen Kindern über die Runden komme.«

Ludolf nickte verständnisvoll. »Deswegen warst du vorhin so erschrocken?«

Sie schwieg. Susanna war den Tränen nahe. »Erinnerst du dich, was Röttger Hiltrud sagte? ‚Du bist meine erste und größte Liebe. Eine andere Frau werde ich nie wieder so lieben können.' Genau mit diesen Worten hat er versucht, auch mich zu überreden. Mehrmals. Ich habe ihm damals auch geglaubt. Aber nun weiß ich, dass auch das eine Lüge gewesen ist.«

Inzwischen waren die beiden jungen Leute am Wesertor angekommen. Es war zum Glück noch nicht geschlossen. Sie gingen hindurch und blieben auf der ersten kleinen Brücke, die das Gewässer vor der Stadtmauer überspannte, stehen. Ein Stück weiter war noch ein zweites, kleineres Tor mit der Brückenkapelle. Dahinter spannte sich dann die große Brücke über die Weser. Steinerne Pfeiler waren in den Fluss gebaut worden, über die große Balken und mächtige Bohlen gelegt worden waren.

Susanna und Ludolf schauten die Weser hinab. In der hereinbrechenden Dunkelheit erschien sie wie ein schwarzes Band, das an der Mauer und den Häusern der Fischerstadt entlangfloss und sich dann in der Dämmerung verlor. Von rechts unten klang das Knarren der Schiffsmühlen empor, die im Strom bei der Hauptbrücke lagen. Man konnte sie gerade noch erkennen.

Die beiden lehnten sich auf das Brückengeländer. Wenn man dem Fluss folgte, kam man zuerst nach Petershagen. Dort besaßen die Mindener Bischöfe eine eigene kleine Burg, in die sie sich zurückziehen konnten, wenn es mit dem Stadtrat Probleme gab. Noch eine knappe Tagesreise weiter erreichte man Nienburg. Dorthin sollte Susanna morgen reisen. Für wie lange? Einen Monat? Zwei? Oder sogar drei? Beide hingen den gleichen, betrüblichen Gedanken nach.

»Was ist Schäfermann sonst für ein Mensch?«, wollte Ludolf schließlich wissen. Er musste schnell auf andere Gedanken kommen.

Susanna atmete tief durch. »Er ist klug, erfolgreich. Er hat ein gutes Gespür für Geschäfte. Aber andere Menschen interessieren ihn nur dann, wenn er sie für sich einspannen oder sie ausnutzen kann. Er hat mich nie wirklich geachtet. Meine

Bedürfnisse, meine Gefühle. Ich möchte nicht nur wegen meines Aussehens geliebt werden.«

So ähnlich hatte Ludolf den Händler nach seinem arroganten Auftritt im Rathaus auch eingeschätzt. »Ist er reich?«

»Oh, ja. Jetzt jedenfalls. Früher waren die Schäfermanns nur kleine Händler. Aber nach der schrecklichen Judenverfolgung, die nach dem Schwarzen Tod ausbrach[20], haben sie das Handelsgeschäft eines Moses Rosenbaum übernommen. Durch kluges und auch rücksichtsloses Vorgehen haben sie ihr Vermögen beträchtlich vergrößert. Röttger ist nun einer der reichsten Händler. Vielleicht sogar der reichste. Aber das war für mich immer nebensächlich. Ich heirate genauso einen einfachen Mann, falls er mich von ganzem Herzen liebt.«

Dabei drehte sie sich Ludolf zu und schaute ihm tief in die Augen. Ihr berückender Augenaufschlag und diese grünen Augen faszinierten ihn immer wieder. Seine Knie begannen zu zittern, sein Magen verkrampfte sich. Er musste einen selten dämlichen Anblick geboten haben, denn Susanna fing an zu kichern.

»Wir sollten uns auf den Rückweg machen, sonst ist es nachher zu dunkel.«

Leichtfüßig ging sie zurück zum Stadttor. Ludolf brauchte noch einen Augenblick, bis er wieder richtig denken und sich in Bewegung setzen konnte. Dann eilte er ihr hinterher.

Sie schlenderten durch die Stadt. Beim Wesertor gingen sie jetzt nach links. Im Bogen ging es südlich um die Domfreiheit herum. Man konnte zwar die Mauer nicht erkennen, die den Herrschaftsbereich des Bischofs von dem der Stadt trennte, aber irgendwo hinter den Häusern versteckte sie sich. Nur wenn man in einige der engen Gänge zwischen den Gebäuden schaute, sah man sie. Aber diese Einfassung hatte eher symbolische Bedeutung, als dass sie einen Schutz gegen den Rest der Stadt darstellte. Zu dieser Stunde waren nur noch wenige Menschen unterwegs, die nach Hause oder in die nächste Schänke wollten. Vom Dom her erklangen neun Schläge der Turmuhr.

Ludolf und Susanna kamen wieder zum Marktplatz, diesmal aber zu dem dem Rathaus gegenüberliegenden Ende. Sie hielten sich links, schlenderten durch einige Gassen, die Ludolf noch nicht kannte, und kamen schließlich in die Kuhtorstraße.

Susanna fragte Ludolf nach seinem Auftrag. Er erzählte ein wenig von den Nachforschungen, den Widersprüchen, erwähnte aber mit Bedacht Agnes nicht. Das sollte kein Thema für diesen Abend sein.

Ein Betrunkener

Agnes stand am Fenster im ersten Stock des Hauses von Wolframs Vetter Klaudius. Sie war außer Atem, und ihr war ganz heiß, sie musste dringend einen Moment ausruhen. Im Innenhof wurde getanzt. Hier oben gab es noch etwas zu essen, denn mittlerweile hatte sie schon wieder Hunger bekommen.

So viel gesungen und getanzt wie heute Abend hatte sie schon lange nicht mehr. Einige der Männer waren inzwischen richtig nett zu ihr geworden. Sie forderten sie immer wieder zum Tanzen auf und überschütteten sie mit Komplimenten. Zuerst war sie rot angelaufen und ganz verlegen gewesen, aber nun gefiel es ihr immer besser. Es war berauschend, sich begehrt zu fühlen. Auch Wolfram war sehr aufmerksam und ausgesprochen nett zu ihr. Er hatte nichts mehr von dem groben Soldaten an sich. Nur die Frauen schauten weiterhin böse zu ihr hinüber und tuschelten ständig hinter vorgehaltener Hand. Aber das war ihr mittlerweile völlig egal.

Agnes lehnte sich aus dem Fenster. Vor dem Haus auf der Straße waren einige Fackeln aufgestellt. Dort saßen noch andere Gäste – Freunde, Verwandte und Nachbarn – und vergnügten sich. Es wurde munter gesungen und getrunken.

Ein Paar kam vorbei. Er hatte seinen Arm um ihre Schulter gelegt. Eine hübsche Frau, sehr schlank. Sie schaute sich das Paar da unten genauer an. Fast meinte sie, Ludolf zu erkennen. Aber woher sollte er dieses Blondchen kennen? Das flackernde Feuer der Fackeln musste sie getäuscht haben. Und sie war sich auch nicht sicher, ob sie noch klar gucken konnte. Sie hatte eigentlich schon viel zu viel Wein getrunken.

Plötzlich sprang einer der Gäste auf und ging auf das Paar zu. Er sprach die beiden an, die sich nun zum Licht drehten. Sie konnte es kaum glauben. Es war Ludolf! Und wer war diese Person da bei ihm? Ja, ja! Ihr, Agnes, Vorwürfe machen, weil sie mit Wolfram zur Hochzeitsfeier gehen wollte. Aber Ludolf hatte sich schneller getröstet, als man bis drei zählen konnte. Das da musste ganz klar eine Dirne sein. So schnell kam man doch nur an eine Frau, wenn man dafür bezahlte. Sollte er sich doch alle möglichen Krankheiten bei der holen!

»Du Scheusal!«, zischte sie.

Die an Ludolf gerichteten Worte des Gastes waren wegen des Trubels kaum zu hören. Agnes versuchte, so viel wie möglich mitzubekommen.

»Ihr suchtet doch jemanden in der Schänke *Widukind*?«

Ludolf bejahte.

»Ich habe da was gehört, das Euch bestimmt ...«

Mehr bekam sie nicht mehr mit, denn unverhofft hatten sich kräftige Arme um Agnes' Taille gelegt. Wolfram vergrub seinen Kopf in ihren Haaren und versuchte, sie auf den Hals zu küssen. Was fiel ihm ein? Sie wandte sich hin und her, um seiner Umklammerung zu entkommen. Außerdem stank er gewaltig nach Bier.

»Bitte, Wolfram. Lass das!« Sie war ärgerlich und versuchte, ihn abzuschütteln. »Ich will wissen, was da draußen geredet wird.«

Er drehte sie zu sich herum. »Was geht uns das an. Da wird auch nur gefeiert.« Und wieder wollte er sie küssen. Mit eisernem Griff hielt er sie fest, sodass sie sich kaum bewegen konnte. Sie stemmte ihre Hände mit aller Kraft gegen seine Brust. Aber bei seiner Stärke hatte das kaum Aussicht auf Erfolg.

»Sei nich so störrisch. Beim Tanzen haste dich auch nich gewehrt.«

Sie wurde immer zorniger. »Das war auch etwas anderes! Das hier gehört sich nicht!«

»Hab dich nich so, Kleines. Du weißt gar nich, was dir entgeht.«

Agnes war außer sich. Solche Sprüche hasste sie wie die Pest. In ihrer Verzweiflung schlug sie ihm die Faust auf die Nase. Wolfram ließ sie sofort los, torkelte erschrocken zurück und griff sich ins Gesicht. Als er die Hand wieder herunternahm, sah man, dass ihm Blut aus der Nase rann. Mit einer heftigen Bewegung wischte er sich die Tropfen aus dem Bart. Wolframs Gesicht war weniger vor Schmerz als vor Wut und gekränkter Ehre verzerrt.

»Ich hab Männer schon für weniger plattgemacht.« Er knurrte wie ein räudiger Hund.

»Du bist ein Grobian!«, schrie sie ihm entgegen.

Langsam kam er auf sie zu. Seine großen Hände streckten sich ihr entgegen.

»Wag es nicht!« Agnes' Stimme zitterte – im Augenblick mehr aus Angst als aus Zorn. Sie schaute sich verzweifelt um, aber niemand war in der Nähe, der ihr beistehen konnte. Und wenn auch – die besoffenen Kerle hätten Wolfram wohl noch ermuntert und die argwöhnisch blickenden Frauen nur billigend geschwiegen.

Der Hauptmann von Lübbecke brummte unverständliches Zeug vor sich hin. Doch dann sprang er unverhofft vor und ergriff Agnes an den Oberarmen. Der Angriff kam so unvermutet, dass sie nicht mehr zur Seite springen oder ihn abwehren konnte. Seine kräftigen Hände krallten sich mit aller Gewalt in ihre Arme und hielten sie fest wie Schraubstöcke. Agnes schrie vor Schmerz auf. Langsam zog Wolfram sie zu sich heran.

»Und was nun? Du undankbares Stück!« Er schüttelte sie heftig.

Was konnte sie noch tun? Welche Möglichkeiten der Gegenwehr blieben ihr noch? Diesem großen, kräftigen Kerl war sie körperlich klar unterlegen. Warum mussten die Männer in ihrer Bedrängnis immer mit Gewalt reagieren? Warum konnten sie dann nur mit Schlägen argumentieren? Das hatte sie schon als Kind beim Spiel mit den Nachbarsjungen schmerzvoll kennen lernen müssen. Damals hatte nur eines geholfen ...

»Nimm dies!«, zischte Agnes und riss ihr Knie mit aller Kraft hoch, genau in Wolframs Schritt.

Der überrumpelte Hauptmann riss die Augen weit auf und holte tief Atem. Seine Hände lösten die Umklammerung und griffen stattdessen nach seiner getroffenen Männlichkeit. Vornübergebeugt sank er vor Agnes auf die Knie. Ein heiseres Stöhnen entwich seiner Kehle. Die junge Frau sprang schnell zur Seite, um nicht von dem Hünen umgerissen zu werden.

»Na, verstehst du die Antwort?«, flüsterte sie ihm grinsend ins Ohr.

Er drehte sein schmerzverzehrtes Gesicht ihr zu, brachte aber kein Wort heraus.

»Das hast du nun davon. So geht man nun mal nicht mit Frauen um.«

Agnes schaute schnell aus dem Fenster. Ludolf verabschiedete sich gerade von dem anderen Mann. Sie musste wissen, was die beiden da besprochen hatten. Sie eilte zur Treppe und dann hinunter, kämpfte sich durch die Gäste, lief auf die Straße. Sie blickte sich hastig um, aber weder Ludolf und die blonde Frau noch der Hochzeitsgast waren zu sehen. In ihrer Eile hatte sie auch nicht darauf geachtet, in welche Richtung die drei weggegangen waren. Sie ärgerte sich maßlos über ihre Dummheit.

In ihrer Verzweiflung fragte Agnes einige der Gäste, ob sie den Mann mit der blonden Frau gesehen hatten. Die meistens zuckten mit den Schultern, sie hatten nichts gesehen. Andere wollten ihr erst gar nicht zuhören. Was hatte sie an sich, dass diese Leute sie so abweisend behandelten?

Plötzlich hörte Agnes ihren Namen. Sie schaute nach oben. Wolfram stand am Fenster, fluchte und drohte ihr. »Du hinterhältiges Aas! Komm sofort wieder hoch! Entschuldige dich oder ich schlag dich tot!«

Beim Anblick des rasenden Soldaten wurden ihr ihre schmerzenden Oberarme bewusst. Wolframs brutale Hände hatten ganze Arbeit vollbracht. Das würde dicke blaue Flecken geben. Von diesem überaus ereignisreichen Abend sollte sie für mindestens eine Woche ein Andenken zurückbehalten.

»Dafür schuldest du mir mehr als 'ne Nacht! Du hast mich schon lang genug hingehalten!«, schrie er wieder.

Die anderen Gäste hatten mittlerweile ihre Gespräche unterbrochen und beobachteten neugierig die Szene. Noch mehr Gesichter blickten sie jetzt mürrisch an. Freunde hatte sie hier sowieso nicht gehabt, im Gegensatz zu Wolfram. Ein paar Gäste erhoben sich von ihren Sitzen, als warteten sie auf ein Zeichen zum Losschlagen. Es war Zeit, das Weite zu suchen. So schnell sie konnte lief sie davon. Zum Glück folgte ihr keiner der Gäste.

Marianne

Donnerstag, 26.5.1385

Unter Qualen schnitt Agnes das Brot. Ihre Oberarme schmerzten heute Morgen bei jeder Bewegung. Sie war kaum in der Lage, ihre Arme zu heben. Schon alleine das Anziehen des Kleides war eine Qual gewesen. Sie kam sich vor wie ein kleines Kind, das sich ohne die Eltern noch nicht einmal alleine anziehen konnte. Die Quetschungen von Wolframs Fingern waren deutlich zu sehen. In den nächsten Tagen würden sich die Flecken erst kräftig blau färben, dann grün und gelblich. Dieser Rüpel!

Warum war er gestern plötzlich so ausfällig geworden? Erst war er wirklich nett zu ihr gewesen, richtig höflich. Hatte mit ihr getanzt und gescherzt. Und dann? Er sollte nicht so viel trinken. Das tat ihm nicht gut. Dann vergaß er sich, dann kam wieder seine alte Persönlichkeit zum Vorschein, die raue, gewalttätige, animalische.

Darüber hatte Agnes die ganze Nacht nachgedacht. Vor Schmerzen in den Armen und im Herzen schlaflos hatte sie sich hin und her gewälzt. Sie hatte gegrübelt und nach Antworten gesucht. Wolfram hatte sich die beiden Tage redlich bemüht. Die Enttäuschung mit seiner Frau hatte ihn verbittert gemacht. Agnes konnte sich nicht hineinversetzen, wie es war, von heute auf morgen verlassen zu werden, das musste man wahrscheinlich selbst erlebt haben. Wolfram musste erst wieder lernen, wie man anständig und vernünftig mit Frauen umging. Durch den vielen Wein und die Menge Bier waren alle Wut und aller Hass aus ihm herausgebrochen. Er brauchte Hilfe. Aber nach der gestrigen Vorstellung war sie sich nicht sicher, ob sie das überhaupt machen wollte.

Plötzlich hörte Agnes ein Geräusch. Die Eingangstür wurde geöffnet. Wer hatte denn noch einen Schlüssel zu diesem Haus? Sie ging leise bis zur Treppe und schaute vorsichtig hinunter.

Eine Stimme meldete sich aus dem unteren Stockwerk: »Nicht erschrecken. Ich bin's nur. Marianne Zempelburg. Ich bringe Euch etwas zum Essen.«

Eine Frau mittleren Alters kam die Treppe herauf. Als sie bei Agnes angelangt war, fragte sie: »Ihr seid doch Agnes?«

Die Jüngere nickte.

»Herzlich willkommen nachträglich. Auch von mir noch einmal. Mein Mann hatte mir schon von Eurer Ankunft erzählt. Aber da hatten wir uns leider nicht mehr gesehen.« Die Frau des Marktleiters lächelte liebenswürdig.

Dann packten die beiden den Korb aus. Neben frisch duftendem, noch warmem Brot gab es Eier, Äpfel, Schinken und andere leckere Sachen. Die Frauen unterhielten sich ein wenig, und Marianne erzählte von den Vorbereitungen zur Hochzeit ihres Sohnes. Sie freute sich sehr auf ihre zukünftige Schwiegertochter, eine hilfsbereite, tüchtige junge Frau, mit der sie gut auskam.

Doch dann fragte Marianne: »Wo ist Euer Mann?«

Agnes kam ins Stottern. »Mann? Ähm ... Ihr meint Ludolf?«

Erstaunt fragte die Ältere: »Seid Ihr denn nicht verheiratet?«

Die Möllenbeckerin drehte verlegen an den Knöpfen ihres Kleides und wich den Blicken aus. »Wir kennen uns schon sehr lange. Seit wir Kinder sind. Ludolf hätte mich bestimmt schon längst geheiratet. Aber ...«, sie atmete tief durch, »ich bin Nonne. Es geht nicht. Ich kann ihn nicht heiraten.«

Marianne schüttelte überrascht den Kopf. »Das wusste ich nicht. Ich glaube, das wusste noch nicht einmal mein Joachim.« Nach einem Augenblick des Schweigens fuhr sie fort. »Aber angenommen, Ihr wärt keine Nonne, würdet Ihr dann Ludolf heiraten?«

Agnes lächelte und antwortete schelmisch: »Dann hätte ich einen gut aussehenden Mann geheiratet. Reich und vermögend.«

»Also nicht Ludolf?«

Sie überlegte einen Moment, um die richtigen Worte zu finden. »Vielleicht doch. Wir sind teilweise so unterschiedlich, in anderen Dingen aber auch wieder zu ähnlich. Er ist alles andere als dumm, aber sehr eifersüchtig. Und ganz besonders dann ungenießbar.«

»Gebt Ihr denn dem Hauptmann von Lübbecke den Vorzug?«

Agnes schreckte hoch. »Wie ... wie kommt Ihr darauf?«

»Ich habe Euch zwei gestern gesehen. Zuerst gegen Mittag vor dem Rathaus. Wir wohnen doch oben unterm Dach. So konnte ich Euch gut beobachten. Und abends seid Ihr mit ihm über den Marktplatz geschlendert. Ihr habt gekichert und geplappert wie ein junges, verliebtes Mädchen.«

Da musste die Frau etwas völlig falsch verstanden haben! »So ist das bestimmt nicht«, versicherte sie.

Mariannes Gesichtsausdruck wurde nachdenklich. »Darf ich Euch etwas sagen? So von Frau zu Frau?«

Agnes nickte nur stumm.

Katerstimmung

Ludolf wurde langsam wach. Die Morgensonne schien genau an St. Martini vorbei auf das Haus und tauchte sein Zimmer in ein warmes Licht. Hoffentlich war das ein gutes Omen für den Tag. Nach dem Regen und dem nasskalten Wetter der letzten Woche durfte es ruhig wieder besser werden.

Zufrieden lag er auf dem Bett und betrachtete die Balkendecke. Der gestrige Abend war außerordentlich ereignisreich gewesen, obwohl das in Anbetracht des ganzen Ärgers mit Agnes kaum vorstellbar gewesen war. Was der Hochzeitsgast da erzählt hatte, war schon sehr bemerkenswert. Ludolf war der Zusammenhang mit dem Tod des Händlers Bode und dem ganzen Hin und Her wegen der Bewertung des Geschäfts noch nicht ganz klar. Aber es konnte ein weiterer Baustein sein, um das Rätsel zu lösen.

Gestern Abend hatte er ganz anderes im Kopf gehabt. Da hatte er noch nicht darüber nachdenken wollen. Susanna war so bezaubernd, so anmutig gewesen. Schade, dass sie heute nach Nienburg abreiste. Und Agnes? Als Ludolf nach Hause gekommen war, hatte er Agnes in ihrer Kammer weinen gehört. Erst hatte er zu ihr hineinstürzen wollen, aber im letzten Moment hatte er innegehalten. Was ging ihn das noch an? Was passiert war, was sie gemacht hatte, oder was dieser lüsterne Soldat ihr angetan hatte, war nicht mehr seine Angelegenheit. Sie hatte alles zerstört, was einmal zwischen ihnen bestanden hatte.

Ludolf stand auf, um sich frisch zu machen. Als er die Tür öffnete, hörte er Stimmen. Vorsichtig lugte er durch den Türspalt. Agnes und die Frau des Marktleiters umarmten sich gerade und verabschiedeten sich herzlich. Die beiden hatten ihn nicht bemerkt. Marianne Zempelburg verschwand winkend.

Agnes ging wieder zum Raum mit der Feuerstelle, als sie Ludolf in der Tür stehen sah. Unentschlossen blieb sie stehen. Ihre Augen waren vom Weinen gerötet.

»Guten Morgen«, wünschte sie mit belegter Stimme.

Er murmelte eine knappe Erwiderung.

Sie suchte nach den richtigen Worten. »Wir haben frisches Brot bekommen. Ich mache dir gerne Rührei mit Speck. Falls du möchtest?« Verlegen schaute sie zur Seite.

Er wusste im ersten Moment nicht, wie er auf das Angebot reagieren sollte. Hatte sie etwas gutzumachen? »Ich gehe erstmal zum Brunnen«, brummte er und ging an ihr vorbei nach unten.

Als Ludolf zurückkam, roch es schon nach Gebratenem. Zu Hause gehörte das zu seinen Lieblingsspeisen am Morgen. Ihm lief das Wasser im Mund zusammen. Er betrat den Küchenraum, wo Agnes an der Feuerstelle hantierte.

»Ich bin sofort fertig«, erklärte sie rasch.

Als sich Ludolf an den kleinen Tisch setzte, kam sie schon mit einem Holzteller, der mit Rührei und Schinkenstreifen gefüllt war. Für sich hatte sie eine erheblich kleinere Portion aufgefüllt. Dann holte sie noch rasch Brot und Butter herbei und setzte sich dazu. Schweigend verzehrten sie das Frühstück.

Ludolf schielte ab und an zu Agnes hinüber. Sie stocherte mehr in ihrem Rührei, als dass sie es aß. Heuchlerin! Dieses Bemühen kam doch nur wegen ihres schlechten Gewissens, weil sie sich mit diesem Lümmel herumgetrieben hatte! Jetzt nett zu sein, half ihr auch nichts mehr. Jetzt war es zu spät.

Unvermittelt fragt Agnes: »Wie war dein Abend?«

»Nett«, antwortete er knapp. Jetzt kommt die Beichte, schoss es ihm durch den Kopf.

»Ich habe dich gestern Abend noch gesehen. Ich stand oben am Fenster des Hauses, wo die Hochzeitsfeier war.«

Ludolf schaute überrascht hoch, sagte aber nichts.

»Eine hübsche Frau übrigens.« Sie zögerte einen Moment und schob das Ei lustlos von einer Seite zur anderen. »Ich weiß, dass du mir keine Rechenschaft schuldig bist. Ich ... ich war ja selbst mit jemandem los.«

Agnes legte ihren Löffel zur Seite und stand auf. Nervös fuhr sie sich durch die Haare. Wie ein kleines Mädchen, das die Mutter beim Naschen erwischt hatte, stand sie mitten im Raum und fummelte an den Knöpfen ihres Kleides herum. »Wolfram hatte es nur auf meine Unschuld abgesehen. Er trinkt zu viel und wird dann aufdringlich. Ich bin schnell wieder fort. Zum Glück früh genug. Inzwischen weiß ich von Marianne ... das ist die Frau des Marktleiters, die vorhin da war ...«

»Ich kenne sie«, unterbrach Ludolf sie.

»Ja, genau.« Eine Pause, in der Agnes tief Luft holte. »Wolfram ist verheiratet und hat einige uneheliche Kinder. Er betrügt seine Frau wo er nur kann, sodass die Arme vor Gram fast umkommt. Ich bin leider zu vertrauensselig, zu blauäugig gewesen. Er hat mich von vorn bis hinten belogen und mir etwas vorgespielt. Glücklicherweise hat er noch früh genug sein wahres Gesicht gezeigt. Noch früh genug sonst ...«, sie räusperte sich, »sonst hätte er sich mit Gewalt das genommen, was ihm nicht zusteht.«

Inzwischen war Agnes auch klar geworden, warum die Hochzeitsgäste gestern Abend so ablehnend ihr gegenüber gewesen waren. Das waren zumeist Freunde und Verwandte von Klaudius gewesen und damit auch von Wolfram. Die

Anwesenden wussten, dass der Hauptmann verheiratet war, aber auf der Feier mit einer anderen Frau, einer jüngeren, auftauchte. Das war ein Schlag ins Gesicht der Verwandtschaft. Aber wie üblich wurde nicht dem Mann die Schuld gegeben, sondern der Frau. Die hatte den armen Kerl ja verführt.

Ludolf atmete erleichtert auf. Zum Glück war nichts passiert. Warum musste sie immer so leichtsinnig sein? Jetzt war er wohl an der Reihe mit einem Geständnis. »Die Frau heißt Susanna und ist die Tochter des Baders. Ich kenne sie noch von unserem letzten Auftrag hier.«

Agnes war froh, dass er das Thema gewechselt hatte. »Davon hast du mir bisher nichts erzählt.«

»Es war auch nicht wichtig. Aber jetzt habe ich sie wieder getroffen. Sie hat mir die Stadt gezeigt.«

»Ihr machtet einen sehr vertrauten Eindruck.«

»Sie ist sehr nett.«

Schnippisch entgegnete Agnes: »Wenn man jemanden nett findet, dann geht man Arm in Arm?«

Ärgerlich blickte Ludolf hoch. Kaum bekam sie etwas Oberwasser, verdrängte sie ihre eigenen Fehler gleich wieder. »Du hast dich doch auch an den Arm von diesem Kerl gehängt. Oder nicht?«

Agnes wandte sich verschämt hin und her. »Du hast vollkommen recht. Verzeih bitte. Manchmal denke ich mit dem Herzen und verwechsle Zuneigung mit Mitleid. Ich wollte helfen. Was Wolfram erzählte, klang so redlich. Er tat mir leid. Ich hätte nie gedacht, dass das alles eine Lüge war. Alles nur gespielt.«

Sie ging ein paar Schritte hin und her. »Manchmal kenne ich mich selbst nicht mehr. Ich bin wirklich am besten im Kloster aufgehoben, abgeschottet vom Rest der Welt. Ich bin einfach nicht zum Heiraten geeignet.«

Ludolf schreckte zusammen, als er dies hörte. Was war jetzt nur wieder passiert? Warum wurde ihm so komisch? Er hatte doch schon längst mit Agnes gebrochen. Sie war ihm mittlerweile doch egal! Aber jetzt stand sie voller Reue vor ihm und gestand ihm ihre Fehler. Plötzlich spürte er wieder dieses Kribbeln, das ihn so verrückt machte, wenn er sie in seinen Armen hielt. Diese kaum zu unterdrückende Sehnsucht nach ihr. Er musste verrückt sein. Das war doch nicht mehr normal!

»Ich werde dich nie anlügen«, beteuerte Ludolf. »Ich liebe dich wirklich.«

»Immer noch?«

Er nickte bloß.

»Aber ich bin nur eine Belastung für dich. Ich koste dich doch nur Nerven. Das haben wir doch gerade erst wieder erlebt. Du wirst ganz bestimmt unglücklich mit mir. Du solltest dir lieber eine Frau suchen, die keinen eigenen Kopf hat.« Tränen liefen ihr über die Wangen.

Energisch antwortete er: »Aber solch eine Frau will ich doch!«

Ihre Frage ging fast im Schluchzen unter. »Du magst wohl Schmerzen?«

»Bitte heirate mich.«

Agnes begann laut zu weinen. Sie eilte zu Ludolf, setzte sich auf seinen Schoß und schlang ihre Arme um seinen Hals. Sie brauchte jetzt dringend Halt. Sie drückte ihr Gesicht an seinen Hals und ließ ihre ganze Anspannung und Verzweiflung heraus. Ludolf spürte, wie ihre Tränen ihm den Hals herunterrannen. Mit der einen Hand strich er ihr zärtlich über den Rücken, mit der anderen hielt er ihren vom Schluchzen geschüttelten Kopf. Er sprach beruhigend auf sie ein, versicherte ihr seine Liebe.

Ganz langsam wurde Agnes ruhiger. Mit der Zeit atmete sie wieder gleichmäßiger. Schließlich blieben nur ein paar Schniefer übrig. Still saßen die beiden zusammen und hielten sich gegenseitig fest. Schließlich richtete sich Agnes auf. Sie wischte sich die letzten Tränen ab. Plötzlich kicherte sie. »Ich hab' dir dein Hemd voll geheult. So kannst du nicht zum Bürgermeister.«

Ludolf lächelte auch wieder. »Ich sag ihm, du hättest das mit voller Absicht getan.«

»Miststück.«

»Angenehm. Ich heiße Ludolf.«

Scherzhaft schlug sie ihm mit der Faust auf die Schulter. Die beiden schauten einander tief in die Augen, als hätte es nie einen Streit zwischen ihnen gegeben.

Agnes durchbrach die Stille. »Ich weiß, wie furchtbar ich für dich sein muss. Manchmal möchte ich mit dir alt werden. Dann wieder bin ich froh, mein Leben allein bestimmen zu können, und weiß nicht, ob ich die Freiheit, die das Kloster mir bietet, aufgeben will. Ausprobieren geht ja nicht. Entweder das eine oder das andere.«

»Warum sitzt du dann hier?«

Agnes lächelte wieder. »Weil es mir gefällt.«

»Du könntest das für immer haben.«

»Ich werde darüber nachdenken.«

Ludolf drückte sie fest an sich. »Ich werde warten.«

Plötzlich lachte Agnes. Sie strich ihm durch das Haar. »Endlich kann ich dir mal richtig auf den Kopf gucken. Du wirst da ja schon kahl! Damit ist für mich klar: So einen alten Knacker heirate ich lieber nicht.«

Mit ernster Miene entgegnete er: »Du weißt doch, was in der Bibel steht? *Wer bis zum Ende ausgehaart haben wird, der wird gerettet werden*[21].«

Sie schaute ihn irritiert an. Irgendetwas war hier doch falsch. Er versuchte nicht zu grinsen, aber dieses Zucken um die Mundwinkel und die Fältchen an den Augen verrieten, dass er sie auf den Arm nehmen wollte.

Plötzlich lachte sie los. »Du blöder Hammel! *Ausgeharrt* heißt das, nicht *ausgehaart*. Typisch! So etwas Blödes kann auch nur dir einfallen.«

Ludolf nickte breit grinsend und kniff ihr dafür herzhaft in den Allerwertesten. Mit einem Aufschrei sprang Agnes auf.

»Was erlaubst du dir? Na warte, das zahle ich dir heim.«

Und schon begann das Toben. Sie jagten und kniffen sich gegenseitig, balgten wie kleine Kinder.

Bürgermeister und Ratsherren

Ah, da seid Ihr ja. Wir warten schon seit geraumer Zeit.« Der Bürgermeister Gerd von Bucken konnte seinen Unmut nicht verbergen. Er war es nicht gewohnt, versetzt zu werden.

Agnes und Ludolf entschuldigten sich außer Atem. Sie waren den Weg zum Rathaus gerannt. Die Rauferei und die Freude über ihre Versöhnung hatten sie die Zeit vergessen lassen. Nur wenn Ludolf versucht hatte sie zu küssen, war sie auf Abstand gegangen. Ihr war klar gewesen, wo das geendet hätte. Ein Kuss, und sie hätte seinen Antrag angenommen.

Die beiden jungen Leute schauten beschämt in die Runde. Der Ratsherr Albert von Leteln schüttelte tadelnd den Kopf. Daneben waren noch vier weitere Ratsherren anwesend, die im Hintergrund auf Stühlen saßen.

»Der Hauptmann von Lübbecke lässt sich entschuldigen«, begann der Bürgermeister. »Er hat sich gestern Abend eine schmerzhafte Verletzung zugezogen.«

Agnes begann leise zu kichern. Mit der Hand hielt sie sich den Mund zu, um nicht laut loszulachen. Sie biss sich auf die Lippen und schielte zu Ludolf hinüber. Der lächelte ebenfalls verschmitzt. Sie hatte ihm heute Morgen erzählt, wohin sie dem aufdringlichen Kerl ihr Knie gerammt hatte.

Der Bürgermeister schaute ein wenig verwirrt. Er verstand nicht, wieso die Krankmeldung eine solche Heiterkeit auslösen konnte. »Wir stören Euren vergnüglichen Morgen nur ungern, aber was habt Ihr zu berichten?«

Ludolf räusperte sich kurz. Zuerst erzählte er, was er vorgestern in der Schänke *Widukind* erfahren hatte, dann berichtete er von der gestrigen Begegnung mit dem Hochzeitsgast. Dieser Mann hatte von den Nachforschungen im Todesfall des Händlers Bode gehört und beschlossen, Ludolf zu sagen, was er wusste. Er hatte nämlich an dem besagten Abend am Nachbartisch gesessen und einiges von der Unterhaltung zwischen Bode und dem rätselhaften Gast mitbekommen. Demnach hatte der Unbekannte gesagt, er sei Henker.

Die Ratsherren riefen erschrocken auf: »Ein Henker? Hier in Minden? In aller Öffentlichkeit? In einer Schänke? Ein Henker hat mit Johannes Bode gesprochen?« Sie redeten aufgeregt durcheinander, waren entsetzt und erzürnt. Es sollte doch hinlänglich bekannt sein, dass sich ein Henker nicht unter das ehrliche Volk mischen durfte. Diese Dreistigkeit musste streng bestraft werden! Streng genommen waren jetzt alle, die in der Schänke gewesen waren, als unehrlich anzusehen. So etwas hatte es noch nie gegeben!

»Meine Herren, bitte!«, der Bürgermeister versuchte verzweifelt, sich Gehör zu verschaffen. »Wir müssen in Ruhe überlegen, wie wir jetzt vorgehen. Bitte beruhigt Euch!«

»Wir müssen den gesamten Rat ... äh ... einberufen!«, forderte von Leteln.

»Auf jeden Fall. Wir schicken gleich Boten los, damit sich alle Mitglieder des Stadtrats heute um zwei Uhr hier zu einer außerordentlichen Sitzung versammeln. Aber es darf kein Wort dieser Ungeheuerlichkeit diesen Raum verlassen. Wir dürfen nicht zulassen, dass die Bevölkerung in Aufruhr versetzt wird. Das wäre uns nur zum Schaden. Immerhin ist ein ehrbarer Händler aus unserer Mitte darin verwickelt.«

Mit seinem Vorschlag erntete er allgemeine Zustimmung. So sollte es geschehen.

»Was wisst Ihr noch?«

Diese Frage war wieder an Ludolf und Agnes gerichtet. Sie hatten voller Erstaunen den Aufruhr unter den sechs Ratsherren beobachtet. Es zeigte sich wieder einmal, wie wichtig

Dinge wie Ehre oder Unehre, Ehrlichkeit und Unehrlichkeit doch waren, besonders, wenn es um die Stellung in der Gesellschaft ging.

Henker und all jene, die sich mit Toten oder Töten beschäftigten, hatten das Stigma der Unehrlichkeit, der Unnahbarkeit. Sie wurden von der Gesellschaft gemieden und mussten meistens mit ihrer Familie vor den Toren der Stadt wohnen. Söhne von Henkern konnten ebenfalls nur Henker werden, kein Handwerker wollte sie in die Lehre nehmen. Und die Töchter konnten auch nur innerhalb dieses verrufenen Kreises heiraten. All diejenigen, die engen Kontakt mit einem Henker hatten, wurden ebenfalls unehrlich. Sie verloren ihre Ehre, wurden zu Ausgestoßenen.

»Der Mann, der das gehört hatte, verließ sofort die Schänke. Im Hinausgehen sah er noch, wie auch der Händler Bode voller Panik die Stube verließ.«

»Dann war es also doch Selbstmord«, stellte ein Ratsherr resigniert fest. »Unser verehrter Bode bemerkte die Schande, die ihn getroffen hatte, und wusste nur noch den einen Ausweg, bevor dieses allgemein bekannt wurde. Er tauschte eine geringere Unehre gegen eine größere. Wahrscheinlich das Beste, was er machen konnte. Auch wenn es der Familie am Ende auch nur Schande bereitete.«

Die anderen Händler gaben ihm recht.

Ludolf und Agnes schauten sich fragend an. Irgendwie war die Erklärung nicht schlüssig. Sie dachten angestrengt nach. Schließlich nickten sich beide zu. Sie verstanden sich ohne ein Wort.

»Aber etwas an der Geschichte ist faul«, warf Agnes in die Runde. »Etwas passt nicht.«

Überrascht drehten sich die Ratsherren zu ihr herum. »Was meint Ihr damit?«

»Warum wagte sich der Henker in die Schänke? Er musste doch schon sehr abgebrüht sein. Und nach der Schilderung von Augenzeugen war er sogar mehrere Tage da, hat aber wohl nur mit Bode geredet. Das sieht mir doch ziemlich nach Absicht aus. Warum gerade Bode?«

Ludolf ergänzte: »Wenn es wirklich nur um den Händler ging, dann war das Gespräch beabsichtigt und die Reaktion darauf in Kauf genommen oder sogar beabsichtigt. Dann war es einerseits Selbstmord, aber andererseits auch ein Mord. Ein Auftragsmord.«

Absolute Stille breitete sich im Raum aus. Man hätte das Fallen einer Gewandnadel hören können. Die Ratsherren schauten sich verblüfft an. Nach und nach wurde ihnen die Tragweite dieser Argumentation bewusst – dieses ungeheuerlichen, teuflischen Plans. Es ging hier nicht mehr nur um einen kaltblütigen Henker, der seinen Platz in der Gemeinschaft vergessen hatte, sondern um einen hinterhältigen Anschlag auf ein angesehenes Mitglied des Stadtrats von Minden.

Ein Ratsherr unterbrach das Schweigen als Erster: »Wir müssen nach dem Mann suchen. Wir müssen uns in der Schänke genauestens erkundigen. Der Wirt muss uns Antwort und Rede stehen und am besten auch alle Gäste dieses schrecklichen Abends.«

Lautstark bekundeten die anderen ihre Zustimmung zu dem Plan.

Aber von Leteln hatte Einwände: »Wie schon eben festgestellt, sollte uns ... äh ... bewusst sein, dass das nur zu Fragen in der Bevölkerung Anlass gibt. Das können wir nicht riskieren. Wenn wir jeden ... äh ... vorladen, können wir den Auftritt dieses Menschen nicht mehr leugnen. Wir brauchen einen ... äh ... anderen Plan.«

Damit schauten die Händler wieder auf Agnes und Ludolf.

»Wir sollten tatsächlich anders vorgehen«, antwortete Ludolf. »Ihr könnt Euch sicher sein, dass höchstwahrscheinlich alle Gäste schwören werden, sie hätten nichts bemerkt oder sogar abstreiten werden, an dem Abend überhaupt in der Schänke gewesen zu sein. Der Mann, der mir von seiner Beobachtung erzählt hat, war betrunken, nüchtern hätte er sicher gar nicht mit mir gesprochen. Im Nachhinein verstehe ich auch die Reaktion des Wirtes Melmann. Die ganze Zeit hatte er zu verhindern gesucht, dass ich mit anderen Gästen über den Händler Bode spreche. Möglicherweise ahnt er etwas oder hat die Sache mit dem Henker sogar mitbekommen.«

»Und was sollen wir jetzt tun?«, wollte der Bürgermeister wissen.

»Bodes Gehilfe Rehkopf erscheint uns sehr verdächtig. Es sieht so aus, als träfe er Vorbereitungen, damit ein anderer das Geschäft des Händlers unter Wert übernehmen kann.«

»Ach, darum fragtet Ihr nach dem Wert und nach möglichen Schulden Bodes?«

»Ganz genau.«

Gerd von Bucken atmete tief durch. »Heute Morgen, kurz bevor Ihr kamt, erfuhren wir vom Ratsherrn Schäfermann, dass er sich mit der Witwe Bode geeinigt hat. Er wird die Tochter Brigitta heiraten.«

Agnes war erstaunt. »Das ist aber eigenartig. Gestern haben wir noch mit Brigitta Bode gesprochen. Sie erwähnte nichts von einer Heirat. Sie war sogar etwas betrübt, weil sie davon ausgeht, dass für sie höchstens ein Handwerker in Frage kommt.«

»Für mich klingt das danach, als habe er den Wert der Mitgift drücken wollen.«

»Genau!«, stieß Agnes freudestrahlend aus. »Sie sagte nämlich auch, dass ein Händler das Geschäft am Tag zuvor geschätzt hatte. Der war auch zu einen ähnlichen Ergebnis wie Rehkopf gekommen.«

Der Bürgermeister lief nervös auf und ab. Er wurde lauter. »Mir gefällt es gar nicht, dass unser junger Kollege so billig an das Geschäft kommt, dass er so hinterhältig aus dem Tod von Johannes Bode Nutzen zieht. Wenn wir nicht beweisen können, dass er in betrügerischer Absicht den Wert gefälscht hat, können wir nichts machen. Wenn er aber den Henker geschickt hat, damit Bode keine angemessene Mitgift verlangen kann, schreit das nach Bestrafung.«

Die anderen Ratsherren begannen wieder, aufgeregt durcheinanderzureden.

Ludolf schlug vor: »Lasst uns zuerst mit der Witwe Bode sprechen. Ob Ihr bewusst ist, dass das Geschäft zu billig geschätzt wurde?«

»So macht es bitte und gebt uns umgehend Bescheid«, bestimmte der Bürgermeister. »Wir haben hier noch dringende Angelegenheiten zu klären.« Damit drehte er sich zu den anderen um.

»Eine Bitte habe ich aber noch.« Agnes wartete, bis die Herren sich ihr wieder zugewandt hatten. »Die Witwe Bode ist ziemlich verärgert wegen unserer Nachforschungen und weigert sich, noch einmal mit uns zu sprechen. Sie will nur noch mit dem Stadtrat oder dem Herrn Bürgermeister selbst reden. Ohne Eure Unterstützung wird es für uns schwierig werden.«

»Nun gut.« Albert von Leteln meldete sich zu Wort. »Diese Frau war schon immer ... äh ... eigenartig. Ich komme mit. Wenn ihr meine Anwesenheit nicht passt, darf sie sich auf eine Nacht in Ketten freuen. Vorsichtshalber nehmen wir dann noch zwei Wachen mit. Man ... äh ... weiß ja nie. Nicht wahr?«

Und schon eilte er raschen Schrittes los, sodass sich Agnes und Ludolf sputen mussten, ihm zu folgen.

Eine angemessene Mitgift

Ihr bleibt hier vor der Tür, bis ich Euch ... äh ... rufe«, wies Albert von Leteln die beiden Soldaten der Stadtwache an. Dann betrat er mit energischen Schritten das Kontor des verstorbenen Händlers Bode. Ludolf und Agnes folgten dicht hinter ihm.

»Ihr da!« Der Ratsherr zeigte auf Ulrich Rehkopf, der bei dem Zuruf ängstlich zusammenfuhr. »Führt uns zu der Witwe Bode. Wir haben dringende ... äh ... Dinge mit ihr zu besprechen.«

Der Kontorsgehilfe stammelte eine Begrüßung und verneigte sich mehrfach tief. Im Laufschritt eilte er auf eine Tür zu und hielt sie für den hohen Besuch auf.

»Bitte hier entlang, Euer Wohlgeboren.«

»Haltet die Klappe!«, fuhr ihn von Leteln an. »Bei mir könnt Ihr Euch nicht einschmeicheln. Trabt los!«

Eilig ging es die Treppe hinauf. Ulrich Rehkopf blieb schließlich vor einer Tür stehen und klopfte mehrfach, aber nichts rührte sich. Mit ängstlicher Stimme rief er nach seiner Herrin, jedoch vergeblich.

»Ist die Witwe denn im Hause?«, fragte der Ratsherr ungeduldig.

»Vorhin war sie noch unten und is' dann wieder hier hochgegangen. Ich habe nicht bemerkt, dass sie wieder runtergekommen ist.«

»Macht Platz!«

Schon wurde der junge Mann zur Seite geschoben, und Albert von Leteln öffnete eigenhändig die Tür. Anna Bode saß aufrecht in ihrem Sessel, die Hände ordentlich im Schoß gefaltet. Brigitta stand neben ihr. Die beiden Frauen blickten mit versteinerter Miene auf die Eindringlinge. Offensichtlich hatten sie das Klopfen und die Rufe einfach ignoriert.

»Was erlaubt Ihr Euch?« Der Ton der Witwe war scharf und vorwurfsvoll.

Albert von Leteln begrüßte die Ehefrau seines verstorbenen Kollegen trotzdem sehr höflich und deutete eine Verbeugung an. Schnell kam er zum Grund ihres Besuchs: »Wir kommen noch einmal wegen des Todes Eures hochverehrten Gatten. Es haben sich ein paar ... äh ... Dinge ergeben, die schnellstens geklärt werden müssen.«

»Ich habe aber nichts mit Euch zu bereden. Falls der Rat etwas von mir wissen möchte, werde ich allein dem Bürgermeister Auskunft geben. Aber das habe ich schon mehrfach diesem respektlosen Jungvolk da gesagt.« Dabei deutete sie auf Agnes und Ludolf, die hinter dem Ratsherrn standen. »Diese Fremden haben kein Recht, ihre neugierigen Nasen in Sachen zu stecken, die sie nichts angehen.«

Der Ratsherr räusperte sich ärgerlich. »Wollt Ihr etwa meine ... äh ... Integrität anzweifeln?«

»Ich werde nur mit dem Bürgermeister von Bucken sprechen. Ihr dürft Euch jetzt wieder entfernen.«

Von Leteln konnte seinen Grimm nur schwer unterdrücken. »Verehrte Witwe Bode, Euer Ansinnen ist höchst ... äh ... befremdlich. Es war Euer Wunsch, dass der Stadtrat die Umstände des Todes unseres lieben Freundes untersucht. Ihr ...«

Aber die Witwe fiel ihm einfach ins Wort. »Mir geht es nicht gut. Ich muss mich ausruhen. Bitte geht endlich!«

»Nein!«, donnerte der Ratsherr nun. Sein Gesicht leuchtete hochrot vor Empörung. »Ihr ... äh ... verlangtet, dass alles Menschenmögliche getan werde, um den Tod Eures Gatten zu klären. Ihr wolltet diese Untersuchung durch erfahrene

Leute. Und ... äh ... ich bin genauso viel oder genauso wenig wert wie der Bürgermeister oder Euer verstorbener Mann. Also redet endlich, wenn ... äh ... die beiden Fragen stellen. Sonst werdet Ihr Euch verantworten müssen, weil Ihr einen Verbrecher beschützt.«

Die Witwe ließ sich nach hinten in ihren Sessel sinken. Sie schloss die Augen und legte einen Handrücken theatralisch auf ihre Stirn. Mit der anderen griff sie sich an ihr Herz. »Oh, Herr im Himmel, steh mir bei. Der Satan will mich vernichten«, stöhnte sie mit erstickter Stimme.

»Mutter, was ist mit Euch?« Brigitta beugte sich hinunter.

»Diese Menschen haben den Glauben verleugnet. Sie missachten das Leid von armen Witwen und Waisen. Sie kennen keine Nächstenliebe mehr. Oh! Welche Schande! Welches Unrecht!«

Plötzlich sanken ihre Hände schlaff in den Schoß, ihr Kopf rutschte zur Seite.

»Mutter, Mutter!« Brigitta strich Anna Bode über die Wange, nahm ihre Hand. Die Mutter rührte sich nicht.

»Was habt Ihr getan?«, schrie die Tochter den Ratsherrn an. »Wollt Ihr sie umbringen?«

Albert von Leteln zuckte zurück. Betreten schaute er sich um. »Äh ... nein. Natürlich nicht«, antwortete er kleinlaut.

»Ihr solltet besser gehen, Ihr Unmenschen.« Sie begann zu weinen und nahm ihre Mutter in den Arm.

Doch jetzt hatte Agnes endgültig genug. Sie hatte die Szene bisher schweigend beobachtet und sich nur mit Mühe zurückgehalten, nicht schon eher loszuplatzen. Wenn sie etwas abgrundtief hasste, dann waren das Heuchelei und Lüge. Und was sie hier sah, war ihr zutiefst zuwider. Sie konnte nicht mehr an sich halten. Sie drängte den Ratsherrn zur Seite.

»Ihr könnt jetzt aufhören, die Ohnmächtige zu spielen. So etwas solltet Ihr den Schaustellern überlassen. Die können das besser. Eine Ohnmächtige wackelt nicht so nervös mit den Füßen.«

Alle Augen richteten auf die Fußspitze, die ein kleines Stück unter dem Kleid der Witwe hervorschaute. Alle Anwesenden bemerkten, wie die Bewegungen plötzlich einfroren, und zwar gerade zu dem Zeitpunkt, als die Fußspitze den höchsten Punkt erreicht hatte. Ganz langsam senkte sich der Fuß. Im Zimmer herrschte absolute Stille. Brigitta ließ die Hand ihrer Mutter los und taumelte rückwärts gegen die Wand.

Anna Bode öffnete die Augen, setzte sich wieder gerade hin und ordnete ihr Kleid. Aber sie sagte nichts. Sie schaute an den Anwesenden vorbei zum Fenster, als wäre nichts geschehen.

Agnes war jedoch noch nicht fertig. »Ihr wisst doch sicher, was der Apostel Paulus an die Römer geschrieben hat? Ein Christ soll doch den obrigkeitlichen Gewalten untertan sein: *Die bestehenden Gewalten stehen in ihren relativen Stellungen als von Gott angeordnet*.[22] Nicht wahr? Und der Stadtrat in Person des Herrn von Leteln ist heute als obrigkeitliche Gewalt hier. Als vorbildliche Christin habt Ihr ihm zu antworten.«

Langsam drehte die Witwe ihren Kopf der jungen Frau zu. Ihre Stimme verriet nichts von Anspannung oder gar Scham über ihre verpatzte Vorstellung. »Seid vorsichtig. Ihr seid kurz davor, Euch zu versündigen. Wenn Euch Euer Seelenheil lieb ist, solltet Ihr nicht so frevelhaft sprechen. Ich werde antworten, auch wenn es mein Leben kosten sollte und meine arme Tochter dann in bitterer Armut leben müsste.«

»Da sind wir ja schon beim richtigen Thema«, mischte sich nun auch Ludolf ein. »Wann hat sich denn die Hochzeit

Schäfermanns mit Brigitta ergeben? Doch bestimmt nicht so kurzfristig. Oder?«

Die Tochter eilte aufgeregt zu ihrer Mutter. »Ist das wahr? Ich soll heiraten?«

»Ja, mein Kind.«

Brigitta war ganz blass geworden. »Warum habt Ihr mir nichts gesagt? Warum muss ich das von Fremden hören?«

»Ich wollte dir am Mittag davon erzählen. Der Händler Schäfermann wird nämlich heute Nachmittag offiziell um deine Hand anhalten.«

Die Tochter griff sich an die Schläfen, als plagten sie plötzlich Kopfschmerzen. »Und wenn ich nicht will?«

»Ach, sei still, Kind. Von so etwas hast du noch keine Ahnung! Du solltest froh sein, dass ich dir den reichsten Junggesellen Mindens besorgen konnte.«

Brigitta Bode setzte sich weinend auf einen Stuhl und bedeckte ihr Gesicht mit den Händen.

»Wann wurde die Heirat beschlossen?«, meldete sich Ludolf zu Wort.

Die Witwe antwortete gelassen: »Gestern Nachmittag.«

»Und worauf habt Ihr Euch geeinigt?«

»Wie meint Ihr das?«

»Wie sieht die Mitgift aus?«

Anna Bode schwieg einen Augenblick. Als sie von Letelns erbosten Blick bemerkte, entschloss sie sich zu sprechen. »Leider kann ich keine Mitgift im üblichen Sinne zahlen. Das Geschäft und das Haus wird dem Händler Röttger Schäfermann übertragen. Dafür bekomme ich einen Betrag über zwanzig Jahre verteilt zur freien Verfügung. Die Differenz zu dem, was Haus und Lager wirklich wert sind, ist die Mitgift. Außerdem lebe ich im Schäfermannschen Haus und beaufsichtige den dortigen Haushalt. Und im

Alter werde ich von meiner Tochter gepflegt. So sieht der Kontrakt aus.«

»Wie hoch ist Eure Rente, und welcher Wert wurde für Geschäft und Haus angesetzt?«

»Das geht Euch nichts an. Das ist eine private Angelegenheit zwischen mir und meinem zukünftigen Schwiegersohn.«

Der Ratsherr von Leteln hatte bisher geschwiegen, doch nun ermahnte er die Witwe energisch. »Hier gibt es jetzt nichts Privates mehr. Wenn Ihr nicht wollt, dass Euch ein Gericht zwingen muss, antwortet gefälligst.«

Anna Bode atmete tief durch. »Na schön. Bevor man es wagen sollte, mich in den Kerker zu werfen und zu foltern: Ich bekomme insgesamt fünfhundert Gulden. Und der Wert wurde mit achthundertfünfzig festgesetzt. War's das?«

»Wer hat diesen Wert festgelegt?«

»Der ehrenvolle Händler Schäfermann.«

Albert von Leteln wollte gerade lospoltern, aber Ludolf bemerkte es noch früh genug. »Einen Moment bitte. Wartet noch.« Und zur Witwe gewandt fragte er: »Und wie kam Schäfermann darauf?«

»Ich habe ohne Streben nach ungerechtem Gewinn siebenhundertfünfzig Gulden verlangt. Ich betrüge niemanden. Ich bin offen und ehrlich gewesen. Daraufhin hat sich der Händler Schäfermann das Lager vorgestern angesehen. Das war sein gutes Recht. Er hat dann von sich aus hundert Gulden mehr vorgeschlagen. Das fand ich sehr edelmütig und großzügig von ihm. Ein ehrenhafter Mann. Das wird einmal ein guter Bürgermeister.«

»Wie kamt Ihr auf den Betrag von siebenhundertfünfzig Gulden?«

Die Beherrschung der Witwe war sichtlich strapaziert, aber Anna Bode versuchte weiterhin, so belanglos wie möglich zu sprechen. »Ich hatte unseren Gehilfen Rehkopf in der letzten Woche aufgefordert, die Bücher genauestens zu prüfen. Er nannte mir daraufhin den Wert.«

»Siebenhundertfünfzig Gulden sind also für den Wert des Geschäfts angemessen?«

»Natürlich. Das versicherte mir Rehkopf.« Ihre Stimme wurde nun eine Spur gereizter.

»Und wenn es nicht korrekt war?«

Anna Bode blickte Ludolf erstaunt an und sprang dann erregt auf. »Das ist unmöglich! Wie könnt Ihr behaupten, dass etwas nicht stimmt?« Nervös knetete sie ihre Hände.

»Euer Lagerverwalter Bernhardt und auch Hans Thomsen schätzten dagegen eintausenddreihundert bis eintausendfünfhundert Gulden. Können sie sich so sehr irren?«

Die Witwe plumpste in ihren Sessel. Sie war plötzlich ganz blass geworden. Mit offenem Mund starrte sie in die Runde.

Ludolf nutzte die Gunst des Augenblicks und fuhr fort: »Angenommen, jemand war hinter dem Geschäft her. Als Euer Mann starb, sorgte dieser Jemand dafür, dass der Wert viel niedriger angesetzt wurde, damit er es unter Preis kaufen konnte. Vielleicht sorgte dieser Jemand auch dafür, dass sich Euer Mann umbrachte.«

Anna Bode schlug sich die Hände vors Gesicht und stöhnte laut auf. Diesmal war ihre Bestürzung nicht gespielt. Aber Brigitta blieb nach der Vorstellung ihrer Mutter misstrauisch. Erst als die Mutter fast vom Sessel rutschte, eilte sie herbei. Die Witwe begann lauthals zu jammern und zu klagen. Sie rief Gott und den Herrn Jesus um Hilfe an. Doch die Worte wurden immer mehr zu einem Keuchen und Röcheln.

Jetzt überwand sich auch Agnes, sich um die unter Schock stehende Frau zu kümmern. Sie öffnete den eng sitzenden Kragen des Kleides, damit ihr das Atmen leichter fiel. Kalter

Schweiß lief der Witwe die Stirn herunter. Sie zitterte am ganzen Körper wie bei einem schweren Fieber.

Vom Lärm alarmiert stürzte die Magd Petra herein. »Was ist los?«

»Hol ihre Tropfen!«, rief die Tochter ihr entgegen.

Die Magd rannte los und kam Augenblicke später wieder. Sie tropfte eine Tinktur in einen Becher mit Wasser. Zu zweit flößten sie Anna Bode den Trank ein. Langsam beruhigte diese sich wieder. Ihr Atem kam nicht mehr stoßweise, das Schnaufen hörte auf. Ermattet und erschöpft sank sie in den Sessel. Mit gläsernem Blick starrte sie in die Runde.

»Dieses Schwein«, murmelte sie leise vor sich hin. »Dieses Schwein.«

Albert von Leteln beugte sich zu ihr. »Ist Euch etwas eingefallen?«

Sie nickte.

»Wer das Geschäft kaufen wollte?«

Wieder zustimmendes Nicken.

»War es ... dieser ... äh ... Schäfermann?«

Die Witwe schüttelte den Kopf.

Der Ratsherr zuckte verblüfft zurück. »Wer denn sonst?«

»Mein Bruder. Mein eigener Bruder. Ein hinterhältiges Schwein.« Sie sprach sehr leise. Die Anwesenden mussten schon genau hinhören, um alles verstehen zu können. »Er hat meinen Mann schon immer beneidet. Wollte auch in den Rat. Zwei Tage nach Johannes' Tod kam er und machte den Vorschlag. Er übernimmt das Geschäft für das, was in den Büchern steht. Ich bekomme ein eigenes kleines Haus. Er sucht eine gute Partie für Brigitta und übernimmt die Mitgift. Was übrig bleibt, bekomme ich.« Anna Bode liefen einige Tränen über die Wangen.

»Kannte Euer Bruder den Rehkopf?«

»Ein paar Tage, nachdem Johannes gefunden worden war, sprachen die beiden lange Zeit miteinander.«

»Traut Ihr Eurem Bruder ... äh ... einen Mord zu?«

Nun begann die Witwe zu weinen. Ihre Stimme versank fast in Tränen. »Er wird so leicht zornig. Aber einen Mord hab ich ihm nie zugetraut.«

»Sagte Euer Bruder etwas nach dem Tod Eures Mannes?«

Anna Bode konnte kaum noch sprechen. »Er sagte, dass es für mich ein Glück wäre, wenn der alte Lustmolch endlich fort sei. Der dauernde Streit zwischen den beiden. Gabriel nimmt es mit der Moral genauso ernst wie ich. Nur mein Johannes wohl nicht immer.«

Die weiteren Worte gingen im Schluchzen unter. Die Frau war nicht mehr in der Lage, weitere Fragen zu beantworten. Sie schüttelte voller Verzweiflung ihren Kopf und rief immer wieder den Namen ihres Bruders.

Albert von Leteln bestimmte: »Die Witwe Bode soll sich nun ausruhen.«

Sie wurde von der Tochter und der Magd hinausgeführt.

Befriedigt drehte sich der Ratsherr zu Ludolf und Agnes um und nickte ihnen zustimmend zu. »So. Nun ... äh ... knöpfen wir uns den Rehkopf vor. Hoffentlich ist der nicht inzwischen abgehauen.«

Er öffnete das Fester und lehnte sich hinaus. »Bringt uns den Gehilfen hoch!«, befahl er den Wachen, die noch vor dem Haus standen.

Ulrich Rehkopf

Kurze Zeit später stolperte der Kontorsgehilfe in den Raum. Er machte einen zutiefst verstörten Eindruck und blickte ängstlich um sich, traute sich aber nicht, jemanden direkt anzuschauen. Die beiden Soldaten der Stadtwache standen mit grimmigen Gesichtern hinter ihm in der Tür und versperrten jegliche Fluchtmöglichkeit.

»Was kann ich für Euer Ehren tun?« Seine Stimme zitterte.

Der Ratsherr hatte seine Hände auf den Rücken gelegt und begann mit dem Verhör: »Wir wissen inzwischen, dass Ihr den Wert des Geschäfts zu niedrig angesetzt habt. Äh ... Wer hat Euch dazu angestiftet?«

Ulrich Rehkopf wurde noch blasser. Seine Hände zitterten. »Ni... Nicht angestiftet. Alles ist korrekt aufgeführt. Der Betrag ist vie... vielleicht etwas ungenau, aber das weiß die Herrin.«

»Ich bin auch Händler. Mir könnt Ihr nichts ... äh ... vorgaukeln. Auch der alte Thomsen glaubt Euren Zahlen nicht. Unser verehrter Bode hatte mit seinem ehemaligen Kontorsgehilfen nämlich noch öfter gesprochen.«

»Der? Haha, haha.« Das Lachen klang unnatürlich und übertrieben. »Thomsen ist ein alter, vertrottelter Kerl. Der war seit Jahren nicht mehr hier. Der hat doch keinen tiefen Einblick mehr. Außerdem hat er schon früher immer nur Ärger gemacht.«

Albert von Leteln richtete sich kerzengerade auf. Seine Stimme gewann an Schärfe und Lautstärke. »Wir sind sicher, dass der Händler Bode mit Absicht so erschreckt wurde, dass er ... äh ... in seiner Verzweiflung Selbstmord beging. Von Wiesen war hinter dem Geschäft seines Schwagers her. Er wird wegen Mordes und Betrugs angeklagt und verurteilt werden. Ihr ... äh ... werdet dann als Helfer ebenfalls hingerichtet.«

Der Kontorsgehilfe schüttelte den Kopf und wich Schritt für Schritt zurück. Aber die beiden Soldaten ergriffen vorsorglich seine Oberarme, sodass er nicht weiter konnte und erschrocken zusammenzuckte.

»Nein, nein. Ich hab nichts getan!«, rief er panisch und versuchte vergeblich, die eisernen Griffe der Wachen abzuschütteln. »Ich hab nichts mit 'nem Mord zu tun! Ich hab niemanden umgebracht! Niemandem geschadet. Lasst mich los!« Mit aller Kraft wand er sich hin und her, aber er konnte sich dem Griff der Stadtwache nicht entziehen.

Der Ratsherr klatschte vor Zorn in die Hände. »Ihr habt doch jemandem geschadet! Der Witwe!«

Der junge Mann antwortete nicht. Er hatte seine Gegenwehr aufgegeben und stand nun zusammengesunken im Raum. Wenn die Soldaten ihn nicht gehalten hätten, wäre er wohl auf dem Boden zusammengesackt.

Doch von Leteln ließ ihn nicht in Ruhe: »Was habt Ihr für den Betrug bekommen?«

»Ich habe nichts gefälscht, höchstens sehr vorsichtig geschätzt. Der Herr Bode war die Seele des Geschäfts. Seine Verbindungen machen einen Großteil des Wertes aus.«

»Und zu welchem Ergebnis werden wir kommen, wenn ... äh ... der Wert des Lagers geschätzt wird? Ich wette, es wird mehr sein als Eure siebenhundertfünfzig Gulden.«

»Wer sollte das können?«

»Eine Abordnung von Händlern natürlich. Solche, die der Rat dazu bestimmt.«

Rehkopf musste die Ausweglosigkeit seiner Situation erkannt haben. Er schlug seine Hände vors Gesicht und begann verzweifelt zu schluchzen.

»Junger Mann!«

Der Kontorsgehilfe schaute mit geröteten Augen zum Ratsherrn hoch.

»Ich frage Euch ... äh ... zum letzen Mal: Was habt Ihr dafür bekommen?«

»Nichts«, erklang es leise und mutlos.

»Weswegen habt Ihr es denn getan?«

»Der Herr von Wiesen hat mir versprochen, ich könnt' die Stellung behalten. Dazu bekäme ich ein neues Haus und 'ne Prämie, wenn alles erledigt ist.«

»Und was ist jetzt, nachdem der ... äh ... Händler Schäfermann Brigitta heiraten will?«

Der junge Mann murmelte kraftlos vor sich hin. »Alles futsch. Der Herr von Wiesen war sehr wütend, als seine Schwester, die Herrin Bode, ihm heute Morgen von der Heirat erzählte.« Dann richtete er sich plötzlich auf und sprach voller Entrüstung: »Er denkt, ich hätte ihn verraten.«

»Habt Ihr?«

Rehkopf schüttelte vehement seinen Kopf. »Nein. Ich bin doch nicht dumm!«

»Wusste der Schäfermann von dem Betrug?«

»Ich hab' ihm bestimmt nix gesagt. Der Herr Schäfermann meinte bloß gestern, ich könne weiterhin als Gehilfe hier arbeiten.«

Albert von Leteln blickte den Burschen eindringlich an. »Sonst sagte er nichts weiter?«

Ulrich Rehkopf antwortete nur mit einem Kopfschütteln.

Der Ratsherr kratzte sich am Kinn. »Wie hätte er von dem Wert erfahren können?«

»Davon wissen doch nur der Herr von Wiesen und ich.«

Agnes wurden schlagartig die Zusammenhänge klar. Sie erinnerte sich an alles, was sie und Ludolf gestern erfahren hatten. Jetzt ergab das Hin und Her mit der Übernahme zwischen von Wiesen, Schäfermann und Rehkopf einen Sinn. »Entschuldigt bitte, werter Ratsherr von Leteln. Darf ich weitermachen?«

Er schaute sie neugierig an. »Ja. Äh ... warum nicht?«

Die Nonne richtete ihre Frage an den Kontorsgehilfen: »Wusste Eure Schwester Hiltrud von der Absprache mit dem Amtsmeister von Wiesen?«

Ulrich Rehkopf druckste ein wenig herum. »Nun ja. Klar ... Ich habe ihr davon erzählt. Sie sollte ja schließlich auch ihren Nutzen davon haben.«

»Und Eure Schwester kennt Schäfermann. Wusstet Ihr das?«

»Die beiden haben sich vielleicht mal gesehen. Hiltrud treibt sich halt überall herum. Na und?«

»Wir wissen aber, dass Hiltrud die aktuelle Gespielin von Schäfermann ist.«

»Was?« Der junge Mann war sichtlich überrascht. Er versuchte wieder, die Wachen, die ihn festhielten, abzuschütteln. »Davon hat sie nie was gesagt!«

»Und doch ist es so. Kann sie ihm den Plan mit dem verringerten Wert verraten haben?«

Rehkopf wurde immer unruhiger. »Die ist doch so was von dämlich! Kann die nicht einfach mal die Klappe halten!«

»Eure Schwester sagte gestern auch, dass sie bald heiraten will.«

»Sie hat halt ihre Bekanntschaften.« Der Kontorsgehilfe versuchte, teilnahmslos zu klingen, aber das Zittern in seiner Stimme verriet doch seine Anspannung.

»Doch wohl eher Liebhaber«, verbesserte Agnes.

»Das ist ihre Sache. Nicht meine.«

Sie machte eine kleine Pause, um die Spannung zu erhöhen. »Dann wisst Ihr also nicht, dass sich Eure Schwester verloben wollte?«

»Was? Die spinnt doch!« Ulrich Rehkopf bäumte sich wieder auf. »Wer sollte sie nehmen? Die sammelt doch Kerle wie andere Leute Pfennige und Heller.«

»Vielleicht hat sie ja Schäfermann von dem Plan erzählt, um ihn zu bekommen. Der wäre doch eine außerordentlich gute Partie. Oder?«

Der Kontorsgehilfe begann zu wüten und zu fluchen. Trotz aller Gegenwehr, den eisernen Griffen der Stadtwache konnte er nicht entfliehen. »Diese blöde Kuh betrügt mich! Schon seit jeher war sie faul wie Dreck. Immer von Mutter verwöhnt. Nie musste se was selber tun! Zu Hause sieht's aus wie im Schweinestall! Seit die Eltern tot sind, muss ich für alles sorgen. Immer nur ich! Ich dreh der den Hals um!«

Rehkopf versuchte jetzt verzweifelt sich zu befreien, trat sogar nach den Wachen und biss um sich. Er war wie ein tollwütiger Hund. Erst wichen die Soldaten den Angriffen noch aus, aber nachdem sie einige Fußtritte hatten einstecken müssen, machten sie kurzen Prozess und warfen ihn zu Boden. Dort wurde er innerhalb weniger Augenblicke gefesselt und geknebelt.

Albert von Leteln wies die Soldaten an, den Gefangenen schnellstens zum Rathaus zu bringen und dann zum Haus von Gabriel von Wiesen in der Ritterstraße zu kommen. Zwei andere Wachen sollten umgehend zur Werkstatt des Handwerksmeisters laufen und ihn verhaften.

»Von Wiesen hat den Tod seines Schwagers geplant. Wenn wir ihn haben, werden wir ... äh ... schon sehen, wer der Henker war.«

Die beiden Bewaffneten machten sich schleunigst auf den Weg und zogen ihren Gefangenen wenig zimperlich hinter sich her. Wenn Rehkopf stolperte, wurde er ein Stück mitgeschleift, bevor er mit Tritten und Schlägen wieder zum Aufstehen genötigt wurde.

Bei Schäfermann

Kurz nach den Wachsoldaten kam der Ratsherr von Leteln mit Agnes und Ludolf im Schlepptau am Rathaus an. Die beiden Wachen hatten Ulrich Rehkopf abgeliefert und warteten schon mit drei weiteren Soldaten, um über die Martinitreppe in die Oberstadt zu eilen. Die einen zur Werkstatt des Amtsmeisters von Wiesen, die anderen zu dessen Haus.

Von Leteln wollte gerade den Soldaten das Zeichen zum sofortigen Aufbruch geben, als ein junger Bursche mitten in die Gruppe preschte. Er war völlig außer Atem und fiel dem Ratsherrn fast vor die Füße. Stoßweise presste er seine Botschaft hervor. »Ihr Herren! ... Wir brauchen Eure Hilfe ... beim Händler Schäfermann ... der Meister Wiesen ... bedroht den Herrn mit 'nem Messer ... schnell!«

Ein Wink, und die Wachen rannten zusammen mit dem Jungen zum Haus des Händlers. Das stand zum Glück nicht weit entfernt, genau gegenüber dem Rathaus auf der anderen Seite des Markts. Auch Ludolf und Agnes hasteten hinterher.

Beim Näherkommen hörten sie Gebrüll aus dem recht neuen und stattlichen Gebäude. Man erkannte sofort, dass hier ein wohlhabender und erfolgreicher Händler residierte. Überall sah man mit Schnitzereien und mit Farben verzierte Balken. Agnes und Ludolf stürzten ins Kontor und blickten sich erwartungsvoll um. Nichts war zu sehen, außer einer Menge an Kisten und Ballen. Dann erklang wieder Geschrei – von irgendwo aus den oberen Stockwerken.

»Da ist die Treppe!« Agnes zeigte in den hinteren Teil des Kontors und rannte los.

Ludolf folgte ihr. Sie erklommen so schnell wie möglich die Treppe in den ersten Stock, doch der Tumult kam von noch weiter oben. Also noch eine Treppe höher. Nun standen sie in einem Lagerraum. Hier waren unterschiedlichste Waren gestapelt. Zwischen einigen Ballen standen die Wachen und grinsten auf den Boden. Agnes und Ludolf näherten sich dem Trupp, um nach dem Grund für die Heiterkeit zu schauen. Dort zwischen den Männern lag von Wiesen an Händen und Beinen gefesselt auf dem Bauch. Ein Soldat hatte seinen Stiefel in Nacken des Amtsmeisters, sodass dieser nicht aufstehen konnte. Dafür schrie und fluchte er umso eifriger.

»Lasst mich sofort los! Ich will den Bürgermeister sprechen! Alles Betrüger hier!«

Sein Rufen ließ rasch nach, als er merkte, dass keiner darauf reagierte.

Etwas abseits saß der Händler Schäfermann auf einer Kiste und ließ sich verbinden. Von Wiesen hatte ihn wohl zum Glück nur am Arm richtig erwischt, denn lediglich der rechte Ärmel war am Ellenbogen blutdurchtränkt. Ein Wachsoldat hatte ihm ein Leinentuch um die Wunde gebunden. Der junge Ratsherr tat so, als ginge ihn der ganze Trubel um ihn herum nichts an und blickte gelangweilt aus einem der kleinen Butzenfenster.

Agnes ging sofort zu ihm hinüber. »Werter Herr, seid Ihr schlimm verletzt?«

Röttger Schäfermann drehte seinen Kopf langsam ihr zu. »Ah, Ihr seid das. Sucht Ihr noch immer den geisterhaften Mörder? Oder habt ihr inzwischen das Unvermeidliche akzeptiert?«

»Wir suchen nicht mehr. Wir haben gefunden.«

Der Händler zog seine Augenbrauen erstaunt hoch. Er wollte etwas antworten, öffnete schon seinen Mund, hielt aber im letzten Moment inne.

»Was ist mit Eurem Arm?« Agnes beugte sich zu ihm hinunter.

»Nichts, nichts. Nicht so schlimm.« Hastig stand er auf, ging ein paar Schritte zur Seite. Er richtete seinen Blick wieder in die Ferne und verbarg seinen Arm hinter dem Rücken.

Plötzlich drehten sich alle Köpfe zur Treppe. Albert von Leteln kam laut schnaufend herauf. Oben angekommen atmete er mehrmals tief durch. Dann fiel sein Auge sofort auf den gefesselten von Wiesen.

»Da haben wir ja den ... äh ... Anstifter.«

Als der Handwerksmeister merkte, dass sich alle Blicke ihm zuwendeten, versuchte er wieder, sich aufzurichten. Aber sein Kopf wurde von dem Soldaten sofort auf die Bohlen zurückgedrückt. »Ich bin unschuldig! Der da ist der Verbrecher! Ein dreckiger Betrüger!«

»Nein! Ihr habt betrogen!«, donnerte der Ratsherr ihn an.

»Hab' ich nicht!«

»Leugnen hat keinen Sinn mehr. Rehkopf hat gestanden, den ... äh ... Wert des Geschäfts Eures Schwagers verringert zu haben. Ihr habt ihn dazu angestiftet!« Damit zeigte von Leteln voller Verachtung mit dem Finger auf den Übeltäter.

Von Wiesen wand sich verzweifelt hin und her. »Es ist kein Schaden entstanden! Es bleibt alles in der Familie!«

»Und was ist mit dem Mord?«

Der Handwerksmeister hielt plötzlich inne und schaute verblüfft hoch. Doch außer einem Stöhnen war nichts zu hören.

»Ihr gebt es also zu?«, fragte von Leteln.

»Wie? Was denn?«

»Dass Ihr Euren eigenen ... äh ... Schwager umbringen ließet.«

Von Wiesen wurde immer verzagter. »Johannes? Das war doch Selbstmord!«

»Aber Euer Komplize hat ihn so erschreckt, dass er sich umbrachte. Das ist dann Mord!«

»Nein!« Der Gefesselte auf dem Boden wehrte sich mit aller Macht gegen seine Bewacher. »Ich bin kein Mörder! Ich war das nicht!«

Albert von Leteln gab den Soldaten nur einen stummen Wink. Zwei von ihnen rissen daraufhin von Wiesen unsanft hoch. Sie nahmen ihn in die Mitte und schleppten ihn hinter sich her. Seine gefesselten Füße schleiften über den Boden. Auf der Treppe schlugen seine Knie schmerzhaft auf die Stufen, sodass er laut aufstöhnte. Das Gezeter und Gefluche des Handwerksmeisters verhallte in den unteren Stockwerken. Der Ratsherr ging schließlich zum Fenster hinüber und betrachtete befriedigt das Schauspiel auf dem Marktplatz.

Ludolf hatte das Geschehen bisher wortlos beobachtet. Nun wandte er sich an den Händler Schäfermann, der noch immer ein Stück entfernt zwischen irgendwelchen Ballen stand. »Werter Herr, was ist passiert?«

Der Kaufmann drehte seinen Kopf sehr langsam herum und betrachtete seinen Gegenüber eingehend von oben bis unten. »Warum sollte ich Euch das sagen?« Seine Frage hatte er leise und gelangweilt gestellt, als ginge es um irgendeine Belanglosigkeit.

»Der Rat hat uns beauftragt.«

»Ach? Hat er das? Ich jedenfalls habe meine Zustimmung nicht gegeben.«

Ludolf hasste arrogante, hochnäsige Menschen wie ihn, die meinten, sie wären der Mittelpunkt der Welt. Sie guckten einfach über die anderen hinweg und beschäftigten sich nur noch mit Ihresgleichen. Mit dem einfachen Volk wollten sie höchstens zu tun haben, wenn es zu ihrem eigenen Nutzen war. Sie beuteten die Kleinen aus, um sich dann auf ihrem

Reichtum und ihren Privilegien ausruhen zu können. Er ließ sich nicht abwimmeln. »Der Rat wird in seiner Untersuchung sicherlich die gleiche Frage stellen. Das könnten wir ja jetzt ein wenig abkürzen.«

Röttger Schäfermann überlegte einen Moment und nickte dann langsam. »Von Wiesen kam wütend zu mir hier hoch. Er redete irgendein wirres Zeug von Betrug und Diebstahl, weil ich die Tochter des ehrenwerten Kollegen Bode heiraten möchte. Er behauptete frech, das Geschäft seines Schwagers würde ihm zustehen.«

»Was meinte er mit Betrug?«

»Er nannte es wohl Betrug, weil ich das Geschäft bekomme und nicht er.«

Nun mischte sich auch Albert von Leteln wieder ein. Er hatte nun genug gehört. »Lieber Kollege, wusstet Ihr, dass von Wiesen den Wert des ... äh ... Bodeschen Handelsgeschäfts geringer gemacht hatte, als es der Wirklichkeit entsprach?«

Der junge Händler zeigte keinerlei Überraschung. Er stand ganz ruhig da und überlegte einen kurzen Moment. »Durch den lautstarken Auftritt dieses alternden Handwerkers kam mir ein Verdacht. Denn Hiltrud Rehkopf – Ihr kennt sie sicherlich, diese dümmliche, flatterhafte Schwester des Kontorsgehilfen im Hause Bode – erzählte mir, dass ihr Bruder für von Wiesen den Wert des Geschäfts auf siebenhundertfünfzig Gulden geschätzt hatte. Es war um einiges weniger, als ich vermutet hatte. Aber ich erkannte keinen Trug dabei. Warum auch? Es klang wie eine äußerst günstige Gelegenheit. Ich habe mich ganz und gar darauf verlassen, dass alles korrekt war. Aber nun bestätigt Ihr leider meine Ahnung.«

Der Händler setzte ein unschuldiges Lächeln auf und schlenderte langsam um einige Ballen. »Jedoch will ich nicht vom Leid eines anderen profitieren. Ich werde selbstverständlich der Witwe Bode den angemessenen Betrag anbieten. Das bin ich unserem viel zu früh verschiedenen Kollegen schuldig. Und so bin ich nun eigentlich der Betrogene; denn nun muss ich mehr bezahlen, um mein Wort einhalten zu können.«

Der ältere Ratsherr nickte anerkennend. »Das ist sehr anständig von Euch. Wenn Ihr auch so vorbildlich Eure Aufgaben als ... äh ... Bürgermeister erledigt, werden wir uns auf die gute Zusammenarbeit freuen.«

»Ihr seid zu gütig, werter Herr.« Damit verneigte er sich vor von Leteln.

Doch Agnes war noch nicht ganz zufrieden mit den Antworten des jungen Händlers. Sie folgte ihm um die Stapel und stolperte über etwas. Fast wäre sie gefallen, wenn Röttger Schäfermann sie nicht geistesgegenwärtig im letzten Augenblick aufgefangen hätte.

»Vorsicht, Vorsicht, junge Frau.« Er lächelte sie an. »Für heute haben wir schon genug Verletzte gehabt.«

Agnes stellte sich wieder auf ihre eigenen Füße und schaute zu dem Händler hoch, der sie noch immer im Arm hielt. Sie bedankte sich hastig und befreite sich. Verwirrt schaute sie zu Boden. Neben den Ballen lag ein kleiner zerschlagener Holzkasten.

Sie zeigte dort hinunter. »Darüber muss ich wohl gestolpert sein.«

Um den Kasten herum lag etwas Gelblich-Rotes verstreut.

»Ist das beim Kampf mit von Wiesen zu Bruch gegangen?«

Der Händler beugte sich vor. »Nein, nein. Eine unserer Katzen muss in der Nacht das Behältnis mit dem Safran umgestoßen haben. Mein Fehler. Ich hätte ihn gestern Abend wieder in den Schrank mit den wertvollen Waren einschließen sollen. So ist das wertvolle Gewürz nun verstreut und unbrauchbar. Ein herber Verlust für mich. Besonders, da dies im Moment der einzige Safran in Minden war.«

Agnes ordnete ihr Kleid und ihre verrutschte Haube. »Mich interessiert aber noch, warum die Hiltrud Rehkopf Euch das erzählt hat?«

Schäfermann lächelte jovial. »Sie dachte wohl, ich würde mich aus Dankbarkeit für sie interessieren. Aber das sind nur die Hirngespinste eines verzogenen, unerfahrenen Mädchens. Sie mag ja eine nette Ablenkung sein – hübsch, aber nicht sehr helle. Niemand wird es wagen, sich solch eine als seine Ehefrau zu erwählen. Das wäre doch mehr als peinlich.«

Agnes nickte. Als Ehefrau eignete sich Hiltrud bestimmt nicht. Wenn man sich nur vorstellte, wie es in ihrem Haus aussah. Oder wenn man daran dachte, in welchen Betten sie sich schon überall aufgewärmt hatte.

Albert von Leteln drängte zum Aufbruch: »Damit ist der Fall ja nun klar. Werter Kollege, wir brauchen noch heute Eurer Zeugnis für das ... äh ... Protokoll.«

Schäfermann antwortete sofort: »Selbstverständlich. Vor Mittag werde ich auch noch zur Witwe Bode eilen und die Ungerechtigkeit klar stellen. Ich werde sie unverzüglich um Vergebung bitten müssen. Ich stehe aber selbstverständlich weiterhin zu meinem Eheversprechen. Ich wünsche allen einen schönen Tag.«

Der ältere Ratsherr verabschiedete sich ebenfalls und stieg die Treppe hinab. Agnes und Ludolf schauten sich fragend um. Für die jungen Leute gab es hier nichts mehr zu tun. Mit einem kurzen Nicken verständigten sie sich und gingen dann ebenfalls.

Im ersten Stock blieb Agnes plötzlich stehen und hielt Ludolf am Arm fest.

»Was ist los?«, fragte er überrascht.

Sie schaute kurz nach oben, der junge Händler folgte ihnen nicht, und auf der Treppe nach unten war auch niemand zu sehen.

»Das ist los.« Damit schlang sie ihre Arme um seinen Hals und zog sein Gesicht ganz nah heran. Jetzt war der richtige Zeitpunkt für einen Kuss gekommen. Denn hier, halb öffentlich, aber doch unbeobachtet, wagte es niemand, zu weit zu gehen. Eng umschlungen standen die beiden auf dem Treppenabsatz und vergaßen die Welt um sich herum.

Der Tote an der Schänke

Erst nach geraumer Zeit traten die jungen Leute aus dem Kontor des Händlers Schäfermann. Erstaunt blieben sie stehen.

Vor dem Haus hatte sich mittlerweile eine ansehnliche Menschenmenge versammelt. Der Bürgermeister Gerd von Bucken und einige Ratsherren standen da und sprachen miteinander. Eine Reihe von Leuten, einfache Arbeiter, Bauern von außerhalb, Handwerker, Mägde und viele mehr, bildeten einen bunten Haufen um die Stadtverordneten. Sie waren ganz begierig, zu erfahren, was sich im Haus des reichen Händlers abgespielt hatte. Man hatte die Wachen beobachtet, die zuerst Rehkopf und dann von Wiesen abgeführt hatten. Wie ein Lauffeuer verbreitete sich nun die Nachricht vom Betrug des Amtsmeisters. Die Menge redete wild durcheinander, und wie üblich in solchen Situationen schossen die Spekulationen ins Kraut. Der leicht verletzte Händler Röttger Schäfermann rang inzwischen mit dem Tode und man hatte kaum noch Hoffnung für ihn. Und plötzlich wussten einige aus ganz sicherer Quelle zu berichten, dass Bode bestialisch verstümmelt worden war.

Der Bürgermeister erspähte seine beiden Helfer und wühlte sich durch die Menge zu ihnen.

»Wir vom Rat möchten Euch herzlichst für die gute Unterstützung danken. Ihr habt das Geheimnis gelüftet. Ihr habt den Verbrecher gefunden.«

Agnes machte einen artigen Knicks. »Danke. Wir brauchen aber doch noch den Helfer.«

»Den Namen wird von Wiesen schon gestehen. Da wir nun den Hauptschuldigen haben, wird der Rest eine Kleinigkeit sein.« Gerd von Bucken schaute sich um. Die Neugierigen drängten sich immer näher heran. »Wir sollten uns lieber im Rathaus unterhalten. Kommt mit hinüber!«

Er drehte sich um und zwängte sich wieder durch die Menschentraube. Agnes und Ludolf folgten ihm so gut es ging.

Aber plötzlich rief jemand lautstark nach dem Bürgermeister. Alle Köpfe wandten sich augenblicklich zu dem Rufer herum. Ein Wachsoldat kam im Laufschritt heran.

»Euer Ehren! Euer Ehren! Herr Bürgermeister! Es ist dringend!«

Von Bucken empfing den Stadtbediensteten: »Wir sind doch schon unterwegs. Was ist denn noch?«

Der Soldat schaute sich unsicher um, und angesichts der vielen ungebetenen Zuhörer beugte er sich zum Ohr des Bürgermeisters vor. Die beiden tuschelten einen Moment lang leise miteinander. Die Zuschauer waren plötzlich ruhig geworden. Keiner wollte etwas verpassen, um nachher mit seinem Wissen in der Wirtstube oder unter Freunden prahlen zu können.

Nach der kleinen Unterredung eilte die Wache wieder von dannen und der Bürgermeister winkte Ludolf und Agnes herbei. Ebenfalls sehr leise und hinter vorgehaltener Hand berichtete er kurz, worum es ging. Ein unbekannter Toter war mit eingeschlagenem Schädel hinter der Schänke *Widukind* gefunden worden. Von Bucken bat die beiden mitzukommen, auch wenn ihr eigentlicher Auftrag schon erledigt war.

»Würdet Ihr das noch für uns erledigen?«, fragte der Bürgermeister.

Die beiden stimmten dem gerne zu. Und schon waren sie unterwegs zu der Schänke. Schnellen Schrittes ging es über den Marktplatz, am Rathaus vorbei, an den Auslagen der Fleischer und dann nach rechts in die Straße der Bäcker. Kaum zwanzig Schritte weiter waren sie am Ziel.

Rechts neben dem Wirtshaus war ein kleiner Gang zwischen den Häusern. Überraschenderweise stand der Hauptmann von Lübbecke dort und gab einem seiner Soldaten Anweisungen.

»Kann er denn schon wieder gehen?«, raunte Ludolf Agnes zu.

Sie kicherte und rempelte ihn mit dem Ellenbogen an. »Du bist gemein«, zischte sie zurück.

»Ich? Du hast ihm doch den Pferdekuss gegeben.«

Jetzt machte Wolfram ein paar Schritte in den Gang hinein. Er ging mit leicht gespreizten Beinen, als hätte er zu lange auf dem Pferd gesessen. Mit den Armen glich er bei jedem Schritt sein Gleichgewicht aus. Ludolf und Agnes prusteten los und mussten sich gegenseitig festhalten. Der Hauptmann hatte sie zum Glück noch nicht bemerkt.

Erst nach einem kleinen Moment hatten sie sich so weit beruhigt, dass sie sich wieder auf ihre Aufgabe konzentrieren konnten. Agnes wischte sich die Lachtränen ab und zupfte ihr Kopftuch zurecht. Ludolf räusperte sich mehrmals. Aber sie durften sich im Augenblick nicht ansehen, sonst würden sie sofort wieder losprusten.

Schließlich gingen sie zwischen den Häusern hindurch und kamen auf einen kleinen Hinterhof, der zur Schänke gehörte. Neben dem Hintereingang lagen ein paar Fässer kreuz und quer durcheinander. In der hinteren Hofecke befand sich eine steile Holztreppe, die zu einer Tür im ersten Stock führte. Der Hauptmann von Lübbecke und ein Wachsoldat standen auf der einen Seite des Hofes und redeten miteinander, während auf der anderen Seite der füllige Wirt Balthasar Melmann lässig an der Wand lehnte. Neben ihm wartete ein junger Bursche von vielleicht fünfzehn Jahren. Der Halbwüchsige hatte seine Arme verschränkt und machte einen verwirrten Eindruck. Er hatte seinen Kopf gesenkt, sodass sein blondes Haar die Augen verdeckte, und wippte nervös hin und her.

In der Mitte des Hofes lag ein Mann mit dem Rücken im Dreck. Der Kopf war zur Seite gedreht, genau in Richtung des Durchgangs zum Hof. Seine Kleidung sah sehr einfach aus, wie bei einem Bauern oder Tagelöhner. Nicht zu übersehen war seine blutverschmierte Stirn.

Wolfram sah die beiden Neuankömmlinge herankommen. Ohne einen Gruß wandte er sich mürrisch ihnen zu. »Da seid Ihr ja endlich! Der Bürgermeister hat Euch schon angekündigt. Ich weiß zwar nich, was das bringen soll, aber wenn's der alte Herr so will ... Da liegt er.« Er zeigte auf den toten Körper mitten im Hof.

»Was könnt Ihr uns sagen?«, fragte Ludolf. Er hockte sich neben die Leiche und schaute sie sich ganz genau an. Der Mann hatte ungefähr sein Alter. Der Gesichtsfarbe nach zu urteilen, arbeitete er draußen. Vielleicht ein Bauer, Maurer oder Zimmermann; jedenfalls niemand, der sich die meiste Zeit in einer Werkstatt aufhielt.

»Ich wette, das war'n Streit zwischen irgendwelchen Halunken. Der eine hat dem andern den Kopf eingeschlagen und ihn hier versteckt. Der Mörder is' bestimmt schon längst auf und davon. Irgendwann wird der auch umgebracht. Also nichts Besonderes.«

Während Ludolf den Toten weiter eingehend betrachtete, fragte Agnes: »Wer hat ihn gefunden?«

»Eigentlich der Wirt. Er wollte die Leiche mit seinem Knecht wegschaffen, damit er kein' Ärger bekommt. Aber 'n Nachbar hat's gesehen und gemeldet.«

Sie wandte sich an den Wirt: »Kanntet Ihr den Toten?«

Melmann kratzte sich am Hinterkopf und schaute kurz auf den hin und her wippenden Burschen. »Nein. Er kam gestern Nachmittag. Ich war grad nich da, da hat der Junge ihm die Kammer gezeigt. Und heute Morgen hat er ihn hinter den Fässern gefunden.« Aber plötzlich mimte der Wirt den Verärgerten. »Irgendso'n Ekel hat mir die Leiche fast genau in die gute Stube gelegt. Selbstverständlich wollten wir den wegschaffen. Wie jetzt jeder sehn kann, bringt 'ne Leiche nur Ärger.«

»Hattet Ihr ihn schon einmal gesehen?«

Der Wirt schüttelte seinen Kopf. »Nö.«

»Welchen Namen hatte er Euch genannt?«

»Namen?« Melmann tippte sich an die Stirn. »Wo lebt Ihr denn, werte Frau? Er hat bezahlt und gut war's. Da braucht man keinen Namen. Und selbst wenn er einen genannt hätte, wen interessiert's? Wer sollte das überhaupt nachprüfen wollen?«

Agnes schüttelte den Kopf. Für den Wirt war die Hauptsache, dass genug Geld hereinkam; auf welche Weise, das war egal. Ob man dem größten Halunken der Geschichte Unterschlupf gewährte oder nicht, war völlig gleichgültig.

»War der Mann gestern Abend noch unterwegs?«, fragte die Scholasterin wieder.

»Keine Ahnung. Meine Schlafgäste brauchen nicht durch die Schankstube. Sie gehen über die Treppe da rein und raus.« Damit zeigte der Wirt auf die Holztreppe.

Sie wandte sich an den Burschen: »Weißt du noch etwas? Hat der Gast etwas gesagt oder getan, was uns weiterhilft?«

Der Junge blickte kurz hoch und schielte vorsichtig zu seinem Herrn hinüber, aber Melmann ließ sich nichts anmerken. Man konnte keine Regung in seinem Gesicht erkennen. Der Bursche schüttelte schließlich den Kopf.

»Ich werde mir die Kammer des Toten ansehen«, beschloss Agnes.

»Und ich untersuche inzwischen seine Taschen«, ergänzte Ludolf.

Nun meldete sich auch Wolfram wieder zu Wort: »Ich komme mit dir mit.« Und watschelte unbeholfen auf Agnes zu.

Sie verschränkte die Arme vor der Brust. Ihr Blick war frostig, der Ton ihrer Stimme auch nicht angenehmer: »Nein. Ich gehe allein. Ich darf dich doch nicht daran hindern, dass du dich um deine Frau kümmerst.«

Er blieb abrupt stehen. »Wie meinste das denn?«

»Ich weiß inzwischen ein wenig besser über dich Bescheid. Du meintest wohl, eine Nonne würde dir deine Märchen glauben. Zum Glück bin ich dir früh genug auf die Schliche gekommen. Du bist doch stadtbekannt für deine vielen Liebschaften.« Mit einem Mal begann sie zu grinsen. »Aber vielleicht habe ich einigen Frauen ja einen Dienst getan. Tut es noch sehr weh?«

Wolfram klappte seinen Mund überrascht auf und zu, aber kein Wort war zu hören. Er stand da wie ein Ölgötze und rührte sich nicht.

Agnes drehte sich lächelnd um, winkte kurz dem jungen Burschen, ihr zu folgen, und marschierte erhobenen Hauptes zur Treppe. Nach wenigen Augenblicken war sie oben angekommen und durch die kleine Tür verschwunden. Der Hauptmann starrte ihr immer noch wie benommen hinterher.

Ludolf musste sich beherrschen, um nicht laut loszulachen. Er amüsierte sich köstlich über das dämliche Gesicht des Soldaten. Diese Abfuhr hatte er dem rücksichtslosen Kerl von ganzem Herzen gegönnt.

Im Zimmer des Toten

Wartet bitte!« Die Stimme des jungen Burschen zitterte vor Aufregung.

Agnes blieb stehen. »Was ist?«

Im Dämmerlicht des niedrigen Flures konnte sie das Gesicht des Halbwüchsigen kaum erkennen. Mit einer energischen Bewegung warf er seine blonden Haare zur Seite. Agnes wollte so schnell wie möglich diesen Gang zu den Kammern der Schlafgäste verlassen. Der Geruch nach abgestandenen Bier war noch das kleinste Übel, aber irgendeiner musste sein Quantum in eine der Ecken gespien haben. Es stank grässlich. Noch einen Moment und sie würde ihr Frühstück daneben spucken.

»Was willst du mir denn sagen?« Agnes wurde ungeduldig.

»Bitte verratet mich nicht.« Seine Stimme klang sehr flehentlich.

»Weswegen sollte ich das?«

»Ich habe jemanden in das Zimmer von dem da im Hof gelassen. Wenn der Melle das erfährt, schmeißt er mich raus.«

»Oh!« Die junge Frau war überrascht. Damit hatte sie keineswegs gerechnet. »Ich verrate nichts. Vorläufig nicht. Es kommt darauf an, ob das etwas mit dem Mord zu tun hat. Wen hast du denn hineingelassen?«

Wieder warf er mit einer schnellen Bewegung seine Haare zur Seite. »Sie sagte, sie sei seine Schwester.«

Agnes überlegte kurz. Das klang jetzt wirklich merkwürdig. »War das, bevor oder nachdem du den Toten gefunden hast?«

»Sehr früh heute Morgen, noch bevor der Melmann kam, war 'ne Frau mit zwei kleinen Kindern in die Wirtsstube gekommen. Sie wollte jemanden sprechen. Den Namen kannte ich zwar nich, aber wie se den Mann beschrieben hatte, musste das der Gast von gestern sein. Ich wollte se über die Treppe hier zu ihm bringen. So wie Euch jetzt. Da fanden wir den Mann tot zwischen Fässern. Die Frau fing sofort an zu heulen. Da hab ich se schnell in die Kammer da gebracht. Erst dann sagte ich dem Melmann Bescheid.«

Agnes war ganz aufgeregt. »Ist die Frau noch da?«

Der Bursche zuckte mit den Schultern. »Denke schon. Ich hab nich gesehn, dass se weg ist. Wir waren ja alle im Hof.«

»Wo ist das Zimmer? Schnell!« Jetzt wurde Agnes ganz unruhig.

»Das nächste da.« Er zeigte auf eine Tür keine zwei Schritte entfernt.

Die Scholasterin ging leise zur Tür und horchte. Erst war nichts zu hören. Doch nach einem Augenblick hörte sie die Stimme eines Kindes, dann die einer Frau. Agnes zögerte. Sollte sie Ludolf zur Verstärkung holen? Ach, was! Das konnte sie auch allein. Mit einer trauernden Frau sollte sie auch alleine fertig werden.

Agnes klopfte. Keine Antwort. Sie klopfte wieder und rief dann: »Habt keine Angst. Ich komme jetzt herein.« Zum Burschen gewandt sagte sie: »Warte bitte hier draußen.«

Sie drückte gegen die Tür, die sich knirschend öffnete. Vorsichtig blickte sie in den düsteren, kleinen Raum. An der Wand neben dem winzigen Fenster stand eine junge, hochgewachsene Frau mit einem Kind auf dem Arm und einem, das sich an ihr Bein klammerte. Die Möllenbeckerin trat ganz hinein.

Da sagte die Frau erstaunt: »Ihr?«

Agnes blinzelte. Gegen das helle Fenster konnte sie die Frau kaum erkennen. Sie kam noch zwei Schritte näher. Doch dann wurde alles klar. Dort stand die Bademagd Ingrid, völlig verweint mit geröteten Augen und am ganzen Leib zitternd.

»Ihr seid die Schwester des Toten?«

Ingrid nickte.

»Das tut mir so unendlich leid«.

Agnes schloss schnell die Tür und ging hinüber zu der jungen Mutter. Die beiden Frauen umarmten sich und Ingrid ließ ihren Tränen freien Lauf. Sie verfluchte den gemeinen Räuber, der ihr den geliebten Bruder gestohlen hatte. Eine ganze Zeit standen sie zusammen, bis die Bademagd sich wieder etwas beruhigt hatte.

Schließlich nahm Agnes Ingrid das kleine Mädchen vom Arm. »Setzen wir uns doch auf das Bett«, schlug sie vor.«

Die beiden Frauen setzten sich auf die einfache Schlafstatt, die aus groben Brettern zusammengenagelt worden war. Die einzige Polsterung für die Nacht war ein alter Sack mit zerdrücktem Stroh. Ingrid nahm den etwa vierjährigen Jungen auf den Schoß, während sich Agnes um das kleine Mädchen kümmerte.

Jetzt erst fiel der Möllenbeckerin die Unordnung auf. Das Bett stand schräg im Raum, wo man es eher an der Wand vermutet hätte. Ein Beutel aus grobem Stoff, wohl der von Ingrid, ruhte zwar ordentlich beim Fenster an der Wand. Aber ein zweiter lag ausgeleert mitten im Zimmer, daneben ein achtlos weggeworfenes Hemd, ein halber Laib Brot, ein Stück Speck und zwei Leinentücher, in denen die Speisen eingewickelt waren.

»Lag das hier schon so herum?«, wollte Agnes wissen.

Ingrid nickte. »Das Bett war auch umgeworfen. Ich hab es wieder hingestellt.«

»Sind das die Sachen Eures Bruders?«

Sie nickte wieder und putzte sich mit dem Ärmel die Augen trocken.

»Jemand muss die Sachen Eures Bruders durchwühlt haben. Warum bloß?«

Die Bademagd zuckte mit den Schultern. »Er hatte doch kaum Geld. Er war doch nicht reich.«

»Einen Moment bitte.« Agnes setzte das kleine Mädchen auf das Bett neben die Mutter und ging zur Tür. Der junge Bursche stand noch immer draußen auf dem Flur und wartete geduldig.

»War hier jemand in der Kammer? Ich meine, außer der Frau, die du hereingelassen hast?«

Der Halbwüchsige überlegte einen Moment. »Ich weiß nich. Ich hab keinen gesehen. Aber über die Treppe können alle Möglichen raufkommen.«

»War einer von euch hier drinnen, dein Herr oder du?«

»Nur als ich dem Gast die Kammer gezeigt hab. Ob der Melle da war, kann ich nich sagen. Aber der kommt nie hoch. Hat bestimmt Angst, die Treppe könnt zusammenbrechen.« Dabei grinste er breit.

Agnes bedankte sich und verschwand wieder im Gastzimmer. Sie setzte sich zurück zu Ingrid.

»Wann habt Ihr Euren Bruder zuletzt gesehen?«

»Gestern Abend wartete er vorm Badehaus auf mich. Er sagte mir, dass nun alles erledigt sei. Ich sollte heute Morgen hierherkommen, damit wir zusammen nach Bückeburg gehen können. Ich war glücklich, nie wieder ins Badehaus zu müssen.«

Abermals begannen die Tränen zu laufen. Ingrids Kinder drückten sich sofort wieder ängstlich an sie. Solch ein Unglück hatten die drei nun wirklich nicht verdient.

»Seid Ihr mit Eurem Bruder gestern Abend nach Hause gegangen?«

»Nein. Wilken wollte noch einmal zu meinem Besitzer. Der Gefallen, den er ihm erwiesen hatte, war so groß gewesen, dass er noch zusätzlich Geld fordern wollte. Das hätte er besser nicht getan. Nicht wahr?«

Agnes erinnerte sich an das, was Ingrid ihnen bei der Befragung erzählt hatte. Die Schulden sollten ja nicht mit Geld, sondern durch einen Dienst abgegolten werden. Hatte es bei dieser Nachforderung Ärger gegeben? War der Bruder zu gierig geworden? Oder hatte es Schwierigkeiten bei der Erledigung des Gefallens gegeben? Letzteres wohl eher nicht, sonst hätte er seiner Schwester ja nicht sagen können, dass der Auftrag erledigt war. Also hatte es mal wieder Streit um das liebe Geld gegeben. Wie der Apostel Paulus es so treffend beschrieb: *Die Geldliebe ist eine Wurzel von schädlichen Dingen aller Arten.*[23] Wilken verlangte mehr als vereinbart und der Gläubiger wollte nicht zahlen. Also gab es die Prämie in Form eines eingeschlagenen Kopfes.

»Wisst Ihr inzwischen, wer Euer Besitzer war?«, wollte Agnes wissen.

»Nein. Mein Bruder hat mir nur was gegeben. Vielleicht werdet Ihr daraus schlau.«

Die ehemalige Bademagd ging zu ihrem Beutel hinüber und kramte etwas hervor. Sie kam mit einem zusammengefalteten Pergament zurück.

»Wilken sagte mir, dass das Schriftstück sehr wichtig sei. Es enthält den Nachweis der Tilgung meiner Schulden. Eigentlich darf ich es auch keinem Fremden geben.« Sie schwieg einen Moment. »Aber Euch vertraue ich.« Damit hielt sie es der Nonne entgegen.

Agnes bedankte sich für das Vertrauen und versprach, ihr das Pergament so schnell wie möglich zurückzugeben. Plötzlich schlug sie sich mit der flachen Hand vor die Stirn. »Jetzt verstehe ich. Vielleicht hat der ehemalige Besitzer nach dieser Schrift gesucht. Wenn darin sein Name steht, ist dies so gut wie ein Schuldeingeständnis. Gebt schnell her!«

Eilig faltete Agnes das Pergament auseinander und begann, zu lesen. Sie murmelte leise vor sich hin. »Hier steht: *Ingrid hat so lange als Magd zu arbeiten, bis die Schulden beim Gläubiger abgearbeitet sind*. Dann kommt noch ein Zusatz, dass zu Augustini[24], das war gestern, alles abgegolten ist. Und zum Schluss noch der Name.«

Plötzlich wurde ihr ganz schlecht. Das Herz begann zu rasen, die Hände zitterten und ihr Hals war schlagartig trocken, sodass sie meinte, keine Luft mehr zu bekommen. Panisch sprang sie auf. Was sie hier las, verschlug ihr die Sprache. Sie konnte es kaum glauben. Sie atmete mehrmals tief durch, um sich wieder einigermaßen zu beruhigen. Sie musste dringend mit Ludolf sprechen.

»Was ist mit Euch?« Ingrid klang sehr besorgt.

Agnes riss sich zusammen und sammelte ihre Gedanken. »Ich ... ich brauche dieses hier noch.«

»Was steht denn drin?«

»Später. Später. Ich muss jetzt schnell los. Wartet bitte hier.«

Damit rauschte sie auch schon hinaus. Auf dem Flur prallte sie auf den Burschen, der bisher geduldig gewartet hatte. Der sprang sofort zur Seite und entschuldigte sich.

Agnes war völlig durcheinander. »Äh ... Bring der Frau etwas zu essen und zu trinken. Sie darf so lange in der Kammer bleiben, wie sie möchte.«

Und schon eilte sie zur Tür, die zum Hinterhof führte.

Ein Henker

Ludolf kniete neben dem Toten und untersuchte die Kopfwunde mit einem kleinen Stock. Er hatte wenig Lust, sich mit dem Blut aus der Wunde zu besudeln. Und wer wusste schon, welche Untermieter in Form von Flöhen und Läusen der Kerl an sich hatte. Und vor allem wollte er nicht in die gleiche tragische Situation kommen wie der Händler Johannes Bode. Er wollte nicht durch die Berührung mit dem Tod unrein und unehrlich werden. Für solche Fälle gab es ja zum Glück die Totengräber.

Nach der Wunde zu urteilen, war einiges an Blut geflossen. Aber weder hier, wo die Leiche lag, noch hinter den Fässern gab es eine Blutlache. Der Mann war also woanders erschlagen und dann erst hier abgeladen worden. Aber wo war der Mord geschehen?

Auf der Stirn und der linken Schläfe des Toten waren mehrere Schläge mit einem scharfkantigen, länglichen Gegenstand ausgeführt worden. Der Mörder musste also ein Rechtshänder sein. Ein Unfall konnte es nicht gewesen sein; dann hätte es nur eine einzige Wunde gegeben. Alles deutete auf einen Mord hin, denn dieser Mann war von vorne – also von Angesicht zu Angesicht – erschlagen worden. Ob es in Notwehr geschehen war oder in voller Absicht, war natürlich nicht zu erkennen.

In der Wunde fand Ludolf kleine, feine Holzsplitter. Vorsichtig pulte er einen größeren heraus und wusch ihn in einer Pfütze. Es war festes, blankes Holz. Nicht solches, das draußen bei Wind und Wetter gelegen hatte und dessen Oberfläche dadurch morsch und faserig geworden war. Diese Splitter sahen eher wie von einem Möbelstück aus – einem Stuhlbein zum Beispiel.

Außerdem hatte der Tote noch irgendwelche rötlichen Fussel im Haar, auf den Schultern und den Ärmeln. Ludolf wusste beim besten Willen nicht, was das sein konnte. In den Taschen des Ermordeten war auch nicht mehr zu finden. Was nun?

»Wie lange soll ich denn noch hier warten?« Der Wirt Balthasar Melmann stemmte seine Hände in den Rücken und wankte in seinem unbeholfenen Gang über den Hof. Seine Laune war während der Untersuchung immer schlechter geworden. »Ich habe Gäste in der Stube sitzen. Die muss ich bedienen. Wollt Ihr, dass die mich ausplündern, nur weil ich nich da bin?«

»Ich glaube eher, Eure Gäste sind inzwischen alle hier, um zu gaffen.«

Dabei zeigte Ludolf auf die Menschen, die sich durch den Gang drängelten. Einige der Zuschauer aus der Meute vom Marktplatz mussten ihnen bis hierher gefolgt sein. Hätte der Hauptmann der Stadtwache nicht den Weg versperrt, wäre der Schauplatz innerhalb von wenigen Augenblicken überfüllt gewesen. Aber zum Glück waren inzwischen zwei weitere Wachen eingetroffen.

Plötzlich kam Unruhe in die Gruppe. Ein Geschiebe und Gedränge entstand. Einige Leute begannen zu fluchen und zu schimpfen. Irgendjemand versuchte, sich rücksichtslos nach vorne durchzuschieben.

»Junger Herr!«, rief jemand aus der Menge. »Junger Herr!«

Ein Mann winkte heftig, während Wolfram von Lübbecke ihn mit barschen Worten zurückdrängte. Doch der Mann ließ sich nicht abwimmeln. Er winkte, um auf sich aufmerksam zu machen.

»Ich muss Euch dringend sprechen!«, schrie er.

Jetzt erkannte Ludolf den Mann. Es war der Hochzeitsgast von gestern Abend, der Susanna und ihn auf dem Spaziergang angesprochen hatte. Von ihm stammte der Hinweis, dass der Fremde, der mit Bode gesprochen und getrunken hatte, ein Henker gewesen war.

Sofort rief Ludolf: »Hauptmann, lasst ihn durch. Ich kenne ihn.«

Wolfram brummte nur etwas, das nicht zu verstehen war, ließ aber den aufdringlichen Kerl durch. Sofort versuchten andere Zuschauer, ebenfalls zu folgen. Zusammen mit dem zweiten Soldaten drängte von Lübbecke die Neugierigen wieder zurück.

Mit einem breiten Grinsen und stolzgeschwellter Brust kam der Mann auf den Hof. Er fühlte sich anscheinend sehr wohl in seiner Rolle. Alle anderen mussten draußen bleiben, aber er durfte als Einziger ganz nah ans Geschehen, wurde sogar eingeladen, näherzukommen.

»Sei gegrüßt, Melle«, sagte er in Richtung des Wirts, der langsam näherkam.

»Gert, was willst du denn hier?«, kam es gereizt zurück.

Beschwingten Schrittes trat der Neuankömmling an den Toten heran und hockte sich sofort hin.

»Würdet Ihr bitte hierherkommen? Dort habt Ihr nichts zu suchen!« Ludolf verabscheute diese aufgeplusterten Gockel, die herumliefen, als wüssten sie über alles Bescheid.

Aber der Mann reagierte nicht.

»Mein lieber Herr, wenn Ihr versucht, mich an der Nase herumzuführen, wird Euch die Wache liebend gern abführen.«

Lässig stand der Mann auf und schlenderte zu Ludolf hinüber. »Keine Panik, junger Herr. Ich wollt ja nur mal schauen, ob der auch wirklich tot ist.«

»Was wollt Ihr von mir? Ist Euch noch etwas eingefallen?«

Der Mann kratzte sich am Kinn. »Nun ja, vielleicht.« Er zwinkerte mit dem Auge. »Es gibt da ’ne Möglichkeit, meinem Gedächtnis auf die Sprünge zu helfen. Na, wie wär's?« Damit hielt er Ludolf seine hohle Hand hin.

So einer war das also. Gestern Abend hatte er in seinem Suff vergessen, sich für seinen Hinweis eine Belohnung geben zu lassen. Dafür wollte er aber heute Morgen die günstige Gelegenheit nutzen, das Verpasste nachzuholen. Am besten noch mit Zinsen. Und das für eine wahrscheinlich völlig nutzlose Auskunft.

»Kommt darauf an, was Ihr uns berichten könnt«, antwortete Ludolf.

»Ne, ne. Erst den Zaster. Ich lass mich nicht noch mal übers Ohr hauen.« Der Mann tippte sich an die Stirn.

»Wenn die Auskunft nützlich ist, wird der Stadtrat Euch bezahlen.«

Der Mann hob abwehrend die Hände. »Ho! Ne! Darauf lass ich mich nicht ein.«

Ludolf drehte sich zu Wolfram von Lübbecke um. »Hauptmann, sperrt diesen Kerl ein. Er behindert unsere Nachforschungen.«

Sofort stelzte der Soldat heran. Die Schmerzen schienen ihn noch ungeduldiger zu machen. »Du wanderst in den Kerker, Bürschchen! Du verschaukelst uns hier nich mehr!«

Gert wich langsam zurück und streckte abwehrend seine Arme vor. »Moment noch! Wartet bitte! Vielleicht lass ich mich doch auf den Handel ein.«

Jetzt hatte der Hauptmann den Mann erreicht und am Kragen gepackt. »Spuck's schon aus! Sonst biste dran!«

»Schon gut. Ich red ja schon.« Seine Stimme wurde leiser, sodass keiner der Gaffer etwas hören konnte, nur diejenigen, die im Hof standen. »Der Tote da, das ist der Henker, den ich in der Schänke mit Bode zusammen gesehen habe.«

Von Lübbecke fragte erstaunt: »Was für'n Henker? Was redest du da für'n Quatsch?« Und schüttelte den Mann kräftig. »Los! Sag schon!«

»Schon gut, Hauptmann«, mischte sich Ludolf ein. »Seid leiser! Das darf keiner hören! Ich erkläre Euch das später.« Und zu dem Informanten gewandt sagte er: »Ihr könnt jetzt gehen. Ich sage dem Rat Bescheid, sodass Ihr eine Belohnung für Euren Hinweis bekommt.«

Der Mann versuchte vergeblich sich loszureißen. Ärgerlich schrie er: »Das wird doch nix! Der Rat rückt doch sowieso nix raus. Die kassieren doch nur.«

Wolfram von Lübbecke führte den laut Lamentierenden wieder zurück zu den anderen Zuschauern und schubste ihn unsanft in die Menge. Fluchend und schimpfend tauchte er zwischen den anderen Leuten unter.

Ludolf war ganz aufgeregt. Vorhin hatten sie noch geglaubt, dass sie den Helfer des Amtsmeisters von Wiesen nicht so schnell finden würden. Und jetzt war er ihnen sozusagen direkt in den Schoß gefallen. Ein perfekter Abschluss für diese Mission. Was Agnes wohl sagen dazu würde?

Aber der junge Mann kam ins Grübeln. Hier hatten sie nun den Henker. Aber wer hatte ihn auf den Gewissen? Warum wurde er ermordet? Wollte von Wiesen einen Mitwisser loswerden? Möglich. Denn immerhin war dieser Mann derjenige, der das Mordkomplott in die Tat umgesetzt hatte. Dieser hier konnte bezeugen, dass die Tat vom Zunftmeister der Wollweber ausgeheckt worden war. Von Wiesen hatte also nicht nur einen Selbstmord in Auftrag gegeben, sondern auch noch einen Mord eigenhändig begangen. Dazu kam dann noch der Betrug. Damit gab es wohl kaum noch Zweifel, dass das Gericht ein anderes Urteil als den Tod des Angeklagten verhängen würde.

Balthasar Melmann fragte schon wieder. »Wann kann ich denn geh'n? Ich muss nu endlich mal arbeiten.«

Ludolf wirbelte herum. Trotz all der neuen Fragen, die sich durch den Tod des Henkers ergaben, wurde ihm aber nun eines völlig klar. Der Wirt hätte die ganze Suche erheblich beschleunigen können, wenn er nicht so begierig gewesen wäre, nur seinen eigenen Vorteil zu sehen.

»Warum wolltet Ihr die Leiche so schnell fortschaffen?«

Behäbig kam Melmann heran. »Ich sagte doch: 'Ne Leiche macht nur Ärger, ist schlecht für's Geschäft.«

»Das glaube ich weniger. Eher das Gegenteil ist der Fall. Eure Schänke bekommt Aufmerksamkeit und Ihr könnt den Gästen brühwarm die Geschichte vom Toten erzählen. Das lockt die Leute an.«

Der Wirt machte eine wegwerfende Handbewegung. »Ach, was! Das sieht vielleicht so aus.«

Ludolf ging gemächlichen Schrittes durch den Hof und ließ sich Zeit; denn Melmann wurde sichtlich nervös. »Ihr habt gehört, was der Mann da soeben gesagt hat?«

»Was ging mich das an? Außerdem hat'r so leise gequatscht. Man konnte ja kaum was verstehn.«

»Der Mann sagte, dass Euer Gast ein Henker gewesen war.«

Der Wirt machte ein paar unkoordinierte Armbewegungen und schaute sich fragend um. »Ja, und?« Er suchte ganz offensichtlich nach den richtigen Worten. »Den Kerl von vorhin kenn ich doch. Das ist Boldermanns Gert, ein Tagelöhner und ständig betrunken. Dem glaub ich kein Wort. Ne, ne, nie und nimmer. Der würd für'n Humpen Bier sogar seine Mutter verraten.«

Ludolf ließ wieder eine Pause verstreichen, in der er sein Gegenüber genau beobachtete. »Ich erinnere mich noch an die beiden Male, als ich bei Euch in der Schänke war. Ihr habt

Euch da schon gesträubt, als ich andere Gäste fragen wollte. Und als ein Gast mir etwas erzählte, wolltet Ihr das unterbinden.«

»Och, was! Das sah vielleicht so aus.«

Ludolf schüttelte den Kopf. »Ihr habt schon damals gewusst, dass der Tote ein Henker war.«

Balthasar Melmann hob abwehrend seine fleischigen Arme. »Ho! Ganz ruhig bitte. Woher sollt ich das denn wissen? Ich hock meinen Gästen doch nich auf'm Schoß, um sie zu belauschen.«

»Wenn andere Gäste das gehört haben, warum nicht auch Ihr? Vor allen Dingen, wenn der Gast so geheimnisvoll tat. Sprach mit keinem und saß nur in der Ecke herum, als würde er auf etwas warten.«

Der Wirt schüttelte vehement den Kopf. »Nein, mein Lieber. Das lass ich mir nich anhängen!«

»Oh, doch!« Der junge Mann war nun lauter geworden. »Um Euch und Eure Schänke nicht in Verruf zu bringen, habt Ihr Euch dumm gestellt. Und als dieser Henker wieder auftauchte und plötzlich tot in Eurem Hof lag, wolltet Ihr ihn so schnell wie möglich loswerden.«

»Alles Quatsch! Das muss ich mir nicht länger anhören.« Damit drehte er sich um und wankte so schnell, wie es bei seinem Umfang möglich war, zur Tür. »Ich muss mich jetzt um meine Gäste kümmern.«

Sofort rief Ludolf zwei Wachen, um Melmann aufzuhalten. »Nehmt ihn fest. Er hat versucht, den Mord zu vertuschen und mit voller Absicht die Ermittlungen behindert.«

Der Wirt sträubte sich, so gut er konnte. Die beiden Soldaten hatte ihre Mühe, den massigen Kerl unter Kontrolle zu bringen. Wenn Melmann jetzt einfach zu Boden fallen würde und sich weigerte aufzustehen, hätten sie kaum eine

Möglichkeit, ihn aufzurichten und abzuführen. Dann müsste man ihn mit einem Ochsen fortschleifen.

»Ludolf!«

Der Angesprochene wirbelte herum. Agnes kam eilig die Holztreppe herab. Die letzten drei Stufen übersprang sie einfach und lief dann auf ihn zu. Ihre Wangen glühten und ihre dunklen Augen strahlten.

Fast rannte sie ihn um. Erst im letzten Augenblick bremste sie noch ab und stolperte in seine Arme. Freudestrahlend blickte sie ihn an. »Ich weiß jetzt, wer der Tote ist!«

Ludolf entgegnete grinsend: »Ich auch.«

Agnes öffnete erstaunt den Mund und brachte kein Wort heraus.

Er lachte vergnügt. Er liebte es, wenn er sie sprachlos machen konnte.

»Was soll das, du Hammel?« Sie schubste ihn ärgerlich zurück. »Kannst du gar nicht!«

Lächelnd zeigte Ludolf auf den Toten. »Darf ich vorstellen? Der gesuchte Henker.«

Jetzt war sie wirklich baff. Statt ihn beeindrucken zu können, hatte er sie nun überrascht. Sie schüttelte enttäuscht den Kopf. Diese neue Erkenntnis musste sie erst einmal mit ihrem Gespräch oben in der Kammer in Einklang bringen.

Ludolf erzählte kurz, was sich inzwischen hier im Hof ereignet hatte. Schweigend hörte sie ihm zu.

»Von Wiesen erschlug seinen Mitwisser, der eine Gefahr für ihn darstellte«, schloss er seine Ausführungen.

Agnes beugte sich über die Leiche. Sie grübelte noch immer. Die Gedanken schwirrten ihr unkontrolliert durch den Kopf und bildeten einen undurchdringlichen Urwald. Was war hier geschehen? Wie passte das alles zusammen? Hatte sie sich so sehr geirrt?

Ludolf zeigte auf die roten Fusseln an der Kleidung des Opfers. »Weißt du, was das für ein Zeug ist?«

Sie musste sich zusammenreißen. »Was ist?« Sie war so in Gedanken, dass sie seine Frage nicht verstanden hatte.

»Was ist das hier?«

Agnes schaute genauer hin. »Du kennst doch sonst alles, aber das nicht? Das ist ...«

Erstaunt hielt sie inne. Vor ihrem geistigen Auge wurde gerade der Gordische Knoten zerschlagen. Das heillose Durcheinander in ihrem Kopf löste sich mit einem Schlag auf. Ruckartig richtete sie sich auf und schaute mit großen Augen auf Ludolf und den Toten herab. Es brach aus ihr heraus: »Jetzt ist alles klar! Jetzt weiß ich, was passiert ist!«

Nun war Ludolf an der Reihe, ein dummes Gesicht zu machen. »Was ist los?«

Ihre Stimme überschlug sich fast. »Oh, ich weiß nun, wer den Mann hier beauftragt und dann ermordet hat.«

»Das ist doch klar: von Wiesen.«

Agnes schüttelte den Kopf und reichte ihm strahlend die Urkunde, die ihr die ehemalige Bademagd gegeben hatte. »Falls du dich besser mit Gewürzen auskennen würdest, wäre es dir vielleicht auch aufgefallen.«

In kurzen Worten erzählte Agnes von Ingrid und ihrem Bruder.

Verhaftung

Röttger Schäfermann schaute erstaunt auf. »Ihr?«
Er hatte sich ein frisches, helles Hemd angezogen und darüber eine edel bestickte lange Jacke mit goldenen Knöpfen. Dazu trug er einen breitkrempigen Hut, der samten schimmerte. Er hatte gerade sein Haus am Markplatz verlassen wollen, als ihm der Bürgermeister zusammen mit Agnes, Ludolf und einigen Wachsoldaten entgegentrat.

Doch schnell hatte sich der junge Händler wieder gefangen und lächelte. Er verneigte sich leicht und sprach in seiner betont huldvollen Art: »Werter Kollege, das wäre doch nicht nötig gewesen. Ich hatte doch versprochen, zu kommen, um meine Aussage zu machen. Und jetzt kommt Ihr zu mir? Das ist zu viel der Ehre.«

Gerd von Bucken blickte keineswegs belustigt. Seitdem Agnes und Ludolf ihn vor wenigen Augenblicken im Rathaus unterrichtet hatten, war kein Wort mehr über seine Lippen gekommen. Während der Erzählung war sein Gesicht immer verschlossener und regungsloser geworden. Schließlich war er kampfbereit aufgesprungen. Nur mit einem Zeichen seiner Hand hatte er die jungen Leute aufgefordert, ihm zu folgen. Ebenso stumm hatte er die Soldaten herbeigewinkt.

Erst jetzt sprach er wieder. Bissig presste er seine Worte hervor. »Es hat sich inzwischen etwas Neues ergeben. Hier.« Und er reichte Schäfermann die Urkunde.

Dieser schaute sie sich kurz an. Gelangweilt antwortete er: »Ja, ja. Den Vertrag kenne ich. Dieser junge Bauer – Wilken nannte er sich – hat mir gestern mein Geld zurückgezahlt. Damit war die Sache erledigt. Gibt es Probleme mit der Magd? Hätte ich sie nicht von dannen ziehen lassen dürfen?

Oder war es nicht ihr richtiger Bruder? Ich habe im guten Glauben gehandelt, dass alles korrekt ist.«

Von Bucken antwortete nicht darauf. Noch immer standen die Zornesfalten auf seiner Stirn. Stattdessen fragte er: »Wie viel wurde Euch gezahlt?«

Der souveräne Blick des Schäfermanns trübte sich ein wenig. »Ich weiß nicht, ob es Euch etwas angeht. Aber ... da es Euch scheinbar so brennend interessiert: fünf Gulden.«

»Als Dirne bringt die Frau in ein paar Monaten doch bestimmt mehr ein. Oder?«

Der junge Händler blickte ganz erstaunt. »Was sagt Ihr da, werter Kollege? Als Dirne?« Aber nun klang er richtig zerknirscht. »Der Besitzer des Badehauses fragte nach einer Magd, die beim Wasserschöpfen und Feuermachen hilft. So habe ich ihm die Frau überlassen. Falls es jedoch zu solchen Diensten gekommen ist, bedaure ich das zutiefst. Ich habe nicht gewusst, dass sie dazu gezwungen wurde. Das tut mir aufrichtig leid. Das ist absolut nicht gerecht. Ich werde noch heute mit Tobias Dullen reden. Das ist ein glatter Vertragsbruch. Ich danke Euch von Herzen, dass Ihr mich darauf aufmerksam gemacht habt.«

Der Händler schaute reumütig in die Runde, aber niemand antwortete ihm. Alle Blicke blieben steinern wie bisher.

»Ist noch etwas?« Seiner Stimme war jetzt ein leichtes Zittern anzumerken.

Aber nun meldete sich Agnes zu Wort. »Wie uns die junge Frau sagte, bezahlte ihr Bruder Wilken mit einem Gefallen, nicht mit Geld.«

Schäfermann richtete sich auf und schlug sich theatralisch auf die Brust. »Wie bitte? Ein Gefallen? Welchen Gefallen könnte mir so ein Hungerleider denn schon machen? Soll ich Euch die Münzen zeigen, die er mir gab?«

Die Scholasterin winkte ab. »Ihr habt bestimmt genug Geld in Eurer Kasse, um mir irgendwelche Münzen hervorzuzaubern. Das ist kein Beweis.«

Der junge Händler richtete sich auf und kam langsam auf Agnes zu. »Ihr seid ganz schön mutig. Ihr glaubt einer Dirne mehr als mir?«

»Ihr gebt also zu, dass sie als Bademagd den Männern zu Diensten sein musste?«

Er stockte. »Das habt ihr doch selbst gesagt. Warum sollte ich das anzweifeln?«

Aber Agnes wollte sich jetzt nicht mit solchen Nebensächlichkeiten aufhalten. Sie wollte endlich zum Punkt kommen. Kämpferisch stemmte sie die Hände in die Seiten. »Folgendes ist passiert: Wilken einigte sich mit Euch am Montag vor einer Woche auf die Bezahlung für seine Schwester Ingrid. Statt des Geldes sollte er Euch einen Gefallen tun. Er quartierte sich in der Schänke *Widukind* ein und wartete, bis er an einem günstigen Abend den Händler Bode alleine antraf. Wilken gab sich im Laufe des Gesprächs als Henker aus.«

Schäfermann lachte laut los. »Mein liebes Kind, da habt Ihr Euch aber eine haarsträubende Geschichte ausgedacht. Ich stifte jemanden an, sich als Henker auszugeben? Ihr habt wohl zu viele Schauergeschichten gehört? Wer soll denn diesen grausigen Unfug glauben? Die Magd hat Euch aber ganz gewaltig auf den Arm genommen. Ihr dürft nicht alles glauben, was man Euch weismachen will.«

Er trat an Agnes heran und legte seine Hand schwer auf ihre Schulter. Sie wurde stocksteif und sah ihn verärgert an.

Überlegen fuhr er fort: »Belassen wir es doch dabei. Wenn Ihr Euch nun einfach zurückzieht und nicht weiter davon sprecht, soll es gut sein. Mit solch albernen Märchen vertun wir nur unsere wertvolle Zeit. Und, meine Liebe, Ihr wärt gut beraten, wenn Ihr einmal darüber nachdenken würdet, wo Euer Platz ist.«

Doch damit war er bei Agnes an die Falsche geraten. Sie war kein dummes Mädchen, das er maßregeln konnte. Mit einer energischen Bewegung stieß sie Schäfermanns Hand von ihrer Schulter. Unbeeindruckt fuhr sie fort: »Leider haben auch andere Gäste gehört, dass sich Wilken als Henker ausgegeben hat. Diese flohen aus Angst. Der Wirt wollte daraufhin Wilken nie gesehen haben. Doch der Händler Bode war das eigentliche Ziel des Angriffs. Und es funktionierte auch. Sie hatten einträchtig miteinander getrunken, bis Wilken den schrecklichen Satz sagte. Aus Angst vor der Schande, nun als unehrlicher Mensch aus der Gemeinschaft ausgeschlossen zu werden und die Stellung als Ratsherr und angesehener Händler zu verlieren, entschloss er sich zum Selbstmord. Auch wenn die Schande deswegen nicht unbedingt weniger schlimm war. Aber für seine Familie, besonders für seine Tochter, ersparte das viele Unannehmlichkeiten.«

Der junge Händler schaute in die Runde und nickte leicht. Diese Anklage schien ihn überhaupt nicht zu beeindrucken. »So, so. Das denkt Ihr also? Auch Ihr, werter Bürgermeister?«

Von Bucken schaute noch immer unbeirrt auf seinen jungen Ratskollegen. »Ich weiß auch genau, warum Ihr es tatet. Euch war bewusst, dass unser verehrter Bode mehr Aussicht auf die Nachfolge im Amt des Bürgermeisters hatte als Ihr. Ihr seid viel zu ehrgeizig, viel zu sehr auf den eigenen Gewinn aus, weniger auf den der Stadt. Ihr habt Euch viel zu schnell zurückgezogen, nachdem Euch klar war, dass die Mehrheit der Ratsherren Johannes Bode bevorzugen würde. Aber klein beigeben war noch nie Eure Sache.«

Bei diesen Worten war Röttger Schäfermann immer unruhiger geworden. Verkrampft ballte er seine Hände zu Fäusten. Jetzt platzte es aus ihm heraus. »Ihr seid doch nur neidisch auf meine Erfolge und wollt deshalb meinen guten Ruf in den Schmutz ziehen.«

Der Bürgermeister knurrte: »Wir sind nicht neidisch. Wir wissen dagegen aber, was einen ehrbaren Händler ausmacht.«

»Ihr glaubt wirklich, ich hätte auf einen Selbstmord spekuliert? Was für ein Unsinn! Wer bringt sich denn für so etwas um? Ich mich bestimmt nicht! Ihr etwa? Das einzig Logische an Eurer Spinnerei ist, dass dadurch jemand in Verruf gebracht werden kann. Wer so dumm ist, mit einem Henker zu saufen, dem ist nicht mehr zu helfen. Falls ... ich sage mit Absicht falls ... Falls ich also verhindern wollte, dass der lahmarschige und verkalkte Bode Bürgermeister wird, wäre es völlig ausreichend gewesen, wenn der Stadtrat davon gehört hätte. Ein Selbstmord ist so überflüssig wie eine zweite Nase.«

Der junge Händler stand noch immer angriffslustig und musterte seine Gegner eingehend. So schnell ließ er sich nicht in die Ecke drängen. Da hatte er schon ganz andere Situationen gemeistert.

Nach einem Augenblick der Stille trat Ludolf vor. »Eigenartig war nur, dass von Anfang an Ihr der Einzige wart, der von Selbstmord sprach. Alle anderen, die Ratsherren, die Familien, sie alle sprachen von Mord.«

»Darf ich denn keine eigene Meinung mehr haben? Und wie wir ja nun alle gehört haben, trifft es auch genau den Kern der Sache. Bode hat Selbstmord begangen. Und wenn Ihr nicht mehr als diese Anschuldigungen vorbringen könnt, möchte ich Euch bitten, nun zu gehen. Ich habe noch wichtige Angelegenheiten zu erledigen.«

Schäfermann atmete tief durch und wollte an der Gruppe vorbei zur Tür hinaus. Aber die Wachen stellten sich ihm schnell in den Weg. Unsicher wich er zurück.

Ludolf war jedoch noch nicht fertig. Langsam schritt er um den Händler herum, sodass sich dieser nun von zwei Seiten bedrängt sah. Und auch der Möllenbecker verstand es, völlig unbeteiligt zu klingen. »Wie Ingrid sagte, wollte ihr Bruder zusätzlich Geld verlangen, weil der Gefallen so außerordentlich gewesen war. Deshalb hatte er ihr zur Sicherheit die Urkunde übergeben. Reine Vorsicht. Dann kam er zu Euch. Es gab Streit, und Ihr erschlugt ihn. Bei Dunkelheit habt Ihr ihn zurück zur Schänke geschafft. Ihr suchtet in seiner Kammer vergeblich nach der Urkunde; denn sie war die einzige Verbindung zwischen Euch und Wilken.«

Schäfermann lachte krampfhaft. »Das wird ja immer besser. Jetzt soll ich auch noch jemanden erschlagen haben. Was Ihr da vorbringt, sind doch nur Hirngespinste und Schauermärchen.« Er drehte sich zu von Bucken. »Bürgermeister, lassen wir es doch darauf ankommen. Sperrt mich ein und klagt mich an. Wie wollt Ihr mir all diesen Unsinn beweisen? Die Hanse wird Euch schon einen husten; ich habe nämlich viele Freunde in Bremen, Lübeck und Köln. Und wenn sich dann noch der Kaiser einschaltet, seid Ihr derjenige, der sich Sorgen machen muss.« Höhnisch grinsend betrachtete er die Anwesenden.

»Habt Ihr als Einziger Safran hier in Minden?«

Schäfermann wirbelte zu Agnes herum. Im ersten Augenblick konnte er mit ihrer Frage nicht viel anfangen, bejahte sie aber schließlich.

»Warum seid Ihr Euch da so sicher?«

»Andere Händler haben bei mir danach gefragt. Aber ich wäre dumm, belieferte ich meine eigene Konkurrenz.«

»Größere Mengen Safrans gibt es also nur bei Euch?«

»Vermutlich. Aber wo ist der Sinn der Fragerei?«

Agnes lächelte befriedigt. »Wilken hatte im Wert von mehreren Schillingen Safran bei sich. Den konnte er also nur von Euch haben?«

Der junge Händler machte einen verstörten Eindruck. »Gekauft hat er nichts. Ich habe auch nicht bemerkt, dass er etwas gestohlen hat. Dann muss er es woanders herhaben.«

»Kann er es aus der zerbrochenen Kiste oben in Eurem Lager haben?«

Schäfermann atmete tief durch und antwortete dann sehr vorsichtig: »Möglich.«

»Habt Ihr die zerbrochene Kiste noch?«

Er zuckte mit den Schultern. »Tut mir leid. Ich habe den Safran schon umgefüllt und die Kiste im Küchenfeuer verbrannt. Ihr seid leider zu spät.«

Ludolf warf ein: »Ich schaue schnell mal nach.« Schon eilte er los zur Treppe.

»Das dürft Ihr nicht!« Röttger Schäfermann wollte sich ihm in den Weg stellen, aber sofort waren die Wachen wieder zur Stelle und hielten den jungen Händler an den Armen fest.

»Schon gut, schon gut, meine Herren. Soll er doch gucken.« Ärgerlich schüttelte er die Soldaten ab.

Erbost wandte er sich an den Bürgermeister: »Das wird Euch noch teuer zu stehen kommen. In einem Jahr ist Euer Haus pleite. Und alle, die Euch unterstützen, werden ganz schnell folgen. Der heutige Tag wird Euch noch leid tun. Wenn Ihr mich aufhaltet, schadet Ihr Euch und Minden.«

Von Bucken gab nur eine kurze Antwort: »Warten wir's ab.«

Alle Anwesenden horchten gespannt. Ludolf war jetzt wohl oben im zweiten Stock angekommen. Wenige Augenblicke später hörte man seine schnellen Schritte auf der Treppe. Dann stand er auch schon wieder im Kontor. Er hielt einen zerbrochenen kleinen Kasten in der Hand.

»Der Safran war zwar schon eingesammelt, aber die Kiste war noch da.«

Langsam kam er auf Röttger Schäfermann zu und betrachtete dabei genau die eine Kante. »Wie man sieht, ist hier Blut.«

»Ja und? Ich habe mich beim Umfüllen an Splittern verletzt.« Dabei zeigte der junge Händler eine kleine frische Wunde an seinem Finger.

Ludolf tat so, als beachtete er diesen Einwand gar nicht. Wieder umrundete er den Händler. Es war fast so, als spräche er mehr zu sich selbst als zu den anderen. »Abgesehen davon, dass die Kiste eigentlich schon im Küchenherd verbrannt sein sollte, ist es schon ein großer Zufall, dass sie aus dem gleichen Holz ist wie die Splitter in Wilkens Wunde.«

»Solche Kisten gibt es bestimmt zuhauf hier in Minden.«

»Schon. Aber zweierlei ist zu bedenken. Erstens: Ich habe hier einen größeren Splitter aus der Wunde des Toten.«

Der Möllenbecker holte ein kleines Stück aus seiner Westentasche und hielt es nun an eine der Stellen, wo Holz abgesplittert war. Es passte tatsächlich.

»Der Splitter gehört also zu dieser Kiste. Und zweitens hatte Wilken überall in seinem Haar und seiner Kleidung Safran verteilt, als wäre es über ihm ausgeschüttet worden.«

Jetzt blieb er genau vor Schäfermann stehen. Die beiden Männer schauten sich einen Moment lang an. Keiner sagte etwas, keiner verzog eine Miene. Für Gefühlsausbrüche war es nunmehr zu spät; denn das Gefecht war längst entschieden.

Schließlich gab Ludolf nur noch die endgültige Schlussfolgerung: »Ihr habt Wilken hiermit erschlagen. Dabei zerbrach die Kiste, und ihr Inhalt verteilte sich auf ihm.«

Schäfermann nickte und schaute zu Boden. Langsam drehte er sich zum Bürgermeister um. Der junge Händler klang nun nicht mehr souverän und beherrscht, sondern eher müde und erschöpft. So war auch seine Körperhaltung: leicht gebückt, nicht mehr hocherhobenen Hauptes.

»Bravo, bravo. Erstklassige Logik, einwandfreie Beweisführung. Ich bin beeindruckt. Mein Plan war gut, geradezu genial. Doch leider hatte ich den menschlichen Faktor vergessen. Erst brachte sich Bode um, anstatt sich nur klammheimlich zu verziehen. Das verkomplizierte die Angelegenheit ungemein. Eigentlich wollte ich zum richtigen Zeitpunkt einen Zeugen präsentieren, der Bode bloßstellen sollte. Der alte Händler war ja so etwas von ehrlich, dass er seine Schande sofort eingestanden hätte. Leider kam es nicht dazu. Dann mischte sich von Wiesen ein, der das Geschäft seines Schwagers einkassieren wollte. Als ich versuchte, es ihm wegzuschnappen, drehte der Kerl durch. Das mit der Hochzeit war übrigens ein spontaner Einfall, nachdem der Alte tot war. Der Bode hätte mir niemals seine Tochter überlassen. Und schließlich wollte mich dieser Bauer auch noch erpressen, anstatt froh zu sein, seine Schwester wiederbekommen zu haben.« Befriedigt schaute er in die Gesichter um ihn herum.

Dann wandte sich Schäfermann noch einmal an Gerd von Bucken: »Ich habe nur noch einen Wunsch.«

Die Miene des Bürgermeisters hatte sich inzwischen entspannt. Er war zufrieden, dass der Fall gelöst war. »Und der wäre?«

»Der Henker soll ein scharfes Schwert haben und sein Handwerk verstehen. Ich will keinen, der erst beim soundsovielten Mal meinen Hals trifft.«

Geschafft

Nach einem ausgiebigen Mittagessen mit einigen Ratsherren und dem Bischof Otto stand der Bürgermeister auf und bat einen Moment um Ruhe. Er bedankte sich sehr herzlich bei Agnes und Ludolf für ihre hervorragende Arbeit. Es war die richtige Entscheidung gewesen, sie mit der Lösung dieses verzwickten Falles zu betrauen.

Während der Rede versuchte Ludolf immer wieder, Agnes' Hand zu fassen, aber sie zog sie immer wieder weg. Nachdem Röttger Schäfermann am Vormittag abgeführt worden war, war sie in dem allgemeinen Trubel plötzlich verschwunden gewesen. Erst kurz vor dem Essen war sie wieder aufgetaucht. Seitdem war sie wie verwandelt – abweisend und irgendwie bedrückt. Bisher hatte sich für ihn auch keine Gelegenheit ergeben, mit ihr allein zu sprechen. Wie gerne hätte er sie in den Arm genommen und geküsst.

Zum Schluss seiner kleinen Rede kam Gerd von Bucken auf den Kern seines Anliegens zu sprechen: »Wir vom Rat der Stadt Minden würden uns freuen, wenn Ihr, Agnes von Ecksten, und Ihr, Ludolf vom Domhof, uns hier in Minden erhalten bliebet. Nicht weil wir glauben, dass es hier so viele Morde gibt.« Es entstand ein dezenter Ausbruch von Heiterkeit in der Runde. »Aber Ihr, junger Herr, könntet als Gehilfe für den Marktleiter amten und Ihr, junge Herrin, als Lehrerin für die Kinder der Händler und Handwerksmeister. Das ist natürlich nur ein Vorschlag. Bei der Suche nach einem geeigneten Haus helfen wir auch gerne. Habt Ihr Interesse, bei uns zu bleiben?«

Die jungen Leute schauten sich verblüfft an. Mit solch einem Angebot hatte keiner von ihnen gerechnet. Das kam sehr überraschend. Sie antworteten gleichzeitig, Agnes mit Nein und Ludolf mit Ja.

Der Bürgermeister war verwirrt. Unentschlossen blickte er zwischen beiden hin und her. »Also ... was denn nun? Ja oder nein? Eins geht nur.«

Agnes stand nun langsam auf. »Ihr hohen Herren, bitte entschuldigt, dass ich Euer großzügiges Angebot nicht annehmen kann. Aber wie Ihr wisst, habe ich ein Gelübde als Nonne abgelegt. Das ist mir wichtig und heilig. Es gibt zwar den Wunsch in mir, mit jemandem länger und öfter zusammen zu sein«, sie blickte zu Ludolf hinunter, während die Tränen begannen, ihr über die Wangen zu laufen. »Aber ich bin noch nicht so weit. Ich brauche noch Zeit, um mir darüber klar zu werden.«

Eisern versuchte sie, das Weinen zu unterdrücken, was ihr aber nur teilweise gelang. Die älteren Herren am Tisch schauten voller Mitleid auf die beiden jungen Leute.

Bischof Otto von Minden räusperte sich. »Meine Liebe, ich hatte gehofft, Ihr hättet Euch inzwischen geeinigt. Es wäre mir eine Freude gewesen, Euch beide zu verheiraten. Ich will auch alle Angelegenheiten mit Euren Eltern und der Äbtissin Heilwig regeln. Ihr müsst Euch da keine Sorgen machen. Möchtet Ihr Euch das nicht doch noch einmal überlegen?«

Agnes holte ein Tuch hervor, tupfte sich ihre Tränen ab und schnäuzte sich leise.

Mit erstickter Stimme antwortete sie: »Ja, ich werde es mir noch überlegen. Aber nicht heute und nicht hier.«

»Dann wollt Ihr erst wieder nach Möllenbeck ins Stift zurück?«

Sie nickte. »Vor dem Mittagessen habe ich noch mit dem Marktleiter Zempelburg gesprochen. Er hat mir einen Händler vermittelt, der mich auf seinem Wagen bis nach Rinteln mitnimmt. Er wartet wohl schon vor dem Rathaus. Meine Sachen habe ich auch schon gepackt und übergeben.«

Voller Angst hatte Ludolf dem Gespräch gelauscht. Sein Herz pochte bis in den Hals, sodass er meinte, jeden Augenblick ersticken zu müssen. Sein Magen verkrampfte sich und schmerzte. Heute Morgen hatte es doch noch so gut ausgesehen. Ludolf war sich sicher gewesen, dass sich Agnes nun endgültig entschieden hatte, als sie ihn auf der Treppe im Haus Schäfermann geküsst hatte. Er war glücklich gewesen. Und nun verstand er die Welt nicht mehr. Ihre Sprunghaftigkeit und ihre Unentschlossenheit brachten ihn noch um den Verstand. Mit zitternden Knien stand er auf.

Seine Stimme bebte, als er sie nun flehentlich fragte: »Warum willst du so schnell fort? Warum hast du nichts gesagt?«

Agnes' Tränen begannen wieder zu fließen. »Es erspart uns beiden Schmerzen, dir genauso wie mir. Es ist besser, wenn ich so schnell wie möglich aufbreche.«

»Aber ich hatte mich schon auf den gemeinsamen Nachmittag gefreut.«

»Und dann? Es wäre nur gestohlene Zeit. Und wenn wir uns morgen trennen, wäre es bestimmt noch schlimmer. Glaub mir: je eher, desto besser. Du wirst nur unglücklich mit mir werden. Du weißt doch, wie unberechenbar ich bin. Ich würde dir nur ständig wehtun.«

Die beiden jungen Leute standen verloren voreinander und schauten sich schweigend an. Agnes' Lippen formten Worte, ohne dass ein Ton zu hören war. Ludolf verstand es aber ganz genau: Es tut mir leid. Genauso lautlos antwortete er ihr: Ich liebe dich. Sie nickte. Das wusste sie nur zu gut.

Der Bürgermeister unterbrach die stille Szene: »Herr vom Domhof, steht Eure Antwort noch?«

Ludolf wandte sich langsam um und nickte nur stumm. Er hätte jetzt sowieso kein Wort herausgebracht.

Die Ratsherren klatschten beifällig. Gerd von Bucken und Otto III. lächelten zufrieden. Sie hatten sich zwar einen größeren Erfolg erhofft, aber die Nonne hatte ja versprochen, ihre Entscheidung noch einmal zu überdenken.

Agnes wollte dieses Thema so schnell wie möglich abschließen und fragte deshalb: »Ihr Herren, was geschieht jetzt mit dem Händler Schäfermann?«

Einer der Ratsherren antwortete: »Er kommt selbstverständlich vor ein Gericht. Das wird mit Sicherheit sein Tod sein. Es geht gar nicht anders. Ehrgeiz und Machthunger sind gefährlich. Nicht nur für die anderen – wie man das an unserem hochgeschätzten Johannes Bode und diesem Bauern da aus Bückeburg sehen kann – sondern auch für einen selbst.«

»Was geschieht mit der Magd Ingrid und ihren Kindern? Dürfen die wieder zurück?«

»Die Frau darf so lange in der Schänke wohnen, bis sie von ihrem Verlobten abgeholt wird. Das wird Schäfermann in Rechnung gestellt.«

Agnes nickte und schaute noch ein letztes Mal in die Runde. »Es ist besser, ehrlich zu sein. Eine einzige Lüge kann so viel Unglück verursachen. Nicht umsonst heißt es in der Heiligen Schrift: Du sollst nicht lügen.«

Anmerkungen

[1] Amtsmeister: Handwerker waren in sogenannten Ämtern organisiert, der Vertreter der Handwerker im Rat; auch: Zunftvorstand, Zunftmeister

[2] Otto vom Berge (auch: v. Schalksberg), seit 17.2.1384 Bischof Otto III. von Minden, † 1.2.1398.

[3] Heilwig v. Solms-Braunfels, * um 1330, † um 1385, Äbtissin in Möllenbeck seit vor 1375

[4] Gerhard vom Berge (auch: v. Schalksberg), seit 1365 Bischof von Hildesheim, † 15.11.1398

[5] Sogenanntes Domamt, den Domhof in Möllenbeck umfassend

[6] 6. Januar 1301

[7] lat.: Erster unter Gleichen

[8] 1 Gulden = 20 Schillinge oder 240 Pfennige. 1 Schilling entspricht etwa dem Tageslohn eines Hilfsarbeiters

[9] lat.: Wem zum Vorteil?

[10] auch: Zunft

[11] Matthäus 23:3

[12] Sprüche 21:9

[13] Hufe: altes Flächenmaß; bezeichnet die Ausdehnung eines Gebiets, das eine Familie bearbeiten kann und dessen Ertrag für ihre Ernährung ausreicht; etwa 15 bis 20 Hektar

[14] um 800 gründet Karl der Große in Minden ein Bistum; die Diözese umfasst den Raum zwischen Osnabrück und Hannover in west-östlicher und zwischen Verden an der Aller und Holzminden an der Weser in nord-südlicher Richtung; Erkanbert (Herkumbert) wird der erste Mindener Bischof.

[15] lat. = unwillkommener, nicht gern gesehener Mensch

[16] Prediger 10:18

[17] Sprüche 24:30, 31

[18] erstmals 1253 erwähnt

[19] 1332

[20] 1350 wütete die Pest vierundzwanzig Wochen lang in Minden. Nach dem Pestpogrom am 21. Juli 1350 waren alle Juden verschwunden, entweder getötet oder vertrieben, die Synagoge und der Judenfriedhof vor dem Simeonstor zerstört.

[21] Verballhornung von Matthäus 24:13

[22] Römer 13:1

[23] 1. Timotheus 6:10

[24] Augustini episcopi: 26.5.

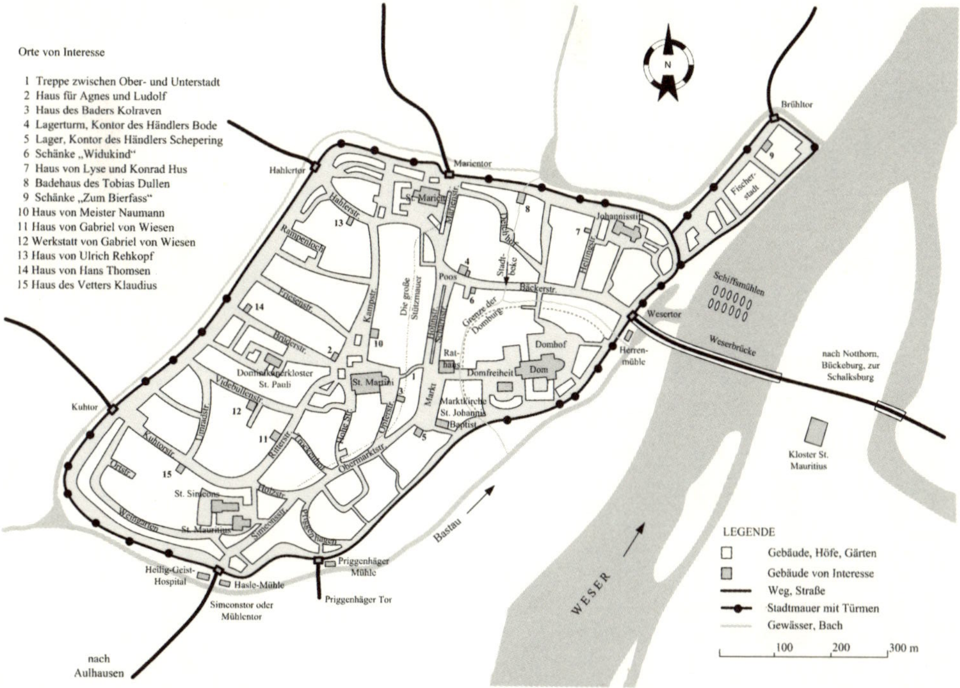
Orte von Interesse
1 Treppe zwischen Ober- und Unterstadt
2 Haus für Agnes und Ludolf
3 Haus des Baders Kolraven
4 Lagerturm, Kontor des Händlers Bode
5 Lager, Kontor des Händlers Schepering
6 Schänke „Widukind“
7 Haus von Lyse und Konrad Hus
8 Badehaus des Tobias Dullen
9 Schänke „Zum Bierfass“
10 Haus von Meister Naumann
11 Haus von Gabriel von Wiesen
12 Werkstatt von Gabriel von Wiesen
13 Haus von Ulrich Rehkopf
14 Haus von Hans Thomsen
15 Haus des Vetters Klaudius
N
Brühltor
Fischer-stadt
Marientor
Hahlertor
St. Marien
Marienstr.
Hahlerstr.
Rampenloch
Johannisstift
Hellingstr.
Stadt-beke
Poos
Bäckerstr.
Die große Stützmauer
Kampstr.
Friesenstr.
Brüderstr.
Grenze der Domburg
Domhof
Dom
Domfreiheit
Rat-haus
Markt
Marktkirche St. Johannis Baptist
St. Martini
Opferstr.
Hohe Str.
Obermarktstr.
Dominikanerkloster St. Pauli
Videbullenstr.
Umradstr.
Ritterstr.
Kuhtorstr.
Ortstr.
St. Simeons
Holzstr.
Simeonsstr.
Weingarten
St. Mauritius
Priggenhagen
Kuhtor
Heilig-Geist-Hospital
Hasle-Mühle
Simeonstor oder Mühlentor
Priggenhäger Mühle
Priggenhäger Tor
nach Aulhausen
Bastau
Schiffsmühlen
Wesertor
Weserbrücke
Herren-mühle
nach Notthorn, Bückeburg, zur Schalksburg
Kloster St. Mauritius
WESER
LEGENDE
Gebäude, Höfe, Gärten
Gebäude von Interesse
Weg, Straße
Stadtmauer mit Türmen
Gewässer, Bach
100
200
300 m